La collina del vento

Carmine Abate

風の丘

カルミネ・アバーテ
関口英子 訳

CREST BOOKS
Shinchosha

目　次

この物語は空想の産物である。実際にあった出来事や、実在の、あるいはかつて実在した人物の描写には、語り手の視点からの解釈が加えられている。そのほか実在の人物や出来事に関する言及はすべて、単なる偶然と理解していただきたい。

Drawing by Saiko Kimura
Design by Shinchosha Book Design Division

風の丘

約束のとおり、
父へ。

真実とは風にたわむ草々の海である。動きとして知覚され、息づかいとして吸収されることを求めている。知覚することも吸収することもできない者の前でのみ岩と化す。彼らはそこに頭を打ちつけ、血にまみれることになる。

エリアス・カネッティ

約束

銃声が数発、白昼の花火大会の号砲のように響きわたり、現実味のない乾いた残響とともに海に吸い込まれていった。

三人の少年は、春の終わりの流水が集まる「湯だまり《ヴッロ》」と呼ばれている池のような場所で、蛙と一緒になって裸で水遊びをしていた。アルトゥーロは反射的に立ちあがると、口に人差し指をあて、静かにするよう兄弟に言った。目でロッサルコの丘を指し示す。「喋るな」押し殺した声で制した。「静かにするんだ」

アルトゥーロが八歳のときのことだった。ひとつ上の兄ミケーレとひとつ下の弟アンジェロは、口をつぐんだ。

ほんの一瞬、とぎれとぎれの呻き声が風に乗って運ばれてきた。人間のものなのか獣のものなのかもわからない。その直後、数発の銃声がふたたび響いた。先ほどと同じく丘の上からだ。遠くで犬の吠え声がする。そしてあたりは静まり返った。

兄弟は何ごとだろうと互いに問いながら、不安そうに丘を見あげた。丘の上の桜林では、母さんが一人で野良仕事をしている。

「見に行くぞ」決然とした口調でアルトゥーロが言った。めそめそしはじめたアンジェロを、長兄のミケーレがなだめる。「大丈夫、怖がることないよ。猟師が鉄砲を撃っただけさ。ほら、行くぞ」

三人は身軽にジャンプして池の縁の砂地にあがると、手早く服を着た。そして身体《からだ》がまだ濡れているのもおかまいなしに、艶光りする大きな石があちこちに転がり、夾竹桃が咲き乱れ、六月初めの暑さにくらんだトカゲがうろちょろしている干あがった川床を横切ったかと思うと、そのまま山道に沿って走り出した。その道を登っていけば、母さんのところへ行ける。

兄弟は、このあたりの土地を隅から隅まで知りつくしていた。学校が休みの日には三人でロッサルコの丘に繰り出し、常磐樫《ときわがし》が密生するトリペーピの森で小屋を造ったり、ティンパレア渓谷の裏手にある洞窟を探検したりした。腫れぼったい唇のように生い茂る針金雀枝《はりえにしだ》と野茨のあいだに、悪魔を思わせる恐ろしげな深い谷がぱっくりと口を開けていた。夏には海に面した丘裾を駆けまわり、ときには海岸沿いに住む子どもたちに戦争ごっこを仕掛けるのだった。それはまるで、成人してから駆り出されることになる本物の戦争の前奏曲《プレリュード》のようでもあった。彼らの部隊は、夾竹桃でできた弓矢で思い思いに武装した十人あまりの同じ年頃の仲間たちで形成されていた。海岸沿いに潜んでいた海賊団がロッサルコの丘を占領し、果物を頰ばりはじめるのを待ち構え、先端に錆びた釘のついた矢を容赦なく浴びせ、撃退する。矢はときに命中することもあり、敵は血を流し悲鳴をあげた。将軍は長兄のミケーレだが、危険な作戦を実行し乱闘のなかに飛び込む役回りはいつだって、怖いもの知らずのアルトゥーロだ。

このときもやはり兄弟の先頭に立っていたのはアルトゥーロだった。

もう少しで丘の頂上というところで、三人は母親と鉢合わせになった。ラバの端綱を握り、慌てふためいた様子で急き立てながら斜面をおりてきた母親は、立ち止まりもせずに言った。「ほら、急いで。ちょうど迎えに行こうと思ってたところよ。家に帰るの」

「母さん。ねえ、何かあったの？」ミケーレが訊いた。

母親は笑顔をとりつくろった。「別に、何もありゃしないよ。さくらんぼを籠に二杯、収穫してきただけ。これでさくらんぼもお仕舞いだね。家の用事がたまっているから、さあ、帰るよ」

ミケーレとアンジェロはようやく安堵し、ラバの背にまたがった。ところがアルトゥーロは、好奇心旺盛な子どもにありがちの無鉄砲さで丘の頂上まで駆けていき、生涯忘れることのできない光景を目にしてしまう。常磐樫の森と桜の林のあいだの草が真っ赤に染まり、二人の若者が倒れていたのだ。二人ともぴくりとも動かない。周囲には蠅が群れ、まだ鮮やかな血だまりにたかっていた。とりわけ強烈な印象を受けたのは、そのうちの一人の、片方だけ見ひらいた、怒りを湛えたグレーの眼だった。視線を少し下にずらすと、口の端から一筋の血が顎をつたって流れ出し、シャツの襟もとで消えていた。

「こっちに来なさい！」追いかけてきた母親が、アルトゥーロをぐいと引っぱった。「こんなところにいては駄目。わかった？」

アルトゥーロは仔山羊のようにおとなしく母親の後をついて丘をくだったが、見ず知らずの男の怒りを湛えたグレーの眼は、彼のことをどこまでも睨み続けていた。

家に帰ると、母親はさくらんぼの籠をおろし、家畜小屋にラバをつないでくるよう子どもたちに命じ、自分は夕飯の支度にとりかかった。

日が暮れる頃、父親のアルベルトが硫黄鉱山から帰ってきた。アルベルトはもう何年も前から鉱山で働いていた。その晩、妻は泡立てた布で夫の背中を流しながら、長いこと小声で何か話し込んでいた。

夕飯がすむと母親はアルトゥーロを片隅に呼んだ。「アルトゥーロ、草の上で倒れている人たちを見たときは、母さんもほんとうにたまげたよ。だけど、誰にも話さないって約束しておくれ。いいね。ミケーレにもアンジェロにも絶対に言ってはいけないよ。そして、そっくり忘れるの。お前は何も見てやしない。なんにもね。さもないと、どこかの悪者に罪を着せられ、家族全員がひどい目に遭わせられることになる」

アルトゥーロは、人差し指と中指を合わせた手に二度キスをして、誰にも言わないと固く誓った。だが、いくら忘れようとしても、あの男の怒りを湛えたグレーの眼が、寝室の闇に繰り返しあらわれるのだった。

血を流して倒れていた二人の若者が誰なのか、何者がなんのために撃ち殺したのか。アルトゥーロに答えが見つかるはずもなく、かといって母親に尋ねることもできなかった。約束は約束だ。アルトゥーロは、まるで自分が罪を犯したかのように、合わせた二本の指にもう一度キスをし、ようやく眠りにつくのだった。

そんなある朝、日の出よりも早い時刻に父親がアルトゥーロをベッドから引きずり起こした。そして有無を言わさず告げた。「起きろ、アルトゥーロ。野良仕事に行くぞ。もうお前は充分大きくなり、力もついた。これからは父さんたちを手伝って、農場を発展させるんだ」

アルトゥーロはあくびをした。発展？ 意味がよく理解できなかったし、なにしろ恐ろしく眠かった。早起きには慣れていなかったのだ。結局、丘に着くまでのあいだじゅう、ラバの背にまたがり、ミケーレの背にもたれてうつらうつらしていた。ほどなく丘の香りを含んだ風と父親の声で目が覚めた。父親にラバから降ろされ、一本の鍬《くわ》を託された。戦争ごっこの時代はこうして永遠に終わりを告げた。

兄と同様、アルトゥーロも九歳でいきなり大人の仲間入りをした。土地相手の労働はきつかったが、ありがたいことに変化に富んでいたため退屈はしなかったし、脅威でもなかった。ただし、トリペーピの森と桜林を通り抜けなければならないときだけは背筋に悪寒が走るのを感じ、目を閉じていても、草むらの上で仰向けに倒れ、怒りを湛えた眼で睨む男の顔が見えるのだった。まさかアルトゥーロがあの百発百中の玩具の矢で射殺《いころ》したわけでもあるまいに……。ときに兄や弟に話してみようという誘惑に駆られることもあった。その秘密から解き放たれさえすれば、死んだ男のグレーの眼につきまとわれずにすむかもしれないと考えたのだ。だが、そんなことをしようものなら、母親に罰として容赦なく首根っこを絞められるだろう。祝祭日にローストにされる雄鶏のように。だから、アルトゥーロは決して誘惑に屈しなかった。

「いいかい、約束は約束だからね」母親は繰り返しそう言った。一方、父親はぱったりと硫黄鉱山に働きに出なくなり、毎朝、妻と子どもを急き立てながら丘へ行き、全エネルギーを農作業に傾けるようになった。「村の連中は、我も我もと合衆国《ラ・メリカ》を目指して発っていく。ここにいたら家族もろとも飢えるのが目に見えてるからな。だが、こうして労力を惜しまず、毎日働き続ければ、わしらのラ・メリカは家から一時間半もかからない場所にあるのさ。それどころか、わしらの土地はラ・メリカなんかよりはるかに素晴らしい。主人に怒鳴り散らされ、ラバよりひどくこき使われる心配もないんだ」

アルベルトはそうして何年ものあいだ、変わらぬ依怙地さで同じことを言い続けた。世界大戦前夜、三人の息子が一人、また一人と兵隊にとられてしまうまでは。

父が、話の続きを聴く意志があるか確かめるように、僕の目をのぞき込む。これは、俺たち家族の物語なんだ。よきにつけ悪しきにつけロッサルコの丘と深く結ばれた俺たち家族のな。そう言うと父は黙り込んだ。

すると、沈黙を打ち負かすかのようにセミの大合唱が始まり、どこまでも、際限なくふくらんでいった。ついで、悲しみを湛えた懇願が不意打ちのように僕を待ち受ける。いったいどのような内容かは見当もつかないが、なんらかの告白をほのめかし、秘密の共有を求めてくるのだ。

「いいか、よく聞いてくれ。お前にとって、家族の傷口をこじあけることは何よりつらく、幸せだった昔の日々を恨みつらみなしに語れないことは、俺もよくわかっているつもりだ。だが、俺が死に、俺と一緒に家族の物語まで消えて失《な》くなってしまう前に、お前は真実を知っておかねばならん。そしていつの日か、こんどはお前が自分の子どもたちにそれを語って聞かせるんだ。約束してくれるな?」

僕はなんと返事をしたらいいのかわからなかった。虚を衝かれたのだ。父はこれまでずっと、家族の暗い出来事について話すことは避けてきた。僕が説明を求めても、決まって父の口は重く、早々に話を切りあげてしまうのだった。

「そう身構えることはない。俺が生きているうちは、もっと詳しく知りたいと言えばいつだって話してやれるし、なかには癒える傷もあるだろう。俺なんか最近じゃあ、幼い時分や、若い頃の出来事のほうがはっきり憶えてるくらいだ。新しいことはこんがらがって、すぐに忘れちまう。俺の死んだあとにお前がすべてを語り継いでくれるなら、二重の喜びというものだ。いつの日か、お前にもその理由がわかるときが来るだろう」

父と僕はそのときロッサルコの丘にいた。中学校の教師をしている僕は、翌八月二十七日にはトレンティーノに戻らなければならなかった。夏休みももう終わりというその日、妻のシモーナをアリーチェ岬の砂浜に一人残し、実家に寄って、出発前の最後の夜を父と過ごすつもりだった。そのとき、僕はほとんど何も喋らずに、父の傍らにいた。そして、怒りのこもった言葉と不安の混じった吐息の合間に父の口から語られる真実を、戸惑いとともに聴いていた。父は、それが僕に会う最後となることを恐れているように見えた。

「約束してくれるな？」

僕は返事をせずに、父をじっと見つめた。その眼は、怒りと焦燥のかたまりに濁っていた。僕らの故郷、スピッラーチェでもっとも好かれた教師だった父が、いまやまるで孤高の山賊のように長くて剛《こわ》い鬚をたくわえ、樹齢数百年のオリーブの巨木のようにロッサルコに根を張ることだけを望んでいる。古びた猟銃を肩から提げ、おそらく寝ているあいだですら片時も放さないのだ。いったいどんな奇襲が待ち受けているというのだろう。

「約束してくれるな？」父は堪えきれず、声を荒らげた。

僕はこう応えたかった。「いやだよ、父さん。無理強いしないでくれ」なのに、当惑しつつもなぜか頷いていた。これまでもずっと、僕は父に逆らったことはなかった。一瞬、父の顔が満足そうに緩んだのがわかった。それから、嬉々としてもろもろのことを語り出した。父の父にあたる、アルクーリ家のなかでもとくに頑固で、反骨精神の旺盛だった祖父アルトゥーロのこと、丘での初めての発掘調査、そこに埋められた秘密、いまだに整理できずにいる、母に対する烈しい愛情……。だが、トリペーピの森と桜林のあいだで殺された二人の男については、いかにも巧みな語り部というように、こちらの関心を惹きつけておく程度にところどころで軽く触れるだけだった。語れば語った分だけ、父の心が晴れやかになっていくのがわかった。もはや抱えきれなくなった重荷がようやくおろせるとでもいうように。あるいは話しているうちに、スピッラーチェの村を離れる理由や力がひたすら湧いてくるかのように。

「あとひと月もしないうちに小屋の改修が終わる。そうしたら、この丘に移り住むつもりだ」父は最後にそう言った。

僕はその言葉を聞き流した。父はもう何年も前から、村を出るという、とても正気とは思えない計画を口にしていたにもかかわらず、決定的な一歩を踏み出さずにいたからだ。今回もどうせそうだろうと僕は高を括っていた。ただでさえ僕の頭のなかは混乱し、無数の光景が次々と浮かんでは渦を巻いていたため、父との約束を果たそうにも、どこから語りはじめるべきなのか選ぶことさえできなかった。

ところが、父は僕のそんな考えをお見通しらしく――心の奥底までは読めないだろうが――、僕が別れを告げ、シモーナを迎えに行こうとしたところで、こう言い添えた。

「丘に余所者がやってきたところから語りはじめればいい。あとは自ずとつながっていく。人生の真実をひたすら追っていくんだ」

1

もう何日も前から尾行されているというのに、その男はまったく気づかず、険しい眼つきで地面を見ながら速足で歩きまわっていた。丘で何を探しているのだろうか。ときおり立ち止まっては上着の胸ポケットから手帖を取り出し、オリーブの幹を台にして何やら書き込んでいた。そして鼻先まで眼鏡をずりおろすと、余所者にありがちな探るような視線をあげ、片手を額にかざして陰をつくり、遠くをよく見ようとした。

丘は、海の手前で逆さにひっくり返された舟を連想させる湾曲した細長い形をしていて、スッラ（マメ科の多年草。フレンチハニーサックル）の緋色で一面彩られていた。そのまわりを、果樹、乳香樹《にゅうこうじゅ》の茂み、月桂樹、金雀枝《えにしだ》、ローズマリー、庭常《にわとこ》、ぶどう畑、オリーブの巨木、ところどころに群生するフィーキ・ディンディア（ヒラウチワサボテン）などがぐるりととり囲み、陰になった斜面は常磐樫《ときわがし》の森に覆われ、たわんだ半円の冠のようだった。

それは現実世界の光景というより、額縁に入れて飾られた、まばゆい光に満ちた地中海の風景画のように見えたにちがいない。空中に解き放たれるあの香りさえなければ。男は幸せそうにその香りを嗅いでいた。それは明らかに満悦の表情だった。丘の肌や子宮から放出された香りが、窯から出されたばかりのパンの芳香のように男の鼻腔を心地よくくすぐる。一人で歩きまわっていたここ何日か、一度も笑っていなかった彼の口もとに笑みがこぼれた。そして、口の端に笑みを保ったまま、イオニア海に臨む丘の縁へと足を向けた。

男は手で緑の穂先を触りながら麦畑を横切った。子どもたちが好んでする撫でるようなその仕草は、彼の威厳ある物腰や、額に深く刻まれた皺、齢を重ねたことを物語る白いものの混じった顎鬚とは不釣り合いだった。他人に様子をうかがわれているなどとは思いもせず、オリーブの巨木のところまで何も気づかずに歩いてきた。

彼の顔から不意に笑みが消えたのはそのときだった。銃を構えた男が乳香樹の茂みからあらわれ、動くなと脅したのだ。「おい、止まれ。いいか、一歩でも動いたら撃つぞ。もう三日もこのあたりをうろつきやがって。いったいなんの真似だ？　いまはエスカルゴの季節でも茸の季節でもないだろう」

余所者は、邪気を抜こうとでもするかのように、銃から眼をそらさずに言った。「金なら持ってない」地方で相変わらず傍若無人に振る舞っていた山賊の下っ端にでも出くわしたと思ったのだろう。

すると銃を持った男がさげすむようにあざ笑った。くたびれたソフト帽の陰になって眼つきはわからない。日焼けした褐色の顔が、顎鬚のせいでさらに黒く見える。歯は黄ばんでいて、栄養をたっぷり摂っている農夫らしい強靱な身体つきだ。「わしは山賊でもごろつきでもない。この土地の主《あるじ》だ。村人からも一目置かれているアルベルト・アルクーリだ。名を名乗れ」と怒鳴りつけた。

「わたしはパオロ・オルシといいまして、考古学者です。トレンティーノから来ました」

「、、、コーコ学？」

「土地の発掘調査をし、発見されたものを手掛かりに古代文明の歴史を辿るのです」余所者は穏やかな口調で答えた。

「ここで何を探してる」

「クリミサという古代都市と、アポッロ・アレオ神殿を探しています。どちらも数千年も昔に、このアリーチェ岬に面したどこかの丘に埋もれてしまったと考えられています」

「ああ」と返したアルベルトの声色には、まだ警戒心が感じられた。パオロ・オルシの説明はよく理解できなかったものの、構えていた銃をとりあえずおろし、態度を改めたうえで、後についてくるように言った。

二人は小屋《カゼッラ》と呼ばれ、おもに刈り入れ時やぶどうの収穫期になると厩《うまや》や食料貯蔵庫、雨よけや寝場所として用いられている石造りの広い建物の前で立ち止まった。

「まあ、入ってくれ」アルベルトは戸を開け、客人に言った。木製の腰掛けに座らせると、小さな陶器の壺《アンフォラ》からワインを注ぎ、差し出した。彼はその壺を「ガンチェッラ」と言った。そのうえで、こう忠告した。「何日か前から警官に尾行されとるぞ。あんたをオーストリア軍のスパイだと噂する者もいる」

パオロ・オルシはまさかというように噴き出した。

「笑いごとじゃない」とアルベルトは言った。「これ以上理由もなくうろついたら、間違いなく逮捕される」

「わたしには然るべき目的がありますから、何も怖くはありません。それに、つい先ほど、掘るべきだと思われる場所が判明しました。古代の地図でピロルと記されている場所は、アリーチェ岬の突端に面したこの丘の斜面に当たるのではないかと思いましてね」パオロ・オルシは大声でまくし立てていた。

聞いていたアルベルトは、おそらく彼は少し耳が遠いのだろうと思った。別に怒っている様子もないのに——むしろ、こくのあるワインも手伝って、笑みさえ浮かべていた——、しきりと声を張りあげていたからだ。

自分は人生の四十年を考古学に捧げてきた、とパオロ・オルシは語った。仲間からは「トリュフ犬」と陰口を叩かれるほどで、勘が外れることは滅多にない。現に、これまでシチリア島やここカラブリアでも途轍もない大発見をしてきたと語るのだった。どれも、石ころやひと握りの土くれ、あるいは直観が発端となったものだった。夢中になった子どものように上気し、留金《フィブラ》、共同墓地《ネクロポリス》、奉納用絵画《ピナケス・ヴォティーヴィ》などアルベルトが聞いたこともない言葉を並べたて、ヒッポニオン、メドゥマ、カウロニア、タウレアナ、レギオン、テメサ、テリナ、ロクリ・エピゼフィリといった神秘的な地名をわめき散らす。いずれも近年オルシが発掘したか、あるいは調査隊を送りこもうと思っている場所らしい。そして最後に自分はカラブリア州の史跡監督官でもあると言い添えた。その口調は自慢めいたものではなく、ただ憑かれたような情熱があるだけだった。

この手の男は所帯を持っていないにちがいないとアルベルト・アルクーリは思い、訊いてみた。

「お子さんはいるのかね?」

「いいえ、わたしは独り身です。おそらく結婚は一生しないでしょう。連れ合いがいたら仕事に差し障りが生じるに決まっています。子どもが嫌いなわけではありませんが、一緒に過ごす時間がまったくとれない。あなたは?」

「男ばかり三人いる。ミケーレにアルトゥーロにアンジェロ。残念ながら三人とも兵隊にとられちまったがね。長男はもうすぐ除隊になるはずが延期になり、三男坊は一週間前に入隊した。三人が、出征したときと同じ五体満足で帰ってくることを祈るばかりだよ。あんたは新聞を読んでるんだろう。イタリアがもうすぐ参戦するという噂はほんとうかね？」

一九一五年の春のことだった。オルシは真剣な面持ちになり、不安を払拭するような見解を口にしたが、どちらかというと希望に近いものだった。「いえ、そうは思いません。たとえ参戦したとしても、戦争は長くは続かないでしょう。少なくとも巷ではそう噂しています。大丈夫、息子さんたちはすぐに帰還しますよ」

それは、息子たちのことが気がかりでならない父親が聞きたかったとおりの言葉だった。

「そうなってくれることを祈る」アルベルトはそう言うと、三人の息子を育て、彼らの将来に備えるために、自分がどれほどの犠牲を払ってきたのかを語った。若い頃からストロンゴリとサン・ニコラ・デッラルトのあいだにある硫黄鉱山で日雇い労働者として働いてきた。あんたと同じように、わしもずっと掘り続けてきたんだ。ただし地下でね。背骨を折って坑道から運び出されたこともあったし、腹や肺や気管に毒がたまったこともあった。そういうときは野良仕事に出るのさ。そんな生活を十五年も続けながら執念深く抱いてきた思いは、悪臭のこもった闇の坑道から這いあがり、光と香りに包まれた丘に出ることだった。それで、少しずつ土地を買い足してきたんだ。はじめは、死んだ親父と、子どものいなかった母方の伯父から相続したそれぞれ五トーモロ（南イタリアで用いられている土地測量の単位）ほどの二か所の土地にすぎなかったよ。どちらも石だらけの不毛な土地でね。一八九二年の国有地払下げ政策でわしら農民が手にした土地はどれも似たり寄ったりだった。このロッサルコの土地は、スピッラーチェ村から離れているし、何世紀も耕されてはおらんかった。それで、一刻も早く合衆国《ラ・メリカ》に移住するために土地を手放したい村人たちから、アルクーリ家が買い取ったのさ……。

どのような経緯《いきさつ》でロッサルコの丘全体を所有するに至ったのかは、彼自身も詳しくは説明できなかったが、幸運と犠牲、労力と知恵、何より岩だらけの土地に輪をかけて屈強な意志の力によるものだった。彼はその土地を、息子たちの助けも借りながら完全に飼い馴らしたのだった。アルベルトが三人の息子の帰りを待ちわびるのには、そうした理由もあった。

「土地を耕しているとき、古い物が出てきたことはないですか？　貨幣とかテラコッタの破片とか……」パオロ・オルシが、探索の目的に話を戻して尋ねた。

「ずいぶんと夢のような話だな。たしかに陶器の壺《ガンチェッラ》の破片が出てきたこともあったが、大したもんじゃない。わしはこの丘のことなら隅から隅まで知りつくしとる。ピロルのほうの、岩肌が剝き出しになった斜面はうちのものじゃないから別だがね。それとティンパレアの渓谷。あそこは人間じゃなく、山羊の棲む場所だ」アルベルトはしばし口をつぐみ、息を整えると、あらかじめ笑顔をとりつくろってから続けた。「だが、村で尋ねたら、わしらが金貨のざくざく出る井戸を掘り当て、それを売った金でロッサルコを手に入れたと言うだろうよ。わしらみたいな一族が発展すると、それをやっかむ連中は、頭を使う代わりに勝手な想像ばかりふくらませるものだ」

「ここカラブリアの人たちの妬みと意地の悪さは、わたしにもいくらか経験があります。ところでアルクーリさん、ひとつお訊きしたいのですが、その壺《アンフォラ》の破片をどこかに保存してはいませんかね」

「いいや、石や砂利と一緒に沢に投げ捨てた」

「残念です」パオロ・オルシはそう言ってから、助言を口にしたが、気難しい声色だったため、有無を言わさぬ命令のように響いた。「もし今後、何か破片を見つけることがあったら、とくにそれが黒く塗られたものや、あるいは文様の入ったものだったら、保管しておいてください。百に一つぐらいの確率で、我々の調査にとって貴重なものがあると思われます」

「ああ、そうするよ」アルベルトは口もとに敏い笑みを浮かべた。それから、誓いのしるしとしてワインをぐいっと飲んだ。

二人が小屋を出たとき、日はすでにシーラの山脈《やまなみ》の向こうに沈みかけ、ロッサルコの丘の荘厳な色合いが淡い光のベールに包まれているように見えた。風は潮の香りを運んでいた。

暇を告げる前に、パオロ・オルシは視線で半円を描くようにして、丘全体と、スピッラーチェ村までを含む周囲の景色をいまいちど眼中に収めた。そのとき、小さな白い鳥がすっと飛んできて、小屋の上で一羽、さえずるのが見えた。

「白燕だ」アルベルトは確信を持ってそう言った。「この二日間ずっと、わしらの頭の上を行ったり来たりしてる。仲間を探し、見つけるとしばらく一緒に行動するが、すぐにまた逃げ出し、行き場を失い途方に暮れている。嘴を開けて夕方まで飛びまわり、こっちまで頭がおかしくなりそうなくらい大声で鳴いてるんだ。嬉しくて鳴いてるのか悲しくて鳴いてるのかはわからない。やがて、小屋の瓦のあいだに姿を消してしまう。巣のあるところにね」

「信じられない！　トレンティーノの山で過ごした子ども時代から、頭上を燕が飛びまわっていましたが、アルビノの燕を見るのは初めてだ。しかもなんと美しい」

心から感動したオルシがそのとき口にした言葉を、のちにアルベルト・アルクーリは、あたかも自身の考えのように繰り返し家族に語って聞かせた。そして僕の父もまた、何年もの時を経て、その言葉に共鳴し、苦い実感とともに自分のものにしたのだった。「このあたりは地表も地中も実に豊かだ。だが、土地をほんとうに愛することのできる者にしかそれは理解できないし、その美しさや隠された宝を慈しむこともできない。ほかの連中は皆、無知で何も見えていないか、さもなければ誠実とは縁のない悪党で、自分の懐のことしか考えちゃいないのさ」

その後、パオロ・オルシはまるで待ち合わせに遅刻するとでもいうかのように、大股で丘をくだっていった。

沢の向こうの分かれ道では、制服姿の男が二人、オルシを逮捕しようと待ち構えていた。

2

家に帰ると、アルベルト・アルクーリはその日の出会いについて事細かに妻のソフィアに語って聞かせた。もちろん、アルビノの燕が飛んでいたこともだ。そして次の晩もまた次の晩も、秘めた思いまで知りつくした旧知の友であるかのようにパオロ・オルシのことを話すのだった。ひっそりと静まり返った家のなかで、彼の声だけがわざとらしい明るさとともに響きわたった。

ソフィアは、とどまるところを知らない夫の荒い息にあおられて苦悩する魂のように揺れる蠟燭の焰を見つめながら、話に耳を傾けていた。アルベルトだけがひたすら話し続けるのだった。何かを話していれば、危険な目に遭っている息子たちのことを考えずにすんだ。ソフィアは文字の読み書きこそできなかったが、夫の心を読むことはできた。そうやって繰り返し話を聞かされているうちに、余所者の学者との出会いはやがて、アルクーリ家の人々みんなにとって、忘れがたい出来事となっていった。僕の父も例外ではない。

一方、戦争のあいだの歳月は痛ましい記憶としてみぞおちのあたりにとどまり、老母ソフィアによって小声で語り継がれていった。まるであの忌まわしい時代がふたたび目覚めでもしたらたまらないとでもいうかのように。

あいにく、パオロ・オルシの予測は的中しなかった。あの記念すべき出会いから数週間後の五月二十四日に始まった戦争は、いつまで経っても終わる気配がなかった。何日も、何か月も過ぎていったが、アルクーリ家の兄弟は一向に帰ってこなかった。しだいに野性味を帯びはじめた丘を、アルベルト独りではうまく耕すことができずにいた。わしは腕が二本しかないからな、いくら齢のわりに頑丈とはいえ、これまでの暮らしでさんざんこき使ってきたから、若い者の腕には到底かなわないとぼやくのだった。

一九一六年の八月、長男のミケーレが戦死した。働き者で実直な素晴らしい青年で、スピッラーチェには、帰ったら結婚しようと考えていた娘までいたというのに。

翌年にはアンジェロが死んだ。内気で無口な末っ子だった。台所に飾られた大きな写真に、歩兵の軍服を着て二人の兄と一緒に写っている姿からは、翳のある瞳の奥に将来への不安が垣間見えた。

「うちの子たちは、みんないい子だったよ」泣き崩れる母親を慰めることなど誰にできただろうか。「いい子で、逞しくて健康で。四歳まであたしのお乳を飲んでたんだ。ほんとうに健康な子たちだったよ。病気ひとつしたこともなければ、熱だって出したこともない。若いアーモンドの実のように真っ白な歯で胡桃を割り、昼だろうが夜だろうがキスしたくなるようなかわいらしい口をしてたんだ」そしてしばらく押し黙ったかと思うと、真っ赤に充血した眼で夫を見つめ、いっそう激しく泣きわめく。自分の顔をひっかいては、「むごすぎる」と嘆き、長い黒髪を掻きむしっては「むごすぎる、ああ、なんということ《フオク・メウ》！」と嘆くのだった。

戦争はスピッラーチェ村の若者十八人もの命を奪い、十六人が負傷した。村には当時、移住していった数百人をのぞくと、千二百二十六人の住民しかいなかった。ほかにも「むごすぎる」と慟哭する母親の姿がそこかしこで見られた。絶望の炎が彼女たちの胸の内を焼きつくし、何をもっても消すことはできなかった。

訃報がもたらされるたびにアルクーリ家には大勢の人が詰めかけ、分かち合うことでせめて痛みを和らげようと、遺された家族をとり囲んだ。一方、村の司祭は苦しまぎれの哀悼の言葉をかけ、なんとか遺族を慰めようとした。「気持ちを強く持ち、祈りを捧げ続けるのです。いずれにしても不幸中の幸いだったと考えることにしましょう。素晴らしい息子が一人残されているのですから。彼の還りを神の子イエスの奇蹟として待つのです」


もう一人の息子、アルトゥーロは、終戦からおよそひと月半が過ぎた一九一八年のクリスマス休暇の頃に還ってきた。

三人兄弟のうちいちばん生意気で、いちばん怖いもの知らずで、一族の変わり種の「白燕」が生き残ったのだ。横暴者と不誠実な人間を憎んでいた息子。英雄気どりで厄介ごとに首を突っ込むことのないようにと、父親にうんざりするほど念を押されていた息子が還ってきた。

アルトゥーロは自分がほんとうに奇蹟に恵まれたと感じていた。戦争の話は一切しなかった。口にしたことといえば、ほかのすべての戦争と同じように忌まわしい戦争だった、いや、膨大な死傷者が出たことを考えると、さらに忌まわしいものだったというくらいだった。いったい誰のために、なんのために戦ったのだろうか。祖国のため？　だが、兄弟も味方もみな塹壕で命を落としていくときに、祖国なんてあるものか。祖国なんて、これだけ多くの若者の血を流すほどの価値はない。それでも、底なしの悲しみに打ちひしがれていた両親とは異なり、彼は自らの悲しみと折り合いをつけ、怒りに変えることによって前に進むことができた。

それからというものアルトゥーロは、これまでの三倍のエネルギーをロッサルコの丘の仕事に注いだ。まるで彼の筋肉に兄と弟の力が注ぎ込まれたかのように。少しずつ、手伝ってほしいという口実をつけて、両親も丘へ引きずり出すことに成功した。実のところ、孤独に耐えきれなかったのだ。ごく稀に風がない日など、丘はひっそりと静まり返り、桜林と森のあいだでいつまでも睨むように見つめ続ける例の男のグレーの眼が、嘲笑うかのように彼を追いまわす。それはラゴライ山脈の塹壕で、目の前で惨殺されていった多くの戦友たちの姿よりも、強い恐怖心をアルトゥーロに与えた。

そのうちに、喪が明けたらアルトゥーロは結婚するつもりらしいという噂が流れた。「嫁さんをもらい、子どもを儲け、うちの土地を耕して発展させるんだ。それができないなら、よきアメリカ《ラ・メリカ・ボーナ》にでも移住してやる」アルトゥーロは村の人みんなに知らせるため、広場でそう宣言した。そして、どうやって奇蹟を起こしたんだ、あの地獄の塹壕戦をどうやって生き延びたんだなどと訊かれると、瞳にかすかな皮肉の色を浮かべながら、ためらうことなく答えるのだった。「親父やお袋のことだけじゃなく、朝も晩も丘のことを想っていたのさ。死ぬわけにはいかなかった。負傷しても構わない。とにかく生きて還り、丘の香りをもう一度全身で嗅ぎたいってな」

こうして、まずは嫁を探すことになった。

戦争と出稼ぎのせいで、村には結婚適齢期の娘たちが、嫁を求める若者の少なくとも五倍はいた。そのためアルトゥーロ・アルクーリは大様に構え、当時よくおこなわれていた拙速なお見合いは、端《はな》から断った。

日曜ごとに娘たちを眺めに教会に出掛けた。とりわけ聖体拝領のために娘たちが彼の脇を通るときなど、細かいところまで観察した。なかには、そこそこの持参金が用意できるといった噂のある娘もいたが、そうしたことには興味がなかった。それより、美しくて健康そうな娘に惹かれるのだった。村の娘たちはなかなか壮観だった。ぴんと伸ばした背筋に、形の整った胸、輝く瞳、真っ白な歯に、思わず口づけしたくなるような唇。隣接する村々のなかでも、スピッラーチェは美しい女性が多いことで評判だった。アルトゥーロは、あまりに多くて選べないほどだった。

「ぴったりの娘《こ》が見つかったか？」と、友だちはアルトゥーロに尋ねた。

「俺としては見つけたつもりだが、果たして彼女が俺を選ぶかだ。そうじゃなきゃ面白味ってものがない。こっちに完全に分があるなんて、そんな一方的なのは俺は嫌だね」

「どういうことだ？」

「お互いに求め合う気持ちが必要だろう。俺が彼女に夢中になるように、彼女のほうでも俺に夢中になってくれなけりゃあ、結婚なんて失敗した接ぎ木みたいなもんさ。すぐに枯れて、毎日の生活がつまらないものになっちまう」

「いったい何を言ってやがる。その彼女っていうのは誰なんだ？」

「まったく話のわからん奴らだ」

　彼女というのは、アルトゥーロが個人的に選んだなかで四人の候補に残ったうちの、誰でもよかったのだ。だが、彼のそのような考え方はほかの人にはわからなかった。アルトゥーロには一風変わったところがあった。友だちからは、戦争のせいで頭のねじが外れてしまったのだと言われていた。ときおり、村の慣習をまったく知らない余所者のように振る舞うことがあったからだ。

「お前に振り向く女なんて一人もいやしないだろうよ。村の娘たちは役者でも尻軽女でもないからな」

　ところが、それは大きな間違いだった。四人の候補のうちの三人までが、アルトゥーロに微笑みかけ、甘い眼差しを投げた。

アルトゥーロは背が高く逞しい好青年で、生き生きとした瞳をし、話も面白かったため、村の娘のあいだではたいそう人気があったのだ。そのうえ、兄も弟も戦争で亡くしているため——お お神よ我らをお護りください——ロッサルコの丘をそっくり一人で相続することになっていた。要するに理想の配偶者であり、おまけにものすごい働き者だったので、結婚相手として申し分なかった。ただし欠点がひとつあった。いや、長所といえるのかもしれない。それは、アルトゥーロの言動がまったく予想のつかないものだということだ。独特の判断基準を持っており、物事をよく逆転の発想で捉える。現にこのときも、最終的には誰も予想しなかった娘を結婚相手に選んだ。アルトゥーロの言うことにまったく耳を貸さず、彼が見つめても絶対に見つめ返すことはなく、かすかな笑みさえも浮かべなかった娘だ。彼はその娘を「リーナ」と呼び、ほかの三人は相手にしなかった。彼女は聞こえないふりをし、決して振り向こうとはしなかった。

教会で、おそらく祈っているのだろう、目を閉じている彼女の顔は、うっとりするような輝きを湛えていた。ぶつぶつ小声で何か言いながら口をゆっくりと開けたり閉じたりし、ときおり困ったように唇を噛む。その口もとをじっと見つめるアルトゥーロには、それが賛意のイエスか、あるいはほかでもなく愛のイエスと解釈すべき、かすかな合図のように思われた。神に対するスキャンダラスな冒瀆にさえならなければ、全聖人と村じゅうの人が注目するなかで彼女からキスをかすめとり、安心させただろう。アルトゥーロにはわけないことだった。

「アルトゥーロ、賭けてもいいが、彼女はお前にまったく気がないみたいだな」友人たちは教会を出ながら、そう言って彼をからかった。

するとアルトゥーロは自信たっぷりの笑みを浮かべ、「賭けをするまでもない。彼女はもう、イエスと言ったも同然さ」と言ってのけた。

その日から、アルトゥーロの飽くことのない求愛攻勢が始まった。毎日ロッサルコの丘での畑仕事から戻ると、彼は夕食をすませ、シャワーを浴び、剛い鬚を剃って、リーナの家の前に行き、向かいの石垣に座る。その姿に気づかない者はなかった。

友人たちは、雄鶏のように厚かましい態度だと悪口を言った。彼女が一人っ子で、しかも父親が遠く合衆国《ラ・メリカ》に出稼ぎにいっているからそんなことができるのだと。完全に恋に落ちていたアルトゥーロは、悪びれずに答えた。「リーナのためなら、たとえ咽を掻っ切ってやろうと待ち構える父親や、男兄弟が三人いたとしても、俺は絶対に怯《ひる》まないね」

リーナの母親はそんなアルトゥーロの厚かましさが嫌いではなかった。彼の意志が真剣なものであることは、もはや村の誰もが知っていたからだ。そのうちに、父親のアルベルトと一緒に石垣から五歩のところにある自分たちの家を訪れ、「お嬢さんの手をください」と正式に申し入れるだろうと思っていた。

周囲で渦巻くそんな甘ったるい思惑などどこ吹く風で、リーナは手を休めることなく家事に勤しんでいた。アルトゥーロの執拗な視線に対しては、ガラスのバリアをはりめぐらしたかのように無関心を装い、好きにさせていた。それでいて、ときおりこっそりと様子をうかがうのだった。だからといってお高くとまっているわけではなく、川底の石のように偏屈《チョータ》でもなかった。齢は十七。充分に成熟し、結婚するのにふさわしいと考えられていた齢ごろだ。すでに子どもを産んでいる同年代の女友だちも少なくなかった。

「石垣に腰掛けてるあの若者を、両手をひらいて迎えてやったらいいのに」母親にけしかけられた近所の女衆が、口ぐちにリーナに声をかける。

「いまは誰にも興味がないの」リーナは迷惑そうな顔で答えたが、実のところ、惹きつけられると同時に、拒絶されたような気にもなるその世界に飛び込む勇気がないだけだった。結婚した女たちはあまり幸せそうではないと彼女は感じていた。どちらかというと義務として夫に微笑みかけ服従している、女中のように思えたのだった。現に、母親の目にはいつだって恨みがましい不満や、無垢な青春時代への哀惜の念が浮かんでいた。夫を「ろくでなしの軟弱男」と蔑み、悪態をつかない日はない。ラ・メリカの売女のために結婚指輪を海に投げ捨て、それきり一枚の手紙も、一ドル銀貨も送ってよこさなかったのだから。

アルトゥーロはあきらめなかった。毎週土曜の夜と、祭日の前夜になると、長い小夜曲《セレナータ》を彼女のために捧げた。リーナの部屋のバルコニーの下で、キタッラ・バッテンテ（イタリア南部に伝わるギターの一種）を弾きながら何時間でも歌うのだ。一人の友だちがアコーディオン、別の友だちは竪琴《リラ》で伴奏した。アルトゥーロはとりわけキタッラの演奏がうまかった。ふくらみを帯びたキタッラの背の部分を、まるで恋人を抱くように情熱的に胸もとに包み込み、パーカッションのように指の腹で共鳴板を叩きながら、リズミカルなアルペジオを奏でる。ときに音程を外すこともあるものの、恋の緊張に震えるその歌声に乗って、まるで仲良しの燕がバラの花びらを運んでくるかのように、彼女のベッドに想いの丈が届けられた。「海の上を飛ぶ燕よ／愛しい人が涼しげな木陰で／眠っているあいだ／おお、リトルネッロ／涼しげな木陰で／眠っているあいだ……」

秋のある晩のこと、アルトゥーロがいつものように路地の石垣に腰掛けていると、雨が降り出した。少しでも雨を防ごうと上着で頭を覆ったものの役に立たず、大粒の雨が烈しく叩きつけ、前が見えない。寒さのあまり身を縮めていることしかできず、固く閉ざされた扉や窓の前では、恋する男がそこにいることもまったく意味をなさなかった。それでもアルトゥーロは一ミリたりとも動かず、雨があがり、奇蹟が訪れるのを待っていた。

そのときだった。彼女がようやく扉を開け、長い黒髪を濡らさないように少しだけ顔をのぞかせ、雨の音に掻き消されないよう声を張りあげて言った。「何してるのよ、おバカさんね。なかに入って。風邪をひくわよ」叩きつける雨の隙間で、彼女の笑顔がまるで太陽のように明るく輝いていた。感嘆がにじんだその笑顔には、家のなかに招き入れてもらったという事実をしのぐ価値があり、ファーストキスに勝るとも劣らないものだった。そのときの彼女の笑顔と、のちのファーストキスを、アルトゥーロは生涯忘れることはなかった。

家には彼女のほかには誰もおらず、外では雨が烈しく降り続けていた。

3

僕の祖父母、アルトゥーロとリーナは、一九二〇年の七月二十六日に結婚した。重苦しい雰囲気と夢うつつの感覚が交錯するなか教会で婚礼が執りおこなわれ、続いて新婦の実家で催された祝宴は、抑え気味の喜びに包まれてこそいたが、結婚式らしい賑やかさとはほど遠いものだった。戦争の傷がまだあまりに生々しかったからだ。実際、祝宴のあとアルトゥーロの両親は、その場にとどまって新郎新婦や親族、友人らと喜びを分かち合おうとはしなかった。その日だけは特別に午《ひる》過ぎまで喪服を脱ぎ、新郎の親としてなすべきことを果たしたのだ。言葉では到底あらわせない苦悩が皺の刻まれた顔に貼りついている父と母に、それ以上求めることはできなかった。

そんなアルクーリ夫妻に気分を害する者はなく、痛手から立ち直れず、幸せなはずの日に大きすぎる悲しみを抱えている二人に、誰もが慰めの言葉をかけ、悲しみを分かち合った。それは偽善ではなく、交わされる言葉はいずれも心からのものだった。地獄の苦しみを味わっている者に対しては、誰しも情けをもって接するものだ。戦争の前までは、アルクーリ家の人々を妬むあまり、災難に見舞われるように呪っていた者たちとて、それは同じことだった。

その日は酷く暑い日曜だった。参会者たちはまず水を飲み、次いで薄めたワイン、最後に純粋なワインを飲んだ。こくのあるロッサルコ産のワインだ。「うだるような暑さだね。ワインを飲むと汗がすっと引くよ」と、口をそろえて言い訳をしながら飲んでいた。そして大半がほろ酔い加減になった頃、若い衆は息も切れるほど情熱的なタランテッラを踊りまくった。

その晩、結婚立会人と、陽気で腕のいい音楽隊は、いつまでもいつまでも小夜曲《セレナータ》を奏で続けることになった。待てど暮らせど新郎が姿をあらわさなかったからだ。初夜のあと、新郎はワインやリキュールのボトル、パンやタラッリ（リング状の堅焼きパン）、腸詰め《サルシッチャ》、ソップレッサータ（豚の足、耳、舌などを煮詰めてゼラチンで固めたもの）、カピコッロ（豚の首から肩の肉を使用したサラミ）、パンツァイア（豚の頬肉の塩漬け）、生ハム、サルデッラ（シラスの唐辛子漬け）、ンドゥージャ（辛くて柔らかいサラミ）、プローヴォラ（水牛の乳の柔らかいチーズ）といったものが山盛りにされた籠を持って出てくるのが古くからの習わしだった。ところが、ナポリやカラブリアの民謡のレパートリーをすべて歌い、奏でつくしても、一行に新郎が扉を開ける気配はなかった。眠ってしまったのか、わざとみんなをじらしているのか、はたまた歌声が聞こえないのか……。そこで、高音のたびに音程を外すのを覚悟で、さらに声を張りあげた。

実際、アルトゥーロの耳には楽隊の歌など届いておらず、聞こえていたのは新妻の口から洩れる悦びの呻きと叫び声だけだった。ねえ、乳首をもっと吸って。そう、ゆっくりと強く腰を動かして突いてちょうだい。痛いけれど気持ちいいの。いままで感じたこともないような熱が全身にこみあげてくる、とリーナは哀願するのだった。それは思いもかけない炎であり、地上の楽園だった。

自分を信頼しきって心をひらいてくれるリーナを失望させることなどどうしてできようか。アルトゥーロは経験豊かなほうではなく、二度ほど商売の女に相手をしてもらったことがあるだけだった。合わせても五、六分といったところだろう。そのときは女の臍から下がどうなっているのか見るだけで精一杯だった。だが、愛されたいと願い、恥じらうことなく服を脱ぎ、悦びに満ちた欲情とともに乳房も唇も自分に委ねてくる新妻を前にしたいま、キスをするごとに経験が増し、あらゆるステップをたちまち乗り越えていった。

アルトゥーロは、動きをとめないでと彼女に懇願されながら、セックスとはなんてシンプルで素晴らしい行為なのだろうと内心驚いていた。そして、乞われるままに腰を動かし続けた。身体じゅうから熱い汗のしずくが滴り落ち、胸毛も髪もぐっしょりと濡れていた。

一度目を終えた二人は、麻のタオルで汗を拭ったが、その手は互いを求めて震えていた。そして、ふたたび抱き合った。

明け方四時頃、待ちくたびれ、お腹をすかせた友たちの口笛や冷やかしの拍手に迎えられ、アルトゥーロはようやくのこと結婚立会人に籠を手渡したのだった。

お返しに、愛情のこもった、いわば当然ともいえる「ちくしょう、このヤローめ！」という罵声を浴びながら。

一九二一年四月十八日、ものすごく暑かったその春の光り輝く日、僕の父が生まれた。リーナはロッサルコの丘で、夫と舅の畑仕事を手伝っていた。お腹が迫り出し尖っていたが、特別に大きいというわけではなかった。一方、妊娠の前からすでに豊かだった乳房はぱんぱんにふくらみ、四つ子を育てるほどの乳を蓄えているように見えた。

近所の経験豊かな女衆の予想によると、出産は五月の初めになるだろうということだった。そのためリーナは、安心してほぼ毎日一緒に畑に出ていた。彼女の手が必要だったし、リーナもまた、夫の傍らで一家の発展のために役に立てることが嬉しかった。どのみち当時は、妊婦でも出産の数時間前まで働くのが当たり前だったし、たいてい家で子どもを産んでいた。出産経験のある近所の奥さんか親族の手を借り、分娩に異常があるような場合だけ、サン・ニコラに住む優秀な産婆を呼びにやるのだ。お腹が大きいからといって別に病気じゃないんだから、ガラスケースに入れて護ってやる必要もあるまい。赤ん坊が生まれてくるのを待っているだけだ。この世でいちばん自然なことだよ……。父はよくそう言っていた。むろんリーナも例外ではなかった。労力を惜しまず働き、根を詰めすぎたときなどは、赤ん坊が力強くお腹を蹴るのを感じた。男の子、それもやんちゃな子にちがいなかった。思いっきり蹴り、暴れまわる。一時《いっとき》たりともじっとしていないのだから。早く外に出て陽の光を浴びたくてしかたないのだろう。

夫のアルトゥーロは、オリーブの巨木のまわりの下草を刈っていた。まだ春だというのに猛々しい暑さで、火事にでもなればあっという間に炎に呑まれてしまうからだ。舅は外科医のような正確さで、植えられた苗のあいだの土を鍬で耕しながら、畑の手入れをしていた。相変わらず口数が少なく、沈んでいた。二人の息子を死なせてしまったことに対する後悔に苛まれ、傷はいつまでも癒えることがなかったのだ。何もかも、息子たちを救うために力を尽くさなかった自分のせいだとさえ感じていた。

リーナは夫の助言にしたがって、お腹をあまりつぶさないように脚をひらいて屈んだ姿勢で、兎の餌にするためにスッラという秣《まぐさ》の一種を、小さな鎌で刈っていた。その日はあまり体調がすぐれなかった。明け方から下腹部に不快な痛みを感じていたのと、季節外れの暑さのせいで、大した仕事をしていないのに疲れていた。

リーナは、ロッサルコの丘でいちばん光の当たる斜面にある、スッラの花畑の真ん中にいた。風で小波《さざなみ》のように揺れる一面の赤い海。片方の手で花の咲いたスッラを束にしてつかみ、もう片方の手には鎌を握っていた。そのとき不意に、腹部を締めつけられるような痛みを感じた。陣痛が始まったのだ。

リーナはいよいよ生まれるのだと直感し、なんとか下着をとると、夫を呼んだ。「アルトゥーロ、早く来て」そしてできるだけ腰を低くし、草をかすめるぐらいに膝を曲げた。「アルトゥーロ、急いで、生まれそうなの！」

アルトゥーロはすぐさま彼女のもとに駆けつけた。

「小屋へ行って、水とあなたの上着を取ってきて」と、リーナは夫に指示した。そんな状況でも、夫より冴えていた。

アルトゥーロは、こんどは小屋に向かって駆け出しながら、父親を呼んだ。「おい親父、生まれそうだって。待望のアルベルト二世の誕生だぞ」

勢い込んで小屋の戸を開け、上着と、水の入った樽をひっつかんだ。樽に水がわずかしか残っていなかったので、ワインの入った水差しも持った。こうして、またたく間に妻のもとに駆け戻った。その後ろから、父親も駆けつけた。

赤ん坊は、絨毯のようなスッラの花の上にそっと寝かされていた。緋色の花の上の鮮やかな赤。瞼は二つとも閉じられたまま、まだ臍の緒で母親の身体につながっていた。リーナは、短時間のあいだに全身の力をふりしぼって息んだため、疲れ果てていたものの、微笑んでいた。一方のアルトゥーロは、あたふたするばかり。「ああ、神様。なんてこった」何をすればいいかわからなかったのだ。髪を掻きむしりながらすがるように父親を見た。「それで？　どうすりゃいい？」

そうやって男二人が狼狽しているあいだに、リーナは鎌で臍の緒を切った。スッラの絨毯に横になり、大きく張った乳房のあいだに赤ん坊を寝かせ、指の腹でそっと撫でた。アルトゥーロは赤ん坊を上着でくるむと、残っていたわずかな水で丁寧に妻の身体を洗ってやった。そして、咽の渇きを癒すためにワインを一口飲ませてやった。「乳の出がよくなるぞ」などと口実をつけながら。

お祖父《じい》ちゃんになったアルベルトは、おそるおそる孫のそばまで行き、濡れている髪に優しくキスをした。「わしと同じ名前にすることはない。それより、死んでいったミケーレとアンジェロの名前をとったらどうだね。そうすれば、この子と一緒に二人も生き続ける。生まれてくる赤ん坊が男の子だったらと、ずっと考えていた。二人の名前を合わせて、ミケランジェロにしようってな」そう言うと、嬉しさのあまり泣き出し、泣きやむことはなかった。人目も憚らずに泣いていた。それを見たアルトゥーロは感極まり、あふれ出る喜びに父親を抱きしめた。そんなふうに父親を抱きしめたのは、最初で最後のことだ。そのあいだにも、赤ん坊は大きな声で泣き出した。元気でお腹を空かしている証拠だ。

リーナとアルトゥーロは、自分たちが決めたものではなかったが、その名前がたちどころに気に入った。「有名な人の名前だから、幸運をもたらしてくれるにちがいない」とアルトゥーロは言った。リーナは満足そうな笑みを浮かべ、ブラウスの胸もとのボタンを外した。すると赤ん坊は目も開いていないというのに乳首を探りあてた。

「さすが、わしらが天才ミケランジェロ！」祖父のアルベルトが得意そうに声を張りあげた。「生まれたばかりなのにもう、この世でいちばん大切なものが何かわかっている」

花をつけた木々のあいだを芳しい風が吹き抜け、アルクーリ家の人々のまわりを軽やかに旋回した。赤ん坊は小さな鼻をふがふがいわせながら、ゆっくりとした一定のリズムで乳を吸っていた。それを見た祖父は、アルトゥーロとリーナにこう言った。「見ろ。空気の匂いを嗅いどるぞ。

仔犬のようだ」

「ああ、ほんとうだ」と、アルトゥーロは誇らしげだった。「俺に似て、鼻が鋭い。丘の香りがもうわかるらしい」

香り

金雀枝《えにしだ》や庭常《にわとこ》の花、オレガノに甘草、午時葵《ごじあおい》、ミントや銭葵《ぜにあおい》といった植物の入り混じった匂いが、海から吹いてくる軽やかな風に運ばれて丘のてっぺんで渦を巻き、目に見えない光の輪を形づくっていた。「齢をとればとるほど、この香りが鼻の奥に沁みついて離れない。昼も夜も、どんな季節でもだ。おそらく俺も頭がどうかしてきたんだろう。あるいは、殺される日が近いのかもしれん」八か月ぶりにロッサルコの丘で父に会ったとき、父は僕にそんなふうに自分の思いを明かした。

僕は、復活祭《パスクア》の休暇を利用して、単身で故郷に帰っていた。シモーナは、以前にスピッラーチェで過ごした復活祭とその翌日の月曜日《パスクエッタ》が、それまでに経験のないほどの雨と寒さに見舞われて以来、いくら誘っても決して行くとは言わなくなった。「あのときは気象が異常だったんだよ」と僕は説得を試みた。「来てみたらわかるから。素晴らしい香りと鮮やかな色にあふれたカラブリアの春は、トレンティーノからしてみれば天国みたいな場所だ」

すると、彼女は冷ややかに笑った。「わたしに遠慮せずに、〝パパ〟のところに行ってきたらいいじゃない。何も問題がなければ、こんどの夏にお会いしましょうと伝えてちょうだい」

父はなにはさておき、新しく生まれ変わった小屋《カゼッラ》に僕を案内した。自己流に改装し、寝室とトイレ、それに薪ストーブのある小さな台所を造ったのだ。そして、九月の終わり頃からそこに移り住んでいた。小屋の隣にもう一つ別の納屋のようなものを建てて、食料品や農具をしまい、パンを焼くための小型の窯まで設《しつら》えた。以前の住まいから必要なものだけを愛車のフィアットパンダ4×4に積み込んで運んだ。服と下着の入ったスーツケース二つに、本の詰まった段ボールが一箱、祖父アルトゥーロの白黒の写真。トリノで撮った母の若い頃のアップの写真、それに古い猟銃の入ったケースと薬莢が一箱、祖父のものだったキタッラ・バッテンテ。要するに、父がしようとしていることは、どう考えても野生の暮らしであり、僕には理解できないものだった。電気もなければテレビもない、洗濯機も冷蔵庫もない小屋で暮らそうというのだから。聞くまでもなく、シモーナの皮肉が想像できた。「さすが、あなたの理想の男。最高の最期を選んだわね。きっと怖くてたまらないのよ。だから、強い男の仮面をかぶり、自分にだけ感じることのできるという丘の香りに包まれて、孤高の暮らしをするなんてうそぶいて、恐怖を押し隠しているのね。あなたは、まるで仔犬のようにその後を追いかけまわしてるんだわ！」

どうしてそんな孤立した暮らしをしたがるのか尋ねたところ、父は、ロッサルコの丘が好きだからとだけ答えた。好きというよりも、魅せられたと言ったほうがいいかもしれんな。それだけさ。ほかに理由なんてありはしない。そして、僕の視線に浮かんだ戸惑いに追い立てられるように、言い添えた。「俺は何も恐れていないし、誰も怖がってなんかいないぞ」あたかもそれはシモーナに向けられた答えのようであり、僕はそれを聞いて安心するどころか、かえって不安が増した。父はそんな僕の思いを察したらしく、「俺ももう齢だから、たいそうなものは必要ない。どれもこの丘で手に入るものばかりさ」と言ったきり、その件については二度と話そうとしなかった。

その、いかにも誇示するような確信に満ちた父の態度には、腑に落ちないものがあった。そのとき、ふと母の写真に僕はひきつけられた。当時にしては背が高くて勝気な、美しい女性だ。髪は、年齢を重ねるにつれて色が濃くなっていったが、その写真の母の髪は明るい栗色で、唇はナチュラルな赤、瞳はひと言ではいいあらわせない……緑と濃い青に光の欠片《かけら》をちりばめたような、そんな色だった。母もまた、村よりもロッサルコの丘を愛していた。

母が亡くなってからおよそ三か月のあいだ、父は時代錯誤ではないかと思えるほど徹底的な喪に服していた。外出をせず、誰とも話さず、他人を威嚇するようなごわごわの鬚を伸び放題にしていた。朝から晩まで暖炉の炎をじっと見つめ、ひっきりなしに煙草を吸っていた。胸の内でまだ烈しく息づいていた悔恨と自責の念を燃やしてしまおうとしていたのかもしれない。母はトリノ出身の自立した女性で、世界を股にかけて活躍していた。母を知る者は皆、くらくらするほどの魅力を持った女性だったと口をそろえて言うほどだった。一方、生まれながらのカラブリア人である父は、気性が荒く夢想家で、「トリノっ娘《こ》」――村人たちは母のことをそう呼んでいた――のために仕方なく何度かピエモンテ州を訪れた以外、故郷から離れることはなかった。二人に共通していた唯一の特徴は、いい意味においても悪い意味においても、一歩も譲らない頑固さだった。そのため、二人は生涯添い遂げたものの、その関係は並大抵のものではなかった。

「俺がこの丘で暮らそうと決めたのは、母さんのこととはまったく関係ない。あいつが死ぬ前に、すでに決めていたことだ」横目で母の写真を見やりながら父は言った。それから、常磐樫を削って造ったごつごつの腰掛けに座るよう僕を促し、チロ・ワインをグラスに一杯注いでくれた。そのうえで、自分が生まれたときのことを語り出したのだ。

そのときになって初めて僕は、父のその引っ越しにもそれなりに理屈があるのかもしれないという気がした。人はいつでも生まれた場所に帰るものなのだろう。「言い古されたことのようだけど、そういうものよ」シモーナが、最愛の詩人ノヴァーリスを引用しつつ言っていた。「いったい僕たちはどこへ向かっているのだろうか《ヴォー・ゲーエン・ヴィア・デン・ヒン》／いつも我が家へ《インマー・ナッハ・ハウゼ》」

父にとっての我が家とは、ロッサルコの丘だった。だからこそ父は、八十歳を目前にしたいま、そこに帰りたかったのではないかと僕は考えた。自らの人生の輪を閉じるために。

だが、あるいはそれは僕の思い違いかもしれない。シモーナもまた、高みから杓子定規な判断を下すという間違いを犯していた。父のほんとうの意図を理解できずにいたのは僕のほうであり、その一方で父は、ますます頑なに自分の道を突き進んでいた。そして僕は、シモーナに対してだけでなく、自分自身に対しても認めたくなかったのだが、鋭い嗅覚を持つ父の意のままに操られ、磁力を放つ父の眼差しからいまだに自由になれずにいた。

父のその眼差しは生まれ持ったもので、最初にそれに魅了されたのは彼の父方の祖父母だった。きらきらとした大きな瞳で、飽きもせず自分たちの一挙手一投足を驚嘆とともに見つめる孫を前に、二人はまるで息を吹き返したようだった。しばらくぶりに喜びという感情を解き放ち、孫に笑いかけることができた。やがて、心の底から笑い、孫をくすぐり、小さなお腹にキスをし、「お眠り、わたしの大切な宝よ」と子守唄まで口ずさむようになっていた。むろん、かつての幸せな日々をとり戻すことはできなかったが、せめて灯りが見えるようになっていた。二人にとって、かわいい孫のミケランジェロは彗星のような存在となった。「新たな生命の誕生こそ、死を癒す唯一の治療である」という悠久の真実を、身をもって証明していたのだ。

4

こうして家族が再生し、大きくなった以上、みんなにまともな暮らしをさせなければならなかった……と、父は話を続けた。たしかに苦難の時代で、マラリアや虱《しらみ》だけでなく、そこかしこに貧困が蔓延していた。

大戦から帰還した者たちには、大地主が所有する未開墾の土地を占領するよりほかに生きる手段《てだて》はなかった。自らも帰還兵だったアルトゥーロは、ロッサルコの丘の一部をわずかな賃料で貸し出しただけでなく、村に農業協同組合と消費者組合を組織するために奔走した。父親には、家族のことを第一に考え、厄介ごとに首を突っ込むなと戒められたが、アルトゥーロは煩わしそうに答えた。「俺は、みんなが平等に暮らせたらいいと思っている」

父親は反論した。「お前は正直すぎる。少しバカがつくくらいにな。この世に平等なんてものがあるわけないだろう」

ヴィゾッキ法（農業の生産性を高めるために一九一九年に出された省令）の施行によって合法化された協同組合のお蔭で、組合員は団結して大土地所有者との交渉にあたり、小作料の減額を認めさせるという、なによりの利益を手にすることができた。これでみんな、少なくとも飢え死にせずにすむ、とアルトゥーロは言った。田舎暮らしのいいところは、自分の家で食べる分のパンと、ひよこ豆や蚕豆《そらまめ》の料理に野菜や果物、それに豚に食べさせるドングリぐらいは、土地から得られるという点だ。とりわけ土地が自分のものであるか、たとえ借地にしても、首が回らなくなるほど高い小作料でさえなければ。

アルトゥーロは自分が恵まれていると感じていた。ロッサルコの丘のお蔭で、パンも付け合わせもワインも手に入る。丘は、ぶどう畑になっているそこそこ肥沃な斜面と、レモン、マンダリン、オレンジといった柑橘類が豊かに生い茂る沢に沿った一帯をのぞけば、岩だらけで固い、二級の土地だった。それでもアルトゥーロは愚痴ひとつこぼさなかった。それだけでなく、丘の上で息子が生まれた日からというもの、あの殺された男の、非難するような眼が瞼の裏に浮かぶこともなくなった。新たな命の力が、永久に死の影を追いはらってくれたかのように。

それだけでなく、一家は自宅近くの家畜小屋に、ラバ一頭と荷車、山羊四頭に豚二頭を所有していたし、老母ソフィアは十羽ほどの兎と、数は定かでないものの雌鶏や雄鶏の世話をしていた。アルトゥーロは自分のことでは不平を洩らさなかったが、子どもの頃から不当な仕打ちを見過ごせない性分だった。たとえば、地元の大地主が、自分たちの所有地や不法に手に入れた国有地を荒れ放題にしておくくせに、農民からは土地一トーモロにつき小麦三トーモロの現物を借料として要求することには我慢ならなかった。

「俺だったら、理不尽な大地主も、負けず劣らず横暴なその息子連中も、一緒くたにして強制労働に送り込んでやる」と、広場で演説をぶつのだった。「そうすれば、働くということがどんなものか理解できるだろうよ」九歳の頃から、父と亡き兄弟とともにロッサルコの丘を耕していたアルトゥーロは、働くことの意味が嫌というほどわかっていた。

村の広場や居酒屋には地主に媚びへつらう取り巻き連が出入りし、アルトゥーロのような反逆的な者の行動を密かに監視していた。地主ドン・リコの怒りに満ちた返事が伝えられたのは、そんな連中からだった。「アルトゥーロよ、百歳まで長生きしたかったら、余計なことに首を突っ込むのはやめろ」と、険しい表情で言ったのだ。

ところがアルトゥーロは、皮肉たっぷりに言い返しただけだった。「ご忠告ありがとよ。せいぜい旦那によろしく伝えてくれ」

穀物の収穫やぶどうの摘みとり、オリーブの実を集める季節になると、アルトゥーロは父親だけでなく、妻や母親、そして義理の母親にまで手伝いを頼んだ。天気のいい日には、赤ん坊のミケランジェロも一緒に丘に連れていった。よちよち歩きを始めるようになるまでは、籐の籠に入れて寝かせ、オリーブの巨木にぶらさげておいた。風で自然に揺られるゆりかごのようなものだ。ミケランジェロは気持ちよさそうに眠り、目を覚ますと、それほどお腹が空いていないときには、大人のように真面目な表情で、自分の頭上を覆うオリーブの葉や、枝から枝へと跳びはねながらさえずっていたかと思うと、やがて雲のあいだへ飛んでいく小鳥たちを観察していた。そのうちにまた、一定の間隔をあけながら悲しくてたまらないというように泣き出し、母親を呼んだ。「あらあら、またお腹が減ったの」そう言いながらリーナが母乳をやりに戻り、抱きあげる。赤ん坊は、鼻先に乳首が見え、お乳の匂いがしたとたんに泣きやみ、目を閉じて、眠っていたときよりもさらに気持ちよさそうに、勢いよくおっぱいを吸った。母親のその豊満な胸もとから追いはらわれてたまるかというように、小さな両の拳をぎゅっと握りしめて。

正午になると、大人たちは三十分ほど仕事の手をとめて休憩し、軽く食事をすませるのだった。

麻の肌掛けを敷いて赤ん坊を寝かせ、それを囲むように車座になる。すると赤ん坊は両手両足を威勢よく動かし、ときには寝返りを打つこともあった。それがたまたま母親のいる方向だったり、祖父のいる方向だったりすると、他の人たちは焼きもちをやくのだった。「お前はママのほうが好きなんだろう、おい、このちびすけ《チョタレッロ》」息子に指をぎゅっと握られながらも、父親はそんな皮肉を言った。そうかと思うと母方の祖母が、「こっちにおいで。むしゃむしゃ食べちゃうぞ」とからかい、「あらあら、なんておいしそうな赤ちゃんだこと」と、小さな足に咬みつくふりをする。すると赤ん坊は笑い声をあげ、ますます手足をばたつかせ、転げまわり、また笑うのだった。こうしてミケランジェロは、さながら小さな王子さまのように大人たちに見守られ、はかりしれない愛情を一身に受けて、笑いながら成長した。

ある日、一家がオリーブの巨木の下で賑やかに昼食をとっていると、威嚇するような馬のいななきが聞こえ、ほどなく、トリペーピの森を横切る山道から馬にまたがったドン・リコの農場管理人がぬっとあらわれた。肩には銃を提げ、禿げた頭には年季の入ったコッポラ帽をかぶっていた。このあたりで彼のことを知らない者はいなかった。朝から晩までドン・リコの所有する農地をまわっては、小作人や日雇い労働者の仕事ぶりを監視する。必要とあらば銃を撃って脅すこともあった。

男はきちんと手入れされた高圧的な口髭の下で冷笑を浮かべると、馬から降りもせずに話しかけてきた。「食事中に邪魔して悪いね」

「一緒にいかがです?」アルクーリ家の人々は口をそろえて言った。

「今晩、夕食がすんだら屋敷に来てほしいと伝えに来たんだ。ドン・リコから話があるそうだ」

「そんなに急ぎの用があるなら、ドン・リコのほうからうちに来るように伝えてくださいよ。どこに住んでるかぐらいご存じのはずだ」アルトゥーロは食事を続けながら答えた。

「ドン・リコが、あたしたちになんの用なの?」妻のリーナが不安げに尋ねた。

「何も悪いことじゃないさ、リーナの奥さん。怖がらんでいい。ロッサルコの件で話し合いたいそうだ。詳しいことはドン・リコから直接聞いてくれ。友人として、あるいは同胞のよしみでひとつ忠告しておくが、ドン・リコには逆らわんほうがいいぞ。さもないと後悔することになる。言われたとおり今晩は屋敷に行くんだ、いいな。そのほうがみんなのためだ」

馬がふたたび威嚇するようにいなないたので、赤ん坊はわっと泣きだした。

「頼むからもう帰ってくれないか。赤ん坊が怯えているじゃないか」アルトゥーロはそう言うと、息子を抱きあげて額にキスをし、妻の腕に託した。妻は、ずっしりと重くなった乳房を手際よく出すと、乳をやりはじめた。


夕食後、老アルベルトはドン・リコの家に行くつもりだった。厄介ごとを避けたいという気持ちもあったが、それよりも、ドン・リコが自分たちに何を求めているのかをはっきりさせたいからだと家族に説明した。アルトゥーロは、行くのは間違っていると父親を説得した。「どうせドン・リコの頭にはひとつのことしかないんだ。飴と鞭をうまく使い分けて、俺たちから土地を取りあげるつもりだ。いちばんいい区画を俺たちが奴に売りたがってると言って歩いてるらしいぞ。いいか、親父、奴は罠を仕掛けてるんだ。わかるだろ? みすみす罠にかかるつもりはないね。俺たちは奴が思ってるほどバカじゃないんだ」

嫌がらせが始まったのはそれから四、五日経った頃だった。アルクーリ家から毎年欠かさずオリーブオイルを仕入れに来ていたマリーナの卸業者があらわれなかったのだ。どうして来ないのか、その理由さえ知らせて寄越さない。それだけでなく、その時期はワインもさっぱり売れず、小麦も、村の内外いずれの業者も扱ってはくれなかった。文字通りのボイコットだ。口にこそしなかったものの、誰もが黒幕の正体を知っていた。消費者組合だけが、気持ちばかりのオイルとワインをアルトゥーロから買い取ってくれたが、胸を張って生きていくには少なすぎる量だった。

そうした個人的な嫌がらせでは物足りないとでもいうかのように、ファシズムが台頭すると協同組合の試みは各地で行き詰まり、粘り強く運動を続けようとする者たちは、脅されたり、あるいは合衆国《ラ・メリカ》への移住を余儀なくされたり、場合によっては逮捕者まで出るようになった。

またたく間に窮地に陥り、懐にはまったく金がなくなったため、アルトゥーロはラヴェンナの自助組合で働くことにした。組合は帰還兵を募り、チロ・マリーナの北東部、鉄道と海岸沿いの平原のあいだの沼地や湿地帯の開拓をしていたのだ。アルトゥーロのほかにも、近隣で失業中だった数十人の男たちが雇われた。

遅刻せずに仕事に行かれるように、アルトゥーロはロッサルコの丘の小屋に寝泊りすることにした。朝、目覚めると急いでピロルの斜面をくだり、アリーチェ岬の灯台まで続く一直線の道を行く。一日じゅう働いたあと、疲れた身体でラバの背にまたがってきつい坂を登るのはつらかったが、小屋まで帰ってくれば、少なくとも屋根の下で夜を過ごすことができ、蚊の大群にむしばまれることはなかった。仕事仲間たちは、村から歩いて通うにはあまりに遠く、道も険しいため、沼の脇で藁袋にくるまって眠るしかなかった。そして土曜の夕方、みんな一緒に、速足で陽気に村の自宅まで帰るのだった。

アルトゥーロはリーナと息子を抱きしめ、しばらく三人で遊び、食卓では両親に自分たちがかかわっている大規模な干拓工事について説明した。広大な湿地帯に、まずドコーヴィルと名付けられた臨時の鉄道を敷設し、乾いた砂を貨車で何杯分も運んで、マラリアを媒介する蚊が大量に湧く沼地を埋めていく。あのひどい蚊のせいで、アルトゥーロも子どもの時分に病気をしたことがあった。蚊の棲息地となっている悪臭を放つ腐った水がなくなれば、おびただしい数の蚊が死んでいく。その頃アルトゥーロは、湿地帯に適したユーカリの若木を数百本植えた。ユーカリは地面深くに根を張り、水を吸いあげてくれるのだ。

夜には決まって若妻と愛を営んだ。二人は互いに求め合い、あの結婚式の初夜のときのように、何時間も何時間も、もうこれ以上動けないというまで愛し合った。アルトゥーロに舌で乳首をむさぼるように舐められるたび、リーナは大きな声で喘ぎそうになるのだが、二階の老いた両親と、ベッドの隣のゆりかごで眠る赤ん坊を起こさないよう、必死で堪えた。また、二人で同時に腰を動かし、摩擦熱で火がつくのではないかと思うほど肌と肌を烈しくこすり合わせているうちに、やがてオーガズムによる痙攣が訪れ、火山のように全身が振動するようなときでも声は出さなかった。燃えさかる若い二人の肉体が、週に一晩で満たされることはなかった。そんなときリーナは、アリーチェ岬での干拓工事が一日でも早く終わることを祈ったが、翌日、冴えた頭で口づけとともに夫を見送ったあとには、どうか仕事がなくなりませんようにと聖アントニオに祈るのだった。

5

三月のある日、ドコーヴィルの貨車を湿地帯のそばに停め、荷の積み降ろしをしていた者たちが、泥地のなかにテラコッタの破片やブロンズの小像、腐食した硬貨などがたくさんあるのを見つけた。驚いて互いに顔を見合わせた労働者たちは、班長のジュゼッペ・パッリッラに内緒で、拾い集めたものを山分けし、手当りしだいパン袋に詰め込んだ。

その週の土曜日、アルトゥーロは、ブロンズの小像とテラコッタのかわいらしい馬、独楽の形をした小ぶりの壺を息子のミケランジェロに、妻には銀の指輪を土産に持って帰った。指輪は磨いてみたところ新品のようにきらめき、リーナにぴったりだった。両親には舟形のランプ。そして、片面に鼎《かなえ》の文様が刻まれているのがはっきりとわかり、もう片面は凹んでいる銀貨を自分のためにとっておいた。「お守りだよ」と、家族に見せながら。

おそらく、その場にいた労働者は一人として、その発見がどれほどの重要性を持つものなのか理解していなかった。彼らにとっては、野を耕していると時々出てくる、大した価値のない、あるいはまったく価値のないがらくたでしかなかったのだ。ところが、大きな大理石の男性の彫像の頭部と脚、煉瓦や、黄色味を帯びた完璧な四角形の巨大な凝灰岩のブロック、円柱の柱頭や柱身が次々に出てくると、アルトゥーロとジュゼッペ・パッリッラ班長、そして同じ班のほかの二人の労働者が技師のディ・ロレンツォに知らせ、その後に出土した品々はほとんどすべて、土地を所有するサバティーニ家の城に保管されることになった。

一九二三年の四月の半ば、事務レベルでは、史跡監督官のパオロ・オルシの指示の下、カタンザーロ土木局によって開拓工事の中断が決定された。だが現場では、最終的な中断命令がくだされるまではと、労働者たちが今日で最後だろうと言いながら、日々作業を続けていた。

先の見えない仕事に、アルトゥーロは機嫌が悪く、いらいらしていた。だが、夏もそろそろ終わるという頃、妻のお蔭で彼の顔にふたたび幸せの笑みが戻った。その晩、週に一度の絶頂の喘ぎを必死で押し殺したあと、リーナは夫の耳を優しく嚙みながら告げたのだ。「また妊娠したみたい」

ミケランジェロを出産したあと、リーナは二度続けて流産していた。近所の女衆たちは、身体をいたわらないからだと言った。いたわるどころか、夫の代わりに男並みに野良仕事をこなし、家事だって手を抜かないんだから。まったく、自分が人間だってことを忘れ、ラバだと思い込んでるんじゃないのかい……。「こんど妊娠したら、もっと気をつけないと」と、一度目の流産のとき、リーナは自分自身に誓うとともに、周囲にも約束していた。ところが、ふたたび同じ轍《てつ》を踏んでしまったのだ。実母を看取ったことによる疲労もあった。まるで燕のように痩せ細り地獄の苦しみを味わっている母の、死の影がつきまとう枕もとで、身重の娘は毎日付き添わなければならなかった。まもなく哀れな母は、生まれてくることのなかった二人目の孫をその腕に抱いて、天に召されていった。

その晩、ようやく満たされた思いで眠りに就く前に、リーナは、新しく授かった命を誕生までしっかりと育めるようどうか手をお貸しくださいと、聖アントニオに静かな祈りを捧げた。一方、アルトゥーロはその晩ほとんど眠らず、サイドテーブルにしまっておいたあの銀貨を取り出し、掌に入れて大切に握りしめた。

翌朝、彼は口もとに笑みを浮かべてアリーチェ岬に戻っていった。そして、仲間から「おい、アルトゥーロ、なんだってそんなに楽しそうなんだい？」と尋ねられると、自信たっぷりに返事をした。「やっと風向きが変わったのさ。見てろよ」

予感は的中した。それからさらに八か月、開拓の仕事は中断されることなく続いた。しかも、ラヴェンナの自助組合が地元の日雇い労働者に直接仕事を委託するようになったので、以前より賃金もよくなった。そうして、考古学的価値のある一帯をためらいもなく埋め立てていたところ、ある日、パオロ・オルシが直々にやってきた。

「たしかに間違いない。この建物の基礎部分はアポッロ・アレオ神殿のものだ。向こうにある遺構は、神官たちが住んでいた家にちがいない」一九二四年五月三日の朝、出土品の見つかった場所を訪れたオルシ教授は、開口一番にそう言った。そのまわりには、ひと言も聞き洩らすまいと彼の口もとを見つめる男たちの一団があった。デッサンを担当するロザリオ・カルタ、ローマ出身の若い考古学者とドイツ人考古学者、修復担当のジュゼッペ・ダミーコ、それにチロの有力者が三、四名と、土地の所有者であるサバティーニ家の父子ジュゼッペとフランチェスコだった。アルトゥーロが顔を知っていて、名声も耳にしていたのは、このサバティーニ父子だけだった。一団から数歩離れたところでは、労働者たちが具体的な指示を待って、所在無げに群れていた。「残念ながら神殿も神官の家も、保存状態は劣悪です。とくに神官の家がひどい」オルシよりもひと足先に来て、四月二十四日から現場の指揮をしてきたロザリオ・カルタが言った。

「ああ、見ればわかる。これではまるで採石場か煉瓦工場だ」オルシ教授が憮然として言った。「何世紀も昔から繰り返し遺跡荒らしの被害に遭ってきたのだろう」

そのまま帰ってしまうのではないかと思えるほど失望しているようだった。ところが、隅々まで遺構を見てまわったあと、オルシは新たな発掘作業を命じ、チームの一人ひとりに具体的な作業を割りふった。濁声《だみごえ》で指示を飛ばすため、恐ろしくさえあったが、その身体から放出されるエネルギーがしだいに増していくのがはっきりと知覚できた。ただし、どうしても納得できないことがひとつあるらしく、それを何度も繰り返し口にしていた。「戦争が始まる前にこの一帯を調べたときは、どこか周辺の丘に神殿があるものだとばかり思っていたよ。たとえば、この真正面に見えるあの赤い丘とかね」そう言いながら、すらりとした腕を伸ばしてロッサルコの丘を指し示した。「ギリシアの神殿が湿った低地に建てられることもあるなんて、考えもしなかった。しかも、通行することさえままならないような沼地で、銀梅花《ぎんばいか》の藪に覆われた、ほぼ海抜ゼロメートルの場所だ。海のそばにある神殿はたいてい、海岸線を見下ろすように高台にそびえているものだ。船乗りたちが遠くからでも見つけられるようにね」

周囲の者たちはその博識ぶりに圧倒され、敬意のこもった笑みを浮かべながら聴いていた。パオロ・オルシは深いため息をついた。「この神殿はこれまでの常識を大きくくつがえすものだ。そのせいでわたしも完全に騙されてしまった。これまでのわたしの考えが間違っていたことを認めなくてはならん。友人のルイジ・シチリアーニの言っていたことが正しかったんだ。なんといっても彼は民間信仰に詳しいからな。最初に連絡をくれたのは彼だった。まず電報を寄越し、それから、状況を憂慮し、ぜひ現地調査をしてくれないかという手紙をくれたんだ。実際に来てみて、ほんとうによかった」

「来ていただけて助かりました」ジュゼッペ・サバティーニも相槌を打った。「伝説の都市クリミサが正確にどこにあったのかも、必ず突きとめられることでしょう……」

「いずれにしても、ひとつずつ地道にやっていくしかないな」教授は言った。「クリミサはクリミサで、別に発掘調査をする必要があるだろう。まあ、今回の遠征のあいだにも、何か具体的な手掛かりが見つかるかもしれないがね」

パオロ・オルシの話を聴いていたアルトゥーロの不安は増すばかりだった。これで開拓事業は中断され、自分は解雇されるにちがいないと思ったのだ。ところが、オルシ教授は開拓団の労働者の大半を発掘作業員として採用した。そればかりか、そのうちの数名を選り抜き、自分の直属となる「特殊技能班」を組織したうえで、下調べや、細心の注意が求められる作業を任せた。選考から洩れたアルトゥーロは、細かいことを根に持つ性分も手伝って、オルシは高慢な人物だと決めつけた。あれほど父親の口から褒め言葉を聞かされ、常に心の隅にあったオルシの崇高なイメージが打ち砕かれてしまったのだ。

それだけでなく、日が経てば経つほど、アルトゥーロには一連の発掘調査が徒労に思えてならなかった。信じられないことにオルシは、かなりの深さのあった沼地を埋めるために労働者が苦労して運び入れた砂を、数百メートル四方にわたってふたたび掘り起こすことを求めたのだ。「がらくた探しのためにこんなことをさせるなんて。出てくるのはせいぜい、水差しや壺や瓦の破片、青銅の釘、腐食した硬貨ぐらいだ」と、家に帰ったアルトゥーロは、幻滅したように言った。

身重の妻も母親も、アルトゥーロの言うことに同意したが、父アルベルトは自分の思うところをはっきりとは口にしなかった。オルシ教授のことを頭の切れる立派な学者だと評価し、敬意を抱いていたからだ。「あの男が掘れと言うからには……」しばらくしてから、ぼそっとつぶやいた。「正当な理由があるにちがいない。わしらみたいな農民にはわからん理由がな」

それを聞いたアルトゥーロは憤慨した。「いったい何を理解しろっていうんだよ。不衛生で蚊が大量に発生する沼地のなかの十字に並べられた石の塊のほうが、干拓されて肥沃になった平野よりも大事だっていうのか？　いつかその土地に果樹が育ち、ぶどう畑ができ、大勢の農民が食っていかれるようになるんだぞ。発掘なんかしたって何も食えない。テラコッタの破片を食えというのか？　そんなもんに関心を持てるのはな、何もしないでも腹いっぱい食うことができ、子や孫に遺せる豊かな財産に恵まれた連中だけだ」

アルベルトは答えたくなかったのか、あるいは答えようがなかったのか、黙っていた。そのとき、大声に驚いた赤ん坊のミケランジェロが怯えた目で父親を見あげたため、アルトゥーロは、片方ずつ交互に目をつむり、好きな相手にするようにウィンクを繰り返して、なだめてやった。

アリーチェ岬の突端をとり囲む海岸線には樹が一本も生えていなかったうえ、その年の五月は我慢できないほどの暑さだった。アルトゥーロの植えたユーカリは、まだ細く頼りなげだった。体力が消耗する真夏での作業を避けるため、円頂丘――パオロ・オルシはそれを「おっぱい《マンメローネ》」と呼んでいた――の発掘が加速度的に進められており、ときには夜中でも、満月や星々、断続的に差す灯台の明かりを頼りに作業が続けられることもあった。姿こそ見えないものの、数百メートル先の海では波がゆったりと打ち寄せては引いていく。鋤《すき》の音と仲間の荒い息遣いに交じって、そんな海のひんやりとした音がアルトゥーロの耳には聞こえるのだった。

ひょろりと背の高いパオロ・オルシは、まるで亡者のように無言で遺跡のあいだを歩きまわる。かと思うと、一部が金網で仕切られた屋外の道具置き場のようなところにこもり、円柱の基盤に腰掛けて出土品を点検しながら、手帖に目録を書き込んでいることもあった。ときにはそれを声に出して読みあげる。「釘が数本に、柄のついた矢。摩耗した青銅貨二十一枚が一メートル四方より若干広い場所からまとまって出土……極薄の金の板……完全な形で見つかったメドゥーサの仮面のアンテフィクサ（屋根を覆うタイルの末端にあるブロック）。何より今日の最大の出土品は、アポロンの黄金の小像……」

五月十四日には、神殿からおよそ二百メートルの位置で、それよりも少し大きな銀の像が発見された。見つけたのはアルトゥーロだった。その少し前に土砂降りがあったため、掘り返した地面は一帯が泥沼のようになっていた。仲間たちが作業を切りあげて家に帰りかけていたとき、アルトゥーロは泥にまみれてきらりと光るその像を見つけたのだ。内緒で自分のものにすることもできたろう。現に仲間の多くが、金や銀の品々を掘り当てるとそうしていた。ところがアルトゥーロはそのような誘惑に駆られることなく、オルシ教授を呼び、泥まみれの状態のまま小像を手渡した。

「おお、これはアポロンをあらわした貴重な像です。これまでに掘り起こした砂のあいだから見つかった品々のなかでも、ずば抜けて素晴らしい。あなたは誠実な方だ」と、パオロ・オルシは言った。喜びを抑えきれないらしく、眼鏡の奥で濡れた眼がきらりと光った。彼は両手で小像をぐるりと回し、ハンカチで汚れを拭った。ずっと前に失くした玩具をようやく見つけた子どものようだった。それから、礼としてかなりの額をアルトゥーロに差し出した。七十リラ。一週間分の賃金に相当する額だ。

アルトゥーロは戸惑い、受け取ろうとせずに繰り返した。「当然のことをしたまでですよ」だが、教授は頑として引き下がらなかった。「いや、あなたには報酬を受け取る権利がある。これだけのものを見つけてくださったのですから、むしろこれでは少なすぎるくらいですよ。嘘じゃない」

「受け取るわけにはいきません……」

「どうか遠慮なさらずに、ご家族のために使ってください」教授は譲らず、その金をアルトゥーロのズボンのポケットに押し込んだ。「お子さんがいらっしゃるなら、これで何か買ってやってください」

「三歳の息子がいます。妻はいま身重で、六月の半ばにはもう一人生まれる予定です」

「それならなおのことだ。きっとよいことが重なる時期なのですね。少し早めのお祝いということで。ではまた明日」

二人が言葉を直接交わしたのはその日が初めてだった。それからというもの、顔を合わせるたびに挨拶をし、仕事の進み具合について二言三言交わすようになった。オルシ教授の丁寧な物腰と気前のよさに驚いたアルトゥーロは、ある朝、しまってあった件《くだん》の銀貨を、土くれのなかから見つけ出したふりをして、惜しげもなくオルシ教授に手渡した。どうせこれは自分のものではない。銀貨がほんとうに幸運を招く力を持っているのなら、たとえ離れた場所にあったとしても効果は変わらないはずだ。

パオロ・オルシは、いつものように興奮した面持ちで礼を言い、その硬貨をほかの出土品と一緒に保管すると、飽きもせずにまた仕事に戻った。彼はほとんど休まなかった。ときおり、頭頂付近にへばりついている薄くなった髪の汗を拭い、帽子で風を送りながら、赤い丘にうっとりと見惚れ、見える範囲をすべて視線で愛でていることがあった。そして、風が運んでくる丘の香りを胸いっぱいに吸い込むかのように、瞼を閉じるのだった。

アルトゥーロは、あのロッサルコの丘が自分の家族の土地であること、昔、教授に銃を突きつけ、立ち止まるように言った男は、自分の父親のアルベルトだということを伝えたかった。話し出そうと口をひらきはするものの、慣れ親しんだ香りを含んだ空気を感じると、ついそのまま閉じてしまい、ふたたび地面を掘り続けるのだった。

ところが、五月十九日を最後に、二人が顔を合わせることはなかった。発掘調査は、オルシ教授が不在のまま、一九二四年の六月六日まで続けられることになる。

家に帰ると、アルトゥーロは教授から受け取った謝礼を妻に預け、「この金は子どものためにしまっておけ」と言った。そして、父親の話していたことが正しかったと認めたのだった。オルシ教授は頭が切れる立派な人だ。ただし、発掘調査が無用なものであるという持論は、頑として変えなかった。「彼は、数千年も前に用済みになった品々を地面の下から掘り起こしているが、俺にとって大事なのは、地面の上に生えるものと、いま生きている人間たちだ。ほかでもないこの現在を生きる人たちだよ」そう言って、生命力の漲《みなぎ》るリーナの真ん丸のお腹を撫でるのだった。

6

妊娠しているあいだずっと、リーナは本物の奥さまのように大切に扱われた。舅はリーナがロッサルコの丘に行くことを禁じ、かなりの老体だったにもかかわらず、彼女の分の野良仕事を率先してやるようになった。残りはアルトゥーロが開拓地から戻ってきたときに片付けた。姑は姑で、リーナには洗濯物や汚れた食器を触らせず、ひよこ豆、いんげん、えんどう豆、蚕豆をベースにした好物を作ってやった。リーナは、それに刻んだ玉葱や唐辛子をかけて、ぱくぱくと平らげるのだった。夫は、マリーナからは釣ったばかりの鰯や鯛を、野山からは枇杷《びわ》やさくらんぼ、桃、早生のいちじく《ボッタフィーコ》、桑の実、出始めの果物を持ち帰った。小さなミケランジェロまで、怒鳴られたり首すじをぶたれたり頬をつねられたりしなくとも母親の言うことをきくようになったばかりか、三歳になっても相変わらず眠るときには欠かさずせがんでいた母乳を、自分から進んでやめたのだった。「新しいおっぱいは、弟のなんだ」自分の決意が厳かなものであることを強調するため、眉間に皺を寄せながらそう宣言した。

　リーナはいくぶん気が咎めたものの、かつて味わったことのない女王のように遊惰な九か月という長い休暇を楽しんでいた。ふだんの倍の食欲で三度の食事をすませると、毎食後ベッドで横になり、眼を閉じて、息子や夫が優しく撫でてくれるのを待っていた。夫は土曜日になると、リーナとお腹にいる赤ん坊のために特別おいしい食べ物をずだ袋に入れて帰ってくるのだった。挙句の果てに、彼女のお腹は大きく迫り出し、まるで大甕のようにどっしりとなった。

いよいよ最終週に入ると、陣痛を待つあいだ、ベッドから起きあがるのは尿瓶《しびん》に用を足すときだけになっていた。六月十三日の明け方、リーナは夫を起こすと、「ここを触ってみて。腿が濡れてるの。破水したみたい」と、不安げに言った。その日は、パドヴァの聖アントニオを讃える祭りの日だった。アルトゥーロはベッドから飛び起き、大急ぎで服を着ると、産婆を呼びに走った。

昼近く、祭り行列がちょうどアルクーリ家の前の路地を通過し、聖像の後ろで楽隊が陽気な行進曲を奏でるなか、リーナは四千グラム近くある赤ん坊を産み落とした。小さなミケランジェロの期待に反して、男の子ではなく、粘着質の透明な膜に全身を包まれた女の子だった。姑は、それは幸福をもたらす徴《しるし》なのだと言い、「幸運のブラウス」をまとっていたと、吉報を大仰に言いふらした。

アルトゥーロは聖なる日の空に向かって二発の空砲を放った。行列のお蔭もあり、アルクーリ家に新しい命が誕生したことは、村じゅうにすぐさま知れわたった。家の前の路地にテーブルが運び込まれ、ボトルとグラス、そして山ほどのモスタッチョーリ（アーモンドや乾燥いちじくなどの入ったクッキー）が並べられた。祭り行列について練り歩く村人たちが足をとめ、生まれたばかりの赤ん坊の健康を祝し、銀梅花の甘いリキュールや、グラスになみなみと注がれたロッサルコのワインで乾杯した。誰もが、生まれてきた女の子の名前は迷うまでもないと口々に言った。アントニアに決まりだ。聖アントニオの祭りの日、しかも行列が練り歩いている時間帯に生まれてくるなんて、自分で名前を選んだようなものだ。慣習に倣って父方の祖母と同じソフィアという名前にしようと決めていたアルクーリ家の人々は、当惑したものの、満面の笑みで頷いていた。

夕方、長いこと妻とぼそぼそ話し合った挙句、アルトゥーロが娘の名前を正式に発表した。

「ソフィア・アントニア・アルクーリと呼ぶことにしよう。素敵な響きだろ?」

ところが、翌日にはもう、雄鶏や雌鶏、ホシザメ、卵、リキュールのボトル、蜂蜜の瓶、機で織ったベビー毛布などを手にひっきりなしにお祝いに訪れる友人も親族も、アントネッラ、アントヌッツァ、アントニーナ、ヌッチャ、ニーナ、ニナレ、ニネッラ、ニナレッラなどと、二番目の名前を思い思いの愛称にして赤ん坊を呼んでいた。

だからといって祖母が気を悪くするようなことはなかった。「何くだらないことを気にしてるんだい。名前なんてどっちでも構わないよ。あたしゃ、赤ん坊が元気で生まれてきてくれたことを聖アントニオに感謝するだけさ。それ以上の望みなんて何もないね」

お兄ちゃんになったミケランジェロは、頭でっかちで髪も生えていないくせに、生まれて数時間で自分から小さな王子さまの座を奪いとった、かわいらしい新参者に対する嫉妬心を隠そうと躍起になった。ベッドの母親の隣に割り込み、妹を腕で囲い、親族たちのキスや愛撫の嵐から護っていた。ミケランジェロの妹に対するそんな態度は、生涯変わることはなかった。

その日、みんなが口にしていたたくさんの愛称のなかからミケランジェロが選んだのは、「ニーナ」だった。さらに翌日、じっくり考えた挙句、「ニーナベッラ」となり、それがずっと使い続けられることになった。せっかく二つの名前をつけたというのに、その後も頑なに正式な名前を使い続けたのは父親だけだった。

「父さんのかわいいソフィア・アントニア、こっちを向いて笑っておくれ」ニーナベッラは一瞬戸惑った表情をするものの、言われたとおりにっこりと笑うのだった。

アルトゥーロは、まだ歯の生えていない小さな娘の笑顔を見るだけで、悩みも苦労も、そしてその当時、生活が困窮し、悲惨な状況にあったことも忘れることができた。恐れるものは何もなかった。あの手この手でロッサルコの丘を取りあげようとするドン・リコの腹黒い画策にも動じなかった。あの丘は国有地にあたり、公正証書の有効性にも疑問があるため、このまま所有し続けると厄介なことになる。その前に売却を勧めるという威圧的な内容の手紙をチロの弁護士に書かせ、何通も送りつけたかと思えば、兎一羽と最高級の白ワイン二本に、娘の誕生を祝うカードを添えて届けさせるなど、ドン・リコは脅しと甘言を巧みに使い分けるのだった。

アルトゥーロは、その手紙を差出人に送り返した。いちいち真剣に対応する気にもなれなかったし、細かいことまではよく理解できなかったのだ。一方、誕生祝いについては礼を言って素直に受け取り、機会があり次第お返しをするつもりでいた。なるべく平常心を保ち、圧力に耐えようと努力した。以前より楽観的に、前向きに物事に対処できるようになり、妻も子どもたちも、そして老いた両親もそんなアルトゥーロに感化されていた。幸せは口に出したとたん逃げていくという迷信を信じていたため、「自分はなんて幸せなんだ」と言うことこそなかったが、実のところ心から幸せだと感じており、妻もそれに気づいていた。そして夜も昼も、いつにも増して夫に愛情を注ぐのだった。ただし、そんな感情を言葉にして伝える勇気はなかった。

干拓の仕事も発掘の仕事も終了すると、アルトゥーロは畑仕事に専念した。その年は通常の倍の量の作付けをしたので、そよ風の吹く日などには、たわわに実り、重たげに垂れる小麦の穂がゆったりと波打った。丘は黄金《こがね》色の海原のように見え、彼方の水平線まできらめく本物の海にその影が反射して揺れていた。

「それで、こんなにたくさんの神の恵みを誰が買ってくれるっていうんだね？」収穫を手伝ってくれた親戚たちはそう尋ねた。前年のボイコットの事件が記憶に新しかったのだ。

「まあ見ててくれ。家族が食べていける分を手もとに残し、あとは最後のひとつかみまで残らず売りさばき、いつもの年の倍の儲けをあげてやる」

それを聞いた親戚は呆れたように首を横にふり、「まったくお前は親父さんにそっくりだな。人生はなんでも思いどおりになると信じて、結局は痛い目に遭わされるんだ」と嘆いた。

「よし、ワインを一樽賭けるか？」

親戚たちは小噺《こばなし》でも聞いたかのように笑い、おめでたいまでの自信を見せるアルトゥーロを、いくぶん憐れにも思うのだった。「何も賭けたりはしないさ。わしらと同じ血が流れてるお前に損をさせたって、ちっともおもしろくないからな」

もしも賭けていたら、親戚の負けになるところだった。というのも、アルトゥーロは穫れた小麦のほとんどすべてをジリエットの水車小屋まで運んで粉にしてもらい、ラバに曳かせた荷車にその小麦粉の袋を山と積んで、マリーナまで売りに行ったのだ。アルトゥーロの友だちが大勢いたので、一軒一軒訪ね歩いては、市場よりも気持ちばかり安い値段で売った。卸売業者に麦のまま売る場合に比べ、四倍近い値になった。

空《から》になった袋とまとまった額の金を持って家に帰ると、アルトゥーロは刻み煙草を買うための最低限の小遣いと、ロッサルコの畑に必要な費用だけを手もとにおき、残りはそっくり妻に託した。「この金は、ミケランジェロとソフィア・アントニアのためにしまっておいてくれ」

それから子どもたちを抱きあげると、ミケランジェロが焼きもちをやかなくてすむように、二人の額に代わるがわるキスをし、即興の歌を歌ってやった。「風の花よ／君に口づけすると僕の心には幸せがあふれ／抱えていた悩みなど忘れてしまう／風の花よ」

7

子どもたちは元気いっぱい利発に成長し、リーナは二度の出産と流産、そして一年近い「女王さま」暮らしのあとで再開したきつい労働にもかかわらず、花盛りの美しさだった。アルトゥーロはへとへとになってロッサルコの丘から戻ると、身体を洗い、旺盛な食欲で食事をすませる。そして仲間と集うために毎晩決まって広場へ出掛けていった。

最初のうち、新たに政権を握ったファシスト党による独裁主義の影響は、村ではそれほど強く感じられなかった。政権から最初に任命された村長《ポデスタ》は、スピッラーチェが年季の入った社会主義者と共産主義者の巣窟だということを知っていたからだ。村長自身もかつては社会主義者だったし、それをいうならムッソリーニだって社会主義者だったのだから、と彼は言っていた。そのため、野党の集会所を閉鎖するなどということは考えてもいなかった。村をそっくり罰するわけにも、逮捕するわけにもいかないだろう。

広場で、アルトゥーロとその仲間たちは公然とムッソリーニを批判した。ヴィゾッキ法が廃止されたことによって自分たちは直接被害を受けている、と。のちに彼らは、「ファシストの土曜日」（ファシスト政権によって、土曜日には文化活動や軍事教練などをすることが市民に義務づけられた）などという制度も実にくだらないと非難するようになり、信条と相容れないし、自分たちには畑仕事もあるのだからと言って、参加を拒否した。

そんな状況が大きく様変わりしたのは、ドン・リコが村長《ポデスタ》に任命されてからだった。スピッラーチェ村やその周辺にある農地や森は、ロッサルコの丘を除けばすべて、ドン・リコの所有地だった。したがって彼が経済的な力を握っていることは、はるか昔から異論の余地がなかった。今回の任命によって政治的な力まで公的に認めることになり、ドン・リコはたちまち権力をほしいままにする小君主にのしあがった。ムッソリーニのミニチュア版だ。たしかに禿げていたし、燃える炎のような鋭く抜け目のない眼をしていた。ただし本物に比べると屈強さに欠け、身長も劣っていた。

ドン・リコは大地主の立場を利用し、それでなくとも法外の値段だった借地料をさらに上げた。土地一トーモロにつき小麦百キロ、それも最上質の小麦でなければならない。続いて、村長《ポデスタ》の立場を利用して、就任後わずか一週間であらゆる市税を倍額にした。

住民は一丸となって抗議した。ドン・リコの屋敷の窓めがけて石を投げつけ、なかには天に向けて銃を撃つ者もいた。表門に火を放ち、ラバにまたがった大勢の農民が、インディアンのようにドン・リコの「砦」を包囲した。

それに対し、ドン・リコの配下にある武装した男たちが即座に動き、厳しく鎮圧した。「革命の扇動者」とみなされた者たちに対する粛清や殴打、威嚇がおこなわれ、中心的な役割を果たした者たちは告発され、憲兵にしょっ引かれた。

アルトゥーロは、自分が最前列で抗議をしていたにもかかわらず逮捕されなかったことを意外に思っていたが、やがてその理由が明らかになった。

ある日曜のこと、仲間たちと広場の楡《にれ》の木陰で喋っていると、向かいの屋敷の門から、見慣れぬ強面の男を二人従えたドン・リコが姿をあらわした。それを見た仲間の一人が言った。「あんなひどいことをしておきながら平然と村を歩きまわるなんて、心臓に毛が生えてるんじゃないのか？」

三人の男たちは祝祭日のような正装姿で、陽光をいっぱいに浴び、不遜な笑みを浮かべながら、のうのうと歩いていた。最初は所在なげにぶらぶらしていたが、やがてまっすぐ楡の木のほうへやってきた。アルトゥーロと仲間たちが慇懃《いんぎん》に挨拶すると、向こうも穏やかに返してきた。「どんな塩梅《あんばい》だね？　よい日和だな。この村は最高だ」といった当たり障りのない文句を述べてから、ドン・リコが直接アルトゥーロに向かって言ったのだ。「よかったら個人的に話がしたい」

「どうぞここでお話しください。ひと言も洩らさずお聴きしましょう」アルトゥーロは仲間たちの前だったので、いつにも増した横柄な態度で応じた。

「こんな風通しのいい場所ではなく、屋敷に入って何か飲もうじゃないか。なに、五分ととらせんよ」

アルトゥーロはなんと返事をすればよいかわからなかった。内心、誘いを受けたくはないと思った。目で仲間に助けを求めると、彼らは言った。「大丈夫だよ。行ってこい、アルトゥーロ。俺たちは広場で待っててやるさ」

「アルクーリさんよ、一緒に行きましょう。なにも悪いことはしやしません。ドン・リコはただ、話がしたいだけですから」二人の見慣れぬ男たちが、そう言ってアルトゥーロの警戒心を解こうとした。

こうしてアルトゥーロは、生まれて初めてその屋敷の門をくぐり、白い大理石の階段をのぼり、額がいくつも飾られた長い廊下を通り抜け、広場に面したバルコニーのある、大きくて豪奢な広間に入った。

「そこのソファーに座ってくれ」と、ドン・リコに言われ、アルトゥーロはおとなしく従った。だが、早くもそこに来たことを後悔し、檻のなかのライオンのように不機嫌だった。ドン・リコは、書類が山積みにされた大きな書き物机の向こう側に座り、二人の男たちがその脇に立っていた。

「なぜ来てもらったかわかってるだろうな?」ドン・リコはアルトゥーロの目を見据えて言った。アルトゥーロは押し黙ったまま、しばらくその視線をきっと見返していた。

「ロッサルコの丘を売ってほしい。これが最後のチャンスだ。然るべき金額を支払う。わしだって職権を濫用する気はさらさらない。その道のプロであるこの二人に土地の価値を評価してもらうことにしよう。それでは信用できんと言うのなら、お前さんの望む人に評価してもらって構わん」ドン・リコは、歩み寄るような声音でそう言うと、同意を求めるために、背後に控えていた二人のほうを見た。

「お断りすると何度もお伝えしたはずです。それなのに、旦那はこちらの言い分を聴こうともしない。どうしてだかさっぱり理解できません。旦那は実に広大な土地を所有されている。いまさら五十ヘクタールほど増えようが増えまいが、暮らしは少しも変わらないはずです。なんの支障もなく人生を送っていけるはずだ」

そう言いながらもアルトゥーロは、ドン・リコがなぜそれほど丘を欲しがるのかわかっていた。誰にでも理解できることだ。ミケランジェロだって、まだ幼いソフィア・アントニアだって理解できただろう。かつては、誰もロッサルコの丘など手に入れたいとは思わなかった。ごつごつした岩だらけで、茨ばかりが繁茂し、ところどころにフィーキ・ディンディアが群生し、枯れ枝や石が転がっているだけの、荒れ果てた奈落のような土地だったのだから。ごく稀に、オリーブの巨木が息苦しそうに立っているくらいだった。アルクーリ家が三十年ものあいだ死にものぐるいで働いてきたお蔭で、そんな土地が生まれ変わったのを見たドン・リコは、丘をまるごと欲しくなって攻勢に出た。というよりも、あらゆる手段を講じて丘を自分のものにしたくなったのだ――これこそぴったりの表現さ、と僕の父は強調した。まるで嫌がる女を「自分のもの」にするようにね――。オリーブ畑と良質なぶどう畑だけでもかなりの価値があったが、それだけでなくトリペーピの森から渓谷まで、そっくり手に入れたがっていた。

一瞬、アルトゥーロの頭を疑念がよぎった。ひょっとすると、ロッサルコの丘に古代都市クリミサの中心があったというパオロ・オルシの推論と関係があるのかもしれないぞ。いや、そんなはずはない。貪欲で無知なドン・リコが、そんな空想物語に影響されるとは思わない。とはいえ、スピッラーチェの子どもたちや愚かな連中のように、ロッサルコの丘には金貨という財宝が埋まっていると信じているならば話は別だ。

「だったら、アルトゥーロ、お前さんのほうから正式な提案をしてくれ。紳士らしく話し合おうじゃないか。そのうえで、明日にでもチロの公証人ジリオのところへ行って、売買契約書を書いてもらうんだ。頭のいいお前さんのことだから、わしがぎりぎりまで歩み寄っていることはわかるだろう。これが最大限の譲歩だ」

それでもアルトゥーロは頑として応じなかった。「とにかく、土地は誰にも売りません。どう言えばわかってもらえるんです？　キタッラ・バッテンテでも奏でましょうか？　旦那だからって例外じゃない。どれだけの金を積まれようと絶対に売りません。それが親父との約束でもあるし、女房にも誓わせました。もし自分のほうが先に死んだとしても絶対に売ってくれるなとね。

まだ幼い息子たちにも言い聞かせています。決して土地を手放してはならない。むしろ、買い足すべきだと身をもって教えてくれたのは旦那です。さもなければ金が底を尽いたとき、何を食べて生きていけというのですか？　フライパンで空気でも炒めろと？」

ドン・リコは激怒した。村では、彼にそんなふうに高飛車にノーを突きつける生意気な者は一人としていなかったのだ。「もちろん、土地はお前さんが好きなだけ貸してやろうじゃないか。まさか飢え死にさせるわけがあるまい。しかも、枕の下に現金をたんまり置いておけるんだぞ。それだけあれば子どもたちを学校に行かせられるし、新しい家だって建てられる。宅地用の土地が入り用なら安く売ってやるさ。お前さんの好きな場所にね。アルトゥーロ、お互いの利益というものを考えようじゃないか。いいね？」

アルトゥーロはいきなり大声で笑い出したが、すぐにもとの真顔に戻った。「子どもたちにそれなりの頭があるのなら、勉強ぐらい自分の貯金でさせる。それに、贅沢とは縁のない自分たちにとっては、生まれたときから住んでいるいまの家のままで充分ですよ」

「まあ、そう言わずに考えてみてくれ。ずいぶん条件のいい取引を提案してやってるつもりだが……」

アルトゥーロは辟易した。「いい加減にしてください。何度言わせるんだ。売りません。まったく、カラスよりしつこくて強欲な人だ」

「お前のほうこそ前代未聞の石頭だ。よし、どっちが先に音をあげるか勝負しようじゃないか」

「ロッサルコの丘に足を一歩でも踏み入れたら、誓ってその頭に一発ぶっ放す」怒りに駆られたアルトゥーロはそう口にしたが、すぐに自分の言葉を悔いた。あまりに軽率だった。それよりもはるかに取るに足りない発言をしただけで投獄される時代だったのだ。

アルトゥーロが帰ろうと立ちあがると、二人の強面の男たちが威嚇するように近づいてきた。ドン・リコはそれを片手で制した。圧倒的な権力者としてのプライドを傷つけられたことに腹を立ててはいたが、一歩譲ったふりをすることを好んだのだ。「よかろう。ではこの話はなかったことに」

そのとき初めて、ドン・リコは皮肉のこもった冷笑を浮かべた。その笑みには、彼の考えがありありとあらわれていた。お前が最後に口にしたたいそうな言葉を誰も聞き逃しはしなかったぞ。壁だって広場だって聞いていた。見てろよ。そのうちに、わしの申し出を突っぱね、警告までしたことをひどく後悔するだろうよ……。そして、アルトゥーロのことは無視し、二人の手下に声をかけた。怯えてというよりも、うんざりして広間を出たアルトゥーロは、ドン・リコの悪意がひたひたと威嚇するようにあとをつけてくる気がした。……よし、手を汚さずに報復を加えてやろう。あの男に関する中傷や過激な言動の証言をあることないこと集めまくれ。手の施しようのないコミュニストめ。まるで鶏冠《とさか》が二つついた雄鶏みたいに負けん気の強いあの野郎め。厄介払いしてくれる。

それから数日後の夕刻、ファシスト行動隊の一団が、自宅から数メートルの暗い路地裏でアルトゥーロを待ち伏せし、出し抜けに棍棒で滅多打ちにした挙句、下剤としてひまし油を無理やり飲ませて侮辱した。その翌朝、決して悔悛しようとしない筋金入りのコミュニスト、アルトゥーロ・アルクーリが、村長《ポデスタ》のみならず、ほかでもないムッソリーニのことまで「殺すぞ」と脅迫するのを間違いなく耳にしたと、二人の男たちを証人として、ドン・リコ自ら警察署長に告訴したのだった。ファシスト法ではそんな訴えも認められていた。二人の証人がアルトゥーロ・アルクーリをソファーの上に押さえつけなければ、村長は襲われていただろう。あいつは暴力的で危険きわまりない人物だ。ファシズムに抵抗するようスピッラーチェの住民を扇動し、村長の屋敷を標的にした蜂起まで呼びかけたことが、サン・ニコラの王国憲兵の口述記録からも明らかになっている。

署長は警視総監に報告書を提出し、警視総監はそれを県の関係委員会に報告し、アルトゥーロ・アルクーリが「政治的な反逆者であり、公共の秩序を危険にさらす」という訴えを受理したのだった。最終的に、アルトゥーロを五年の流刑に処すという決定がくだされ、ヴェントテーネと呼ばれる遠く離れた島に流されることになった。

似た者どうし

僕の父は、顎の笑窪《えくぼ》とふさふさした巻き毛、剛《こわ》い顎鬚、春先の陽射しを浴びるとすぐさま褐色に日焼けするオリーブ色の肌を祖父アルトゥーロから受け継いだことが自慢だった。それに、横暴な者に対する慢性的なアレルギーと、百以上のにおいのなかから赤い丘の香りを嗅ぎわけることのできる鋭い嗅覚もだ。この二つは、父が丘の上で暮らすようになってからますます際立つようになった気がする。誰しも、伝説的な存在として崇める人がいれば、自ずと骨の髄までその人に似てくるものだろう。

元は小学校の教師だったにもかかわらず、いつしか父は祖父に負けないくらい経験豊かな農夫となり、どんなにきつい肉体労働も厭わなかった。

復活祭の休暇のあいだ父は、僕が実際に自分の目で彼の労働の成果を見、自分の口でそれを味わうことを強く望んだ。自慢するためというよりも、僕を安心させたかったのだろう。地域一帯で最高級の質を誇るワインとオリーブオイル、小屋の裏に設えた窯で焼きあげた硬質小麦のパン、コーヒー豆のように煎って挽いた麦、ふんだんな果物に、沢の水を撒いた畑で穫れた同じくふんだんな野菜、そして、オイルに漬けたり干したりして保存したありとあらゆる種類の茸……。

父は、僕を連れてロッサルコの丘を一周した。僕は十五分も歩くと汗だくで息切れがしてくるというのに、父は涼しげな顔で、足取りを緩めることなく、そこかしこにたくさん生えているチコリやカモミールの花、地元ではちび玉ねぎ《チプッルッツェ》と呼ばれているハネムスカリ、カルドン（朝鮮アザミの一種）、アスパラなどを収穫し、スベリヒユや野生のフダンソウ、ルリジシャ、さらにはイラクサやアンチューサの先の柔らかな部分も摘んだ。日持ちしそうなものは束にし、「嫁さんに持ってってやれ。喜ぶぞ」と言った。

　父はシモーナをたいそう気に入っていた。おそらく父が生涯一度も口論したことのない唯一の相手であり、ちょっとした心遣いを渡したり、僕たちが言い争いをしていると必ず彼女の肩を持ったりすることで、その気持ちをあらわしていた。このあいだなどは、父にとってはおそらく最高の褒め言葉で彼女を讃えた。「お前の嫁さんは肝っ玉の据わった女だ。母さんみたいだ」と。僕がシモーナを想うあまりトレンティーノへ越したことについても、父はたんに僕が軟弱な男だからで、シモーナのせいだとは微塵も思っていなかった。すべて、カラブリアに移り住むことを妻に強要できない僕の未熟さのせいだと思っていた。父にしてみればおそらく、おとなしく妻の尻に敷かれているように見える僕を、手放しで認めることはできないのだろう。状況によっては、僕は父に似すぎているところがあった。たとえ僕を認めてくれていたとしても、それを言いあらわす術《すべ》がわからなかったのかもしれない。ロッサルコの丘で暮らすためにこなさなければならない山のような雑用や、日々立ちふさがる難題で父の頭はいっぱいなのだから。

「ここでの暮らしは楽ではない」と父は認めた。「だが、俺はまだやっていけるだけの体力もあるし、何より頭もしっかりしている」

　たしかに父には意志の力が漲っていた。いったんそうと決めたら、月面でだって一人暮らしができただろう。力仕事をしなければならないときには、耕運機を使うか、あるいは村には頼めるような人もいなかったので、外国人を何人か雇っていた。大半がモロッコ出身の出稼ぎ労働者で、夏になるとマリーナの砂浜で海水浴客相手に安物の土産品を売り歩いているのと同じ顔触れだった。父は、肉もロッサルコの丘で手に入れていた。二連式の猟銃を用いて、トリペーピの森で野生動物を狩るのだ。狙いを外すことはない。その猟銃を父は四六時中肩から提げていた。いつどこで狼やごろつきや亡霊に出くわすかわかったものじゃないというように。

月に一度はスピッラーチェの村に戻り、パスタを数キロと煙草を九十箱、まとめ買いする。以前よりも煙草の本数が増えたらしく、もはやヘビースモーカーという言葉ではすまないほどの量を吸っていた。村に買い出しに行くついでに、住む者のいなくなった自宅に寄り、窓を開け放って換気する。四月の初旬には、僕の帰郷を見越して村の女性に家の隅々まで掃除を頼み、もっともよい状態で僕を迎えられるよう準備していた。

村人たちからしてみればあまりに唐突な行為で、父がなぜそんな不自由な暮らしを始めたのか理解できなかったし、だからといって本人に直接訊く勇気もなかった。ともに生まれ育ち、父の性格をよく知っていたため、答えてくれるわけがないとわかっていたのだ。「まったく、ミケランジェロ・アルクーリはわしらに輪をかけて頑固者だからな。おまけに喧嘩っ早いときた」村人たちは、まるで脅威をはらいのけるかのように両手で天を仰ぎながら、そう言った。そして互いに疑問をぶつけ合った。「あれほど頭の切れる元教師で、昔もいまも生徒たちみんなに慕われている奴がだぞ、男たちには一目置かれ、トリノっ娘《こ》と結婚する前はもちろん、結婚してからも女たちからさんざん流し目で見られた奴が、なんだってあんな野蛮人みたいな暮らしをする必要がある？」

理由が知りたくてたまらない村人たちは、復活祭の休暇中、僕の姿を村で見かけるたびに、大仰な笑みと粘ついた抱擁で僕を迎え、質問攻めにした。誰も僕を放っておいてはくれず、父の行動に秘められた真実をどうにかして訊き出そうと躍起になっていた。若くて学問も積んだお前さんなら話してくれるだろうと僕をおだてるのだった。お前さんは、わしらの息子や弟も同然なんだぞ、とも言った。「だから、親父と違ってわしらをごまかしたりはできんはずだ」

僕はそれに対し、曖昧な答えを返した。「丘の上にいると、解き放たれたような気持ちになるみたいで」とか、「知ってのとおり、孤独が好きなもので」などなど。さもなければ、ちょっとした皮肉を言ったりもした。「父は、皆さんや村より、丘を愛してるようです」

「まったく、お前さんもミケランジェロに似てずる賢いな。あの親父にしてこの子ありだ。なあ、すっとぼけた真似をせずにきちんと話せ。わしらを信頼してくれよ」と、なりふり構わず畳み掛けるのだった。

そうなると、僕はしぶしぶ愛想笑いをし、「ほんとうのことを話してくれよ。さあ。なにもかも……」と執拗にせがむ村人たちの合唱から離れ、みんながあれこれ憶測をめぐらすに任せるしかなかった。

真実は、神秘的な香りに包まれたあの場所に埋もれていた。父が丘に移り住もうと決めたのは、彼の秘密と、僕ら家族の物語を大切に護っていこうと考えたからではなかったのか。だとしたら、なぜいまさらそれを打ち明けたがっているのか、僕には理解できなかった。休暇のあいだ毎日、誰しも感じるであろう不安を抱えながら、僕は父の話に耳を傾けていた。そして、父から千百九十五キロも隔たった我が家に戻ってからも、ほんの数メートルの距離にある居間でシモーナが動きまわる気配を感じつつ、目を閉じ、自分の書斎のかび臭い空気を嗅ぎながら、そこにあるはずのない香りの跡を探し求め、父が語ってくれたことすべてを、子ども時代の父の目を通してもう一度見つめなおしていた。

8

ミケランジェロは母親のいいつけどおり、用心に用心を重ねていた。ロッサルコにはあらゆる危険が潜んでいたのだ。草むらや石の陰には毒蝮が隠れていたし、スズメ蜂や蜜蜂の巣、腹をすかせた猪や狼、茨に覆われた穴だけでなく、トリペーピの森には密猟者が仕掛けた罠まであった。

「よく気をつけるんだよ。地獄の口は天国のなかに潜んでいるものなんだからね」母親は、力をこめてひと言ずつ単語を区切りながら繰り返し、土くれめがけてリズミカルに鍬をふりおろした。器用に動く鍬先が、地面を荒々しく撫でまわし、ナイフのように切り刻む。

「母さん、心配しないで。僕、怪我なんてしないから」ミケランジェロは、母親が何をそれほど恐れているのか理解できないままに、安心させようとした。四月の生暖かい午後のことだった。少年の目の前で、春の歓びに満ちあふれた香りや色が跳ねまわっていた。なかでも際立っていたのはスッラの緋色だ。はるか下の、線路を越え、海岸沿いにひろがる平地の向こうには、紺碧の海があった。彼は、誰にも邪魔されずに母親を眺めていたくて、リスのようなはしっこさでオリーブの巨木によじ登った。


母親は、心配性であると同時に勇ましくもあった。流刑地に赴く夫に幼い二人の子どもを託されてからというもの、母親というより父親に近い存在とならざるを得なかったのだ。彼女の両手は農夫のようにたこだらけになり、仕事を終えて子どもたちを撫でるときには、指の背や頬、肉厚の唇を使うしかなかった。遠目には、硬い土くれに腹を立てた気難しい農夫としか見えなかったが、それでも最高に美しかった。彼女が腹を立てている相手は、あるいはミケランジェロだったのかもしれない。農作業の手伝いもせずに、巣を探しまわったり、トカゲを追いまわしたり、オリーブの巨木の上にちょこんと座り、祖父が話してくれた白燕が姿を見せないかと、何時間でも空をじっと見つめたりしているのだから。

「ミケ、お願いだからおりてきてちょうだい。そんなところから落ちたら、熟れたいちじくみたいにつぶれた挙句、母さんのお仕置きだってくらうことになるよ」母親はミケランジェロに向かって何度も怒鳴ったが、風のせいで声の迫力が弱まり、角がとれ、怒りを感じさせないこだまのようになっていることには気づかなかった。

そのとき、ミケランジェロの顔から笑顔が消えた。干あがった川床の砂利を引きずるような音が聞こえたのだ。好奇心に駆られた少年は、するすると木からおり、畑の縁のほうまで駆けていった。そこから先は下り坂になっている。そして、庭常《にわとこ》の茂みからできるだけ身体を乗り出し、強烈な香りに眩暈《めまい》を感じながら下をのぞいた。

土埃がおさまると、丘の麓のあたりに二頭立ての幌なし馬車が見えた。男が三人馬車から降りてきて、数メートル先の沢に群れるユスリカの大群でふくらんだ風を手ではらいのけている。ジェスチャーを交えながら盛んに話しているが、その声は水の流れる音に掻き消されてほとんど聞きとれなかった。三人のうちの一人が、馬車からロッサルコの丘の頂上までを指先で指し示した。ミケランジェロは怖がりの亀のように頭を引っ込め、甲羅代わりの庭常の茂みから、男たちが自分のほうに向かって山道を登りはじめるのを見た。だが、道が最初に蛇行するところで三人の姿が見えなくなったので、茂みから跳び出し、母親のもとに駈けていった。

「ねえ、母さん、三人の男の人がこっちに来るよ」

「三人の男の人？」母親は黒いスカートに鍬を立てかけ、オウム返しに言った。

「うん。馬車を降りて、こっちに登ってくるんだ。母さん、どうする？」

母親は不安そうに考え込み、どう答えるべきかわからずにいた。ミケランジェロは、隠れようよと言いかけた。隠れる場所ならこのあたりにいくらでもある。その気になれば、洞窟の奥やトリペーピの森の常磐樫のあいだに身を潜めることもできたし、ミケランジェロが深い茨の茂みを鎌でなぎ倒し、仲間と一緒に造った秘密の小屋に逃げ込めばなおさら安全だ。

「様子をみましょう。きっとオイルを買いにきたのよ」母親は、息子を安心させるために言うと、片手で額の汗を拭い、かろうじて収まっていた男物の帽子から飛び出した黒髪をヘアピンで留めなおした。夫の使っていたつば広の帽子で、陽射しを遮ると同時に、頭が土埃にまみれないようにと使っていたものだ。男たちが近づいてくるのを待つあいだ、息子を傍らに抱き寄せ、微笑んでみせた。

見知らぬ男のうちの二人は、まだ遠くにいるうちから挨拶し、徐々に近づいてきた。「こんにちは、奥さん。ちょっとお話があるのですが」長く急な登り坂のせいで、息を弾ませていた。汗まみれの制服から、一人は憲兵であることがうかがえる。

三人目の男は、いちばん齢をとっていたにもかかわらず、速足できびきびと歩き、ときおり立ち止まっては驚嘆したようにロッサルコの丘を眺め、風や大地の匂いを嗅いでいる。長身痩軀のその男は、慣れ親しんだ道の跡でもあるかのように、つまずくこともなく器用に土くれのあいだをブーツで踏みしめながら歩いていた。母親と握手を交わしたのは、その男だけだった。だが、笑顔を返すことはなく、彼女の眼を一瞬じっと見たかと思うと、すぐにまた丘を観察しはじめた。まるで恋をしているかのように丘に魅せられていることが傍目にも明らかだった。白く豊かな鬚をうわの空でしごきながら、「初めまして、パオロ・オルシと申します」とだけ言った。その声は太く無愛想で、余所の土地のアクセントが感じられた。

「リーナ・ダッティロ、アルクーリ家の嫁です。この丘はすべてうちの土地です」と彼女は応じた。

「存じてますとも、奥さん」と、三人のなかでいちばん立派な身なりをし、いちばん汗をかいている男が口を挿んだ。村長《ポデスタ》のガエターニと名乗ったものの、どこの村の長なのかはわからなかった。「実は我々は、高名な考古学者であられるパオロ・オルシ教授から、お宅の土地でぜひ発掘調査をしたいという要望をいただきまして、ここに参ったしだいなのです。いま我々が立っている地面の下に、多くの古代の財宝だけでなく、もしかすると伝説の都市クリミサが埋まっている可能性もあると、教授はお考えです」

「何をおっしゃるんですか。ここにはクリミサなんて都市はありませんよ。ここはロッサルコの丘です。こんなふうにあたり一面にスッラが咲き乱れ、丘が赤く《ロッサ》染まるのでそう呼ばれているんです」母親は声を上ずらせた。

「地表には赤い花が咲いていますが、その下を掘っていけば……」

彼女の表情が険しくなり、オルシの言葉を遮った。「駄目です。そんなことはさせません。ここはうちの土地ですから、掘るなんて許しません。どこも耕してあるんです。そんなことをしたら畑も果樹園もぶどう畑も小麦畑も何もかも台無しになってしまうわ。何年も何年も額に汗しながら働いてきたのが水の泡です。この丘はあたしたちのものですよ。発掘なんてして、めちゃくちゃにされたらたまったもんじゃない。それに、この下には何もありゃしませんよ。ごつごつした岩ばかりです。夫が流刑になってからというもの、毎日あたしがこうして鍬で掘り返してますから、間違いありません」

ミケランジェロは、大人たちの言うことをひと言も洩らさず聴いていた。もちろん母親の味方をしていたが、発掘させてあげてもいいのになと残念に思っていた。きっと宝物がわんさか見つかるにちがいない。この地面の下にはごつごつした岩ばかりがあるわけではなかった。母さんは嘘をついてる。ときどき、海へと続く坂に沿って耕していくと、大昔の壺の破片や、四角い石や、錆びたナイフの刃が出てくることがあった。いつかなんか、母さんみたいにウェーブした髪のきれいな女の人の像の頭部が出てきたこともあった。

村長《ポデスタ》は苛立った様子で、声を荒らげた。「いいですか、美人の奥さん。我々はなにも、あなたの許可を求めに来たわけじゃありません。親切に知らせてやりに来たのです。この丘に考古学的な重要性があるのならば、法律に基づいて接収するまでです。問題なんてひとつもありはしない」

あの立派な身なりの男の人は、どうしていきなりあんなに意地悪になったんだろう。母さんが嘘をついたことがわかったのかなあ。それに、なんでロッサルコの丘に憲兵なんかが来るんだ。ミケランジェロにはわけがわからなかった。そして母親を護ろうとするかのように、ますますぴったりと身体をくっつけた。

いちばん齢をとった男がほかの二人を隅に呼び、何かささやいた。すると二人は挨拶もせずにどこかへ行ってしまった。残った男が、説得力のある太い声で言った。「奥さん、どうかご心配なく。発掘調査は、海まで続くピロルの斜面の何も植わっていない一画でおこなう予定です。水平と垂直に二、三か所、試験的に掘ってみて、わたしの直観が当たっているか確かめてみたいのです。現在植えられているものは、果樹やぶどうの木はおろか、小麦一本たりとも抜かないとお約束します。もしご協力いただければ、それなりの謝礼もお支払いするつもりです。絶対に後悔はさせません。信じてください」

流刑地へと発つ前、夫は彼女に、誰も信じてはならないと強い口調で言った。「俺の留守につけこんで、大勢が丘に押しかけ、なだめたり脅したりして土地を買い取ろうとするだろう」夫は、これから起こるであろうことを予見したうえでそう言った。「だが、たとえ一平米でもロッサルコを売ったら承知しないぞ。宝物のように大切に護ると約束してくれ」

そのため彼女は、幾度も金銭的な苦境に陥ったが、ドン・リコや、チロからやってくる業者らが手を替え品を替え言い含めようとするのを、憤りを感じながら断固拒絶し続けた。

だがその男は、正直で誠実な人のように思えた。自分たちから土地を奪おうとしているわけではない。ほんの一部を掘り起こすだけだし、迷惑料も支払うと言っている。拒否することもないだろう。

「いつ始めるのですか?」と尋ねてみた。

「明日の明け方から実地調査を始めるつもりです。実際の発掘は、その後になります」そう答える男の表情は真剣だった。それから、挨拶代わりに手を帽子のところへ持っていった。そのときようやく、男は少年の存在に気づき、微笑みかけながらそのほっぺたを優しくつまんだ。そして、土くれのあいだを野兎のように身軽に飛び跳ねながら、山道のほうへと歩き出したのだった。

「さあ、暗くなる前に、あたしたちも帰りましょう。ニーナベッラとお祖母《ばあ》ちゃんたちが晩ごはんにしようと待ってるわ」母親はそう言うと、乳香樹の茂みに鍬を隠した。

9

家に着く前、ラバの背の上で母親はミケランジェロに釘を刺した。「ミケ、今日のことは黙ってるんだよ。誰にも、ひと言だって話したら駄目。わかったね」

「友だちのアルドゥッツォにも言ったら駄目なの？　ニーナベッラにも？」

「誰にも絶対に言わないの。さもないと村じゅうの人に、発掘のことを知られちまうからね。人間というのは嫉妬深くて意地が悪いものなんだよ。それで金儲けでもしてると思われてごらん。ああ神様、どうかそんなことにならないようにお救いください！　わかったね？　誰にも言わないのよ」

「祖父《じい》ちゃんと祖母《ばあ》ちゃんにも？」

「お祖父ちゃんたちには、母さんから話しておく」

それでもミケランジェロは引き下がらなかった。「発掘が始まれば、どうせみんなに知られるよ」

「そうだけど、いまみんなに知られたら、明日からロッサルコの丘は睾丸ヘルニア《グアッラルージ》病みばかりがたくさん集まる劇場になっちまうよ。『妬みによって睾丸ヘルニアに罹るとしたら、この世は睾丸ヘルニア《グアッラルージ》病みだらけだ』って諺があるだろ？　大騒ぎになるよ。あたしたちがとんでもない財宝を見つけて、大儲けをしたなんて言われるんだ。それでなくてもいろいろ噂されてるってのに、そんなことになったらどうするの？」

　ミケランジェロは、睾丸ヘルニアを病んだ妬み深い人たちで丘があふれかえっているところを想像して、なんだかおかしくなった。そして母さんの言うとおりだと妙に納得したのだ。

「わかった。誰にも言わない。約束するよ」そう言いながら、誓いのしるしに人差し指と中指をくっつけてキスをした。それから、風に向かって深く息を吸い込んだ。ロッサルコの香りがどこまでも追いかけてくる。ミケランジェロは一刻も早く丘に戻り、オルシ教授の発掘の手伝いがしたくてたまらなかった。

　祖母ソフィアは夕食にひよこ豆のパスタを作ってくれていた。ミケランジェロはそれを二杯ぺろりと平らげた。その傍らで祖母は、そうでも言わないかぎり食べないかのように、「さあさあミケ、お食べ。あんたは働き者の大人にも負けないほど働いてきたんだからね」としきりに声を掛けた。

　母親はそれを聞いて笑った。「一日中、まるで子猿のように木から木へ飛び移ってたんですよ。働くなんてとんでもない！」

「まだ小さい子どもだからね。たった九歳なんだよ」ミケランジェロを目の中に入れても痛くないほどかわいがっている祖母は、どう考えても弁解の余地がないようなときでも、決まってかばうのだった。

「何を言ってるんですか。もうじき十歳になるんです。この子の父親がこれくらいのときには、朝から晩までロッサルコの丘を耕し、その日の稼ぎを家に持ち帰ってましたよ」

「それは食べ物のない時代の話だよ。最近の子はみんな、学校へ行かなくちゃならないんだ。アルトゥーロがいてくれさえしたら、息子を野山に働きに行かせたりはしないだろうに」

ニーナベッラは、夕飯のあいだじゅう母親にまとわりついていた。その日、昼間は路地を駆けずりまわり、さもお転婆娘といったふうに遊んだり飛び跳ねたりしていたニーナベッラは、もうくたくただった。ところが、父親のことが話題にのぼるや、いまにも泣き出しそうになり、ひよこのようなか細い声で尋ねた。「父さん、いつ帰ってくるの?」

「もうすぐよ、ニーナベッラ。父さんはじきに帰ってくるわ。さあ、今日はもう寝ましょう。ベッドに連れていってあげようね」ニーナベッラは目をこすり、黙って言いつけに従った。

ミケランジェロは、それもまた母親が必要にせまられて口にする嘘だということを知っていた。ニーナベッラが聞きたがっていたのはほかでもなく「もうすぐ」という言葉であり、そうでも言わないかぎり泣き出していたことだろう。ミケランジェロ自身、父親に会いたくてたまらなかった。ただし、幻想を抱くことはなかった。流刑地はナポリよりもさらに遠くにあり、檻のない監獄のようなところだということを彼は母親から聞かされていた。ヴェントテーネという名の島で、父親は自由に歩きまわることも、その気になれば働くこともできたが、刑期が終わる前に村に帰ることは許されなかった。五年を島で過ごさなければならず、まだ二十三か月しか経っていない。父親のいない夏を二回、クリスマスを二回、復活祭を二回。父親が行ってしまってからというもの、ミケランジェロの家では祭日を祝うこともなくなった。まるで喪に服している家のように。

「何もかもドン・リコのせいだよ。ドン・リコがあたしたちの土地に目をつけさえしなければ……」リーナは、ミケランジェロに繰り返しそうこぼした。そのせいで彼女は、きつい農作業の一切を女の細腕でこなさなければならなくなった。種蒔きと収穫の時期に、母方の老いた伯父たち三人と、二人の従兄弟、場合によっては祖母ソフィアが手伝ってくれるくらいだった。

祖父アルベルトは当てにはできなかった。もはや家から出る体力も、気力も失ってしまったのだ。日によってはベッドから起きてこないことさえあった。一人だけ残された息子までいなくなってからというもの、めっきり老け込み、もはや回復の兆しはなかった。一日じゅう目を見ひらいたままで、ときおり独り言をつぶやいている。その場にいない息子たちに向かって問いを投げかけ、それに対して自分で答えるのだ。生まれて間もない赤子のように食べ物を老妻に口まで運んでもらい、おいしいともおいしくないとも言わずにただ呑み込むのだった。食べてはまた息子たちに話しかける。その口調はたいてい怒っていた。とりわけアルトゥーロに対して抑えようのない怒りをぶちまけていた。「そんなふうに小賢しく振る舞っていたら、連中に情け容赦なく殺されると忠告したはずだぞ。まったくお前は石頭だから、わしの言うことをこれっぽっちも聞きやしない」そう言っておいて、自分で答えるのだ。「父さん。俺は死んじゃあいないと何度言ったらわかるんだ」「ああ、アルトゥーロ、かわいそうだがお前はまもなく死ぬさ。お前のやっていることには無理がある。片方の靴に両足を突っ込んでるようなもんだ」

そんな祖父の言葉を聞くと、ニーナベッラは泣き出すのだった。「意地悪。お祖父ちゃんの意地悪。そんなの嘘よ。お祖父ちゃんの嘘つき。父さんは死んでなんかないし、死んだりもしない。もうすぐ帰ってくるって、母さんが言ってたもん」

母親のリーナは娘をそっと抱きかかえて別の部屋に連れていき、なだめた。「お祖父ちゃんは口から出まかせを言ってるだけさ。もう齢だから、頭にじゅうぶん血がまわらなくなっちゃったんだよ。大丈夫。父さんはもうすぐ帰ってくるから」

それなのに、アルトゥーロはいつまで経っても帰ってこなかった。祖母は、なんとか早く家に帰してもらえるように奔走した。ミケランジェロの担任のタヴェッラ先生に頼んでみたのだ。余所からやってきた人の好い先生は、二度も恩赦を願い出てくれたものの、残念ながら返事はなかった。タヴェッラ先生はまるで家族の一員のように悲嘆に暮れ、模範囚としてアルトゥーロの刑期が短くなるか、あるいはせめて、五年の刑期が十年に増やされることのないようにと祈るのだった。

「とんでもない話だね。一日でも早くあの子を帰してくれないのなら、このあたしが血祭りにあげてやる！」祖母ソフィアはわめきちらし、リーナと一緒になって諸悪の根源である人物をののしるのだった。あの、腹黒で横暴なファシスト野郎め。村では誰もが彼のことを恐れ、彼の前ではにこやかな笑みを浮かべて服従し、諂《へつら》っている。それでいて陰では、あんな奴、豚のように咽を掻き切られて死ぬがいいとか、血管を流れる血液がそっくり凍りついてしまえばいいとか、晴天の雷に打たれて焦げ死ねばいいなどと呪っていたのだ。

ミケランジェロは手の甲でごしごしと唇をこすった。その忙しない仕草には怒りがこもっていた。そして、「友だちと遊んでくる」と言い捨てた。椅子から立ちあがった瞬間、父親の誇りに満ちた視線とぶつかった。戦死した兄と弟と並んで撮った写真が、台所の壁で威容を放っていたのだ。父さんがなかなか帰ってこないなら、僕が迎えにいって連れて帰るんだ……ミケランジェロは心のなかで父親に話しかけた。そんなことはドン・リコが許さないだって？　だったら、屋敷に行って、父さんの猟銃で奴の頭をぶち抜いてやるさ。猟銃の隠し場所ぐらい、僕知ってるんだよ。誰も怖くなんかないさ。父さんと同じだよ。じゃあ、行ってくるね。

母親が共犯者めいた視線を息子に向けると、ミケランジェロは誓いをもう一度確認するかのように、への字に曲げた唇に指を当てた。

友だちとかくれんぼをして遊びはじめると、十分もしないうちにミケランジェロの胸から悲しみと怒りが消えていった。その夜、彼は自分が無敵のような気がした。広場でいつものようにぼろ布を丸めたボールでサッカーの試合をしているときも、一瞬たりとも立ち止まらなかった。ディフェンスからオフェンスへと走り回り、敵に抜かれるとタックルをかけ、頭がおかしくなったかのように笑い、ゴールを決めるたびに異様な雄叫びをあげ、夕食後にひと眠りしようとしていた老いた農夫たちの顰蹙と、相手チームの派手なブーイングを買ったのだった。幸いなことに間もなくあたりが真っ暗になり、その日の試合はお仕舞いになった。

「今日は何かあったの？」家に帰る途中、友だちのアルドゥッツォに訊かれた。「毒蜘蛛《タランチュラ》にでも咬まれたみたいだったぞ」

誰にも絶対に言わないの……。

「なんでもない。父さんがもうすぐ帰ってくるって母さんから聞いて、嬉しくなっただけだよ」

10

クリミサというのは大ギリシア《マグナ・グラエキア》の小都市で、現在のチロとイオニア海のあいだに位置する丘の上にそびえていたと言い伝えられている。歴史家のストラボンによると、テッサリア出身の弓の名手で、トロイア戦争に加わったピロクテテスによって建立されたらしい。ピロクテテスはいったん祖国に戻ったが、血で血を洗う争いのあと、エピロス地方のギリシア人らとともにアリーチェ岬に流れ着いた。そして岬からあたり一帯を眺めわたしたところ、新たな町を造るのにふさわしい場所が難なく見つかった。土地というものはまるで生きているかのように人を惹きつける力を持ち、光を湛えた眼差しや、風に託した言葉、それまでに嗅いだこともなかった匂いで人を誘惑するものなのだから。現に丘に登り、荘厳な海のほうへと迫り出す岬を目にしたとき、ピロクテテスの心は決まっていた。太陽の口づけを受けたその高台に、アポッロ・アレオを祀る神殿を建て、その上方の、イオニア海に臨む丘の斜面に都市を建設するのだ……。

土地を縦横に調査しながら、パオロ・オルシはそんな話をしてくれた。共同研究者として紹介された二人の男性は、まわりの景色に気圧された様子だった。一人はデッサン担当のロザリオ・カルタ、もう一人は修復師のジュゼッペ・ダミーコ。

ミケランジェロ少年は、歩幅の広いオルシ教授のあとを小走りについてまわり、教授の口から出る難しい言葉の羅列を、意味はわからないけれど甘美な音や隠された謎が魅力的な詩歌の文句ででもあるかのように丸暗記しようと、一生懸命聴いていた。教授は話しながら、疲れも知らずに歩きまわり、空気の匂いを嗅ぎ、地面を触っていたかと思うと、ふいに引き返してきて、最初に歩き出したオリーブの巨木まで戻ってくる。その後ろから、ミケランジェロと母親が、そして、ときおり立ち止まっては手帖に文字や絵を描き込みながら、二人の研究者がついて歩いた。

ミケランジェロは、パオロ・オルシとその小さな隊列を監視するような視線を感じた気がして、くるりと振り返り、トリペーピの森のほうを見やった。だが誰の姿もなく、常磐樫の先端が風に揺れ、ざわめいているだけだった。

教授は、風に飛ばされてしまってはたまらないと片手で帽子を押さえていた。そうしながらも歩きまわり、話し続けた。

「なんという風！　いつもこんなにひどい風なのですか？」

「風が本気で怒ると、もっとすごいよ」待ってましたとばかりにミケランジェロが答えた。

「向こうに、一九二四年の発掘調査によって明るみに出たアポッロ・アレオ神殿があります。実はその十年ほど前の一九一五年、このあたりに神殿の址がないか調査したことがありました。この丘にも登ってみたのですが、男性に呼び止められましてね。銃を突きつけられて……」

「義理の父です。心根の優しい人ですから、本気で撃とうと思ったわけではありません」と、リーナが口を挿んだ。

「そのとおり。丘を訪れた目的を説明したところ、たいそう親切にしてくれ、質問に応じていただいただけでなく、最高のワインまでご馳走してくれました。当初は、この丘をスタート地点として、アリーチェ岬に向かってくだりながら発掘を進めていこうと考えていました。おそらく古代都市は、岬のまわりに扇状にひろがっていたのではないかと思われたからです。ところがその日、こともあろうにわたしは逮捕されてしまった。チロからカリアーティにかけての丘や高台をあちこちうろついていたものだから、オーストリアのスパイだと警官に勘違いされたようです」

話を聞いていた二人の研究者が笑った。

「すぐに釈放されましたが、そのあいだに戦争がはじまり、発掘調査は延期となりました」教授はさらに話を続けた。「こんどこそ、古代都市クリミサの遺構を掘り当てるつもりです。現時点でクリミサについてわかっていることといえば、歴史というよりも、その存在をほのめかす伝説だけなのですから」

そのとき、またしてもリーナが口を挿んだので、みんなは驚いた。「先生、見当違いかもしれませんが、いまのお話にギリシア喰らい《マンジャ・グレーカ》とか、おとなしくしてろ《スタブオノ》とかいった風変りな名前がたくさんありましたけど、ひとつ似た名前を知ってます。クリスマというのです。あたしたちの村の真正面にある、細長くてところどころに断崖が走っている丘です。あそこの上のほうに、柊《ひいらぎ》の森があるのがわかりますか？　あの丘がクリスマで、沢の向こう側まで続いています。クリミサが訛ってクリスマになったんじゃないでしょうか。つまり同じ場所のことで、古い都市の名前だったのでは？」

「僕もそうじゃないかなと思ったんだ」ミケランジェロが、思いついたままを率直に口にした。

最初、教授は笑いながら聴いていたが、すぐに真顔になった。ほかの二人も教授に倣った。そしてポケットから手帖をとり出すと、素早く何かをメモした。

「なんとも判断がつきかねますね」と、教授は真剣な声で答えた。「クリミサにしろ、クリスマにしろ、いずれにしても信頼に足る、反論の余地のない証拠が必要です。数日も作業をすれば、この下に何が埋まっているかわかるでしょう」

　そして研究者たちに、発掘予定の区画を杭で正確に区切るように言った。


　翌朝、リーナは嫌がるミケランジェロを無理やり学校へ行かせた。「学校から帰ってお昼を食べたら、ロッサルコに来てもいいわ」

　教室では少しも時間が過ぎていかず、ミケランジェロはため息ばかりついていた。ほかの先生たちとは違い、ミケランジェロの担任の先生は、生徒がぼーっとしていても手を棒で叩いてお仕置きするようなことはなかった。優しい先生だったが、少し退屈なところもあった。先生が一方的にずっと説明をし、わけのわからない言葉や記号で黒板を埋めつくすのを、子どもたちはうわの空でノートに書き写すのだ。ミケランジェロは手を挙げたが、質問する許可をもらうまで五分ぐらい待たされた。「先生、ギリシア喰らい《マンジャ・グレーカ》ってなんのことですか？」

　午前中のまどろみを邪魔されたクラスメートたちは、咬みつきそうな目で彼のことを睨んだ。先生は一瞬戸惑ったが、すぐに笑い出した。「マグナ・グラエキアのことだよ、おバカさんだなあ。『大ギリシア』という意味で、古代ギリシア人が、ここ南イタリアの美しく肥沃な土地に建設した植民都市のことだ。去年、歴史の授業で勉強しただろう。君はぼんやりと白燕でも探していたのかな」

　クラスメートたちが面白がってどっと笑った。

　ミケランジェロは恥ずかしさのあまり亀のように肩をすくめた。作文に白燕のことなんて書かなきゃよかったと後悔し、その日はずっと学校では誰とも口を利かなかった。

家に帰るなり、祖母とニーナベッラが待っていた食卓につく時間も惜しんで、パンをひと切れと乾燥いちじくをつかんだ。そして、「母さんが待ってるんだ」と言い捨てると、旨そうにかぶりつきながら、走って家を飛び出した。

ロッサルコの丘に着くと、つるはしと鍬で穴を掘る単調な音と、スコップや先の尖った鏝《こて》で土をならす音が谷間にこだまし、十倍になって響きわたり、風に乗って海へと拡散していた。

ミケランジェロは、小屋の裏手で畑を耕していた母親に声をかけてから、作業員の一団の中央で土を掘り起こしていたオルシ教授に、上気した顔で近づいた。誰もが、まるで息をとめているのではないかと思うほど静かに作業をしていた。男ばかり総勢十二人。なかにはミケランジェロより少し大きいだけの少年も二人含まれていた。誰にも相手をしてもらえなかったので、ミケランジェロはオリーブの巨木によじ登った。かなり上のほうの、丈夫な枝が二股に分かれているところに腰を掛け、作業員たちと母親の仕事ぶりを注意深く観察していた。見ているのに飽きると、誰にも邪魔されずに物思いにふけるか、さもなければ白燕はいないかと空を仰ぎ見るのだった。心のなかで、たとえ見つけたとしてもお祖父ちゃんにしか話すまいと固く誓いながら。

ときどき誰かが大声をあげる。「先生!」すると、パオロ・オルシは自分のしていた作業を中断し、駈けつける。眉間に刻まれた深い縦皺が、一歩ごとに、あるいは思考をめぐらすごとに、ひろがったり縮んだりした。続いて、オルシのぶっきらぼうな太い声が響いてくる。「いや、重要なものではない。もう少し向こうを掘ってくれ。慎重に頼むぞ」

そんなオルシが、眼鏡を鼻先までずらし、目を輝かせる瞬間がやってきた。二人の少年の片方が掘り出したテラコッタの破片が、どうやら意義のある発見らしかった。オルシ教授も少年と同じところを掘りはじめると、ほどなく、さらに五、六の破片があらわれたのだ。教授は少年に言った。「いまわたしがやってみせたように、慎重に掘り進めてくれ」それから自分は、オリーブの巨木と小屋のあいだに設えられた、出土品を保管するための場所に移動した。大きめの石の上に腰をおろすと、見つかった破片についていた土を丁寧にはらい落とし、手帖をとり出した。そして、素早く何やら書き込んでいた。

ミケランジェロが木からおりてきたのは、もはやシーラの山脈《やまなみ》の向こうに太陽が沈みはじめ、スッラの花が咲き乱れる丘のように空が赤く染まった頃だった。もう遅いから、暗くならないうちに家に帰りましょうと母親が呼んでいた。

彼は、しばらくのあいだオルシ教授の傍らで立ち止まった。まず、掘り出されたテラコッタの破片を見、次に一片のテラコッタを持ち、矯《た》めつ眇《すが》めつ眺めている教授を興味津々で見てから、礼儀正しく挨拶した。「じゃあ、僕たちは帰ります。さようなら」

オルシ教授は、楽しい夢から呼び戻されたかのように我に返ると、空いているほうの手でミケランジェロの髪をくしゃくしゃに撫ぜ、にっこり微笑んだ。「君がオリーブの木によじ登り、注意深くあたりを見渡しているのを見るのは、これで二回目だ。君は何ひとつ見逃さないんだね。丘の小さな番人くん」

そして、さようならと言いながら力強い握手をした。

11

パオロ・オルシと仲間の研究者二人は、夜になると二枚の毛布を譲り合い、丘の小屋で寝泊りした。一方、作業員たちは皆チロやマリーナに住んでいたので、徒歩か、あるいはラバにまたがって自宅に帰り、翌朝早くにまた通っていた。そのため、ロッサルコのような辺鄙なところにある現場を発掘するときには、通常であればテントを設置するが、今回はその必要はなかった。しかも小屋はテントより過ごしやすくて安全だ。十九世紀の末、アルトゥーロの祖父が沢の石を積みあげて造ったもので、屋根の瓦と床に敷かれた煉瓦は、ピガードの煉瓦工場で買ってきた。衛生面を考慮してパオロ・オルシが薪と藁を片付けさせると、数十匹の鼠とあらゆる種類の昆虫が群れをなして小屋から逃げていった。風雨や寒さから身を護るため、ひどいときには空《から》の墓で眠ることもあるオルシ教授にとって、床に煉瓦の敷きつめられた広い小屋はある種の贅沢に思われたのだろう。根っから誠実な教授は、調査に際して当初約束した迷惑料に、小屋を使用するための謝礼もいくらか加えて支払うと申し出た。

「なんと律儀なお方なんだ！」と、祖母ソフィアは言った。男ばかり大勢のなかに嫁を一人にしておくことが気掛かりで、その日は彼女もロッサルコまで様子を見にきていたのだ。そして、パオロ・オルシが大学教授であり、所長であり、、、、コーコ学者であるだけでなく、国の上院議員でもあることを知ると、息子のアルトゥーロ・アルクーリが不当にも流刑となったこと、二度も恩赦を願い出たにもかかわらず、なしのつぶてに終わったことを説明し、上院議員の先生ならば、息子が家に帰れるように力を貸してもらえないかと頼んだのだった。

オルシ教授は正直に答えた。「奥さん、申し訳ありませんが、わたしにはまったく力の及ばない問題です。そういった期待はなさらないでください。わたしは文化的な功績が認められて上院議員になっただけで、政治家としてはなんの影響力もありません」それだけ言うと、傍目にもわかるほど恐縮した面持ちで、ソフィアからなるべく離れた場所を選んで作業を続けた。

晩御飯の食卓でそのときのことを語る祖母ソフィアは、失望したふうには見えなかった。「あれほど律儀な紳士はこの村にはおらんね。あの人は自慢など決してせず、すべきことを黙々とこなす人だ」

四日後、ミケランジェロは久しぶりに丘に行った。その日は、一晩じゅう降り続いていた猛烈な雨が午《ひる》近くまであがらなかった。ところが突然、風が黒い雨雲を一掃したかと思うと、暖かな春の太陽が顔をのぞかせ、たちまちのうちに空も、海も、木々の梢も、光で埋めつくされたのだった。豪雨によって土が洗い流され、あちこちに四角い大きな石の塊が見えていた。

パオロ・オルシは、土壌がところどころ軟らかく、すかすかになっているのを見てとると、作業員一人ひとりにどこを掘ればいいのか細かく指示を与えていた。

ミケランジェロは最初、どう切り出したらいいかわからずにおろおろしていたが、ようやく勇気をふりしぼって口にしてみた。「教授、僕にも手伝わせてください。僕、つるはしもスコップも上手に使えるよ。小さいころ父さんに教わったんだ」

教授は少年の頭を撫で、またもや髪をくしゃくしゃにした。「いいかい、ミケランジェロ君。これは遊びじゃないんだ。それに、君には大切な仕事があるじゃないか。君はこの丘の番人なんだろ？　番人は発掘作業員よりも、わたしのような考古学者よりもはるかに重要な仕事だよ。その土地の記憶を保管し、ずるがしこい人たちの悪意から地面の下にあるものも上にあるものも護らなければならない。土地の尊厳を保つためにね」

ミケランジェロはがっかりした。教授が言ってくれた素晴らしい言葉も、そのときにはなんの慰めにもならなかった。おそらくあまりよく理解できなかったのだろう。機嫌を損ねていることを他の人に悟られないよう、オリーブの巨木に登ろうと思ったが、雨のせいで枝も葉っぱもびっしょり濡れていた。仕方なく、畑仕事をしている母親を手伝うことにした。二人で一緒に、四角く耕した土地に肥料と水をたっぷりと撒き、木製の錐を使って、掌一つ分の間隔を空けながら窪みをつくり、ピーマンや唐辛子、トマトや茄子の柔らかい苗を植えつけた。

その作業がまだ終わらないうちに、教授を繰り返し呼ぶ声が、それまでよりも執拗に響きわたった。「教授！　教授！　教授……」

ミケランジェロも声のした現場に駆けていった。オルシ教授は身体がいくつあっても足りないといった様子で、ぬかるみにブーツをとられながら、あちらの発掘場所やその隣へと飛びまわっていた。発見が何を意味するものなのかは、すでに直観で理解していた。「ついにやったぞ！」と感極まった声をあげた。「おそらくこれは、重要な意義のある墓地の跡にちがいない。クリミサの共同墓地《ネクロポリス》の可能性もある」あふれ出す喜びを帽子と眼鏡で隠そうとはしていたものの、教授が心から満足していることは見てとれた。

それからしばらくはみんなが慌ただしく行き交っていたが、二人の研究者が相次いであげた大声によって、ふくらんでいた期待が吹き飛んでしまった。「信じられない、この墳墓は空っぽです！」「こちらも、そっくり持ち去られています！」

オルシ教授は泥まみれの手を顎にあて、怒りに駆られて鬚を引きちぎるのではあるまいかと思うほどしごきながら、半狂乱で怒鳴りちらした。「何者かにしてやられたんだ！　我々よりも先にこのあたりを掘り起こした者がいて、墓地とこの神聖な土地を踏み荒らしたにちがいない。どこまで無知で強欲で粗暴な連中なんだ！　カラブリアだけでなく、シチリアでもこんなことはしょっちゅうだ。時間との戦いだよ。しかも相手は、良心の呵責もなければ、法律を守る気もないならず者ときた！」そして、怯えた様子で息子を連れ戻しにきたリーナにまで、怒りの矛先を向けるのだった。「奥さん、正直に言ってください。あなたは、何者かがすでにここを掘り起こし、死者に対する敬意も生者に対する礼儀もなしに、手当りしだい持ち去っていったのをご存じだったのではありませんか？」

怒鳴りつけられてもリーナはひるまなかった。相手に自分の意見を聞かせるために声を張りあげるのは、彼女にとっては日常の光景だったのだ。「先生、あたしは何も知りません。息子の首にかけて誓ったってかまわない。きっと夜中に誰かが墓荒らしをしたか、まだロッサルコが所有者のいないみんなの丘だった頃に荒らされたんでしょう。夫も義父《ちち》もずっとこの土地に住んでますが、発掘の話なんてしてませんでした。たしかに畑を耕しているとき、テラコッタの破片が出てくることはあったわ。それと三十年ほど前に一度、小さな女性の像の頭部を見つけたこともあった。それだけです」

「その女性の頭部はいまどこにあるんです？　見せてくれませんか？」教授は、相変わらず怒りのこもった太い声で尋ねた。

「なかなかきれいなものでしたけど、あたしたちにしてみれば、暖炉の縁に飾ったって邪魔になるだけです。家々をまわって骨董品を買い集めている二人組の商売人に、義父が売ってしまいました」

「ドイツ人のマルツとヤーコプスですね？　呆れた連中だ。畑仕事の最中に農民が見つけたものをはした金で買い漁り、タオルミーナの店で裕福な観光客を相手に高値で売ってるんだ」

そのときデッサン担当のロザリオ・カルタの言葉で、教授の憤りがいくらか鎮まった。「教授、この斜面には数十の墳墓があるようです。いくら性質《たち》の悪い墓荒らしとはいえ、さすがに全部を持ち去ったとは思えません」

「たしかにそうだな。調査はあと四日ある。君の言うとおりだよ、ロザリオ。荒らされていない墳墓が必ず見つかるはずだ」


それから二日後の午後、調査隊は二体の骸骨を発見した。骸骨には頑丈な根がからみつき、土や石に覆われていた。一体の上にもう一体が覆いかぶさるようになり、骨が複雑にからみあっていたので、損傷しないように掘り出すのは至難の業だった。ロザリオ・カルタは得意満面だった。

「どうです、教授。わたしの言ったとおりでしたね」

ところがパオロ・オルシは、両方の頭蓋骨のところどころに毛髪のようなものがこびりつき、開いた口にきれいに歯が並んでいるのを見逃さなかった。しかも臍のあたりの骨だけが砕けている。「この二人は、おそらく若者だと思われるが……」と教授は言った。「クリミサの時代に生きた古代人ではなく、現代人だ。ほぼ間違いなく、銃殺されて空の墳墓に放り込まれ、その上から土や石をかけられたんだ。誰か警察を呼びに行ってくれないか」

リーナは血の気を失い、ミケランジェロは母親のスカートにしがみついて震えていた。教授は言葉を続けた。「これ以上、この一帯の発掘を続けるのは無理だろう。少なくとも捜査が終わるまでは。できたとしてもまた来年だ。もう一度調査隊を派遣できるだけの予算がおりればの話だが……」そして、二体の遺骸に憐れむような眼差しを注ぐと、作業員たちに命じた。「なにか布をかけてやりなさい。警察が到着したら我々は引き揚げる。出土した品をすべて箱に収め、レッジョの博物館に運んでくれ」

身の回りの物を片付けるために小屋に向かう途中、教授はミケランジェロの目をじっと見つめた。謎かけをするような深い眼差しだった。それから視線を海に移した。そのあとで教授が口にした言葉は、皮肉めいたものだった。

「どうやらこの丘には、伝説の都市クリミサの共同墓地《ネクロポリス》どころか、血塗られた秘密が葬られているようだな」

12

「愛しい妻リーナと、かわいい二人の子ども、ミケランジェロとソフィア・アントニアへ。父さんはここで元気で暮らしている。みんなも元気でいてくれることを祈る。ここはとてもきれいな島だ。夜も昼もみんなのことを想っている。親父とお袋にもキスを。アルトゥーロ」

彼にとってはもはや、それが「父さん」だった。父親が存在していることを証明してくれ、毎回少しずつ違う話題を持ち出し、つらい別離には触れまいとする一枚の葉書。

ミケランジェロは父親が恋しかった。勇敢で、なんでも知ってる父親に会いたくて会いたくてたまらなかったが、ほかの人の前では絶対にそんな自分の気持ちを認めようとはしなかった。父さんさえいたならば、丘で何が起こったのかを突き止めるために、できるかぎりのことをしたはずだ。ミケランジェロはそう考えていた。それなのに家族もまわりの人たちも、誰も事件にはまったく関心を示さず、事件が話題にのぼることさえ嫌がった。まるでそんなことを話しても意味がないとでもいうように。あたかも、埋められていたのは二頭の動物の骨であり、人間の亡骸《なきがら》ではないかのように。

はじめのうちミケランジェロは、眉をつりあげ、食ってかかるような眼つきで周囲を睨みつけることによって、落胆をあらわしていた。

「そうやって暗い顔をして、瞳に翳のあるあんたは、まったく父親に瓜二つだね。世の中にがぶりと咬みついて食っちまうつもりかい?」祖母ソフィアが言った。「生きていくためには、何をするにも忍耐というものがいるんだよ」そして、ミケランジェロをいきなり抱きしめた。「ずいぶんと背が高くなったもんだね。もう立派な若者だ。そろそろかわいい彼女を見つけないといけないね」ミケランジェロを笑わせようと、耳もとでそんなふうにささやいた。

ニーナベッラや母親が見ている前だと、ミケランジェロはするりと祖母の腕から抜け出し、寝室にいる祖父のところに逃げ込むのだった。少なくとも祖父だったら、曖昧模糊とした記憶の海に視線を漂わせながら、何も言わずにミケランジェロの話を聞いてくれる。ミケランジェロは、憤った視線や不満をその海に投げ込むことによって怒りを発散した。十一歳の彼は自分がもう大人だと思っていたが、そのあたりの人々は皆、いかに生き抜くかという日々の難題で手一杯で、それ以外のことはすぐに忘却の彼方に追いやってしまうのだということを理解できるほど大人ではなかった。それに包み隠さず話してしまえば、近隣で遺体が掘り起こされたのはそれが初めてのことではなく、おそらく最後でもないだろうと思われた。

それだけではすまないとでもいうように、ちょうどその頃、ストロンゴリとサン・ニコラのあいだに位置する硫黄鉱山で三人の鉱夫が生き埋めになり、命を落とした。祖父アルベルトの昔の同僚の息子たちで、うち二人はスピッラーチェの村の者だった。判別さえつかない状態の亡骸が納められた柩が村に到着すると、遺された母親や妻たちの悲痛な叫び声が村じゅうに響きわたり、ロッサルコの丘で発見された無名の白骨死体に対する無関心は増すばかりだった。ほどなく、慎重に捜査を続ける警察をのぞけば、「血塗られた秘密」は完全に忘れ去られてしまった。

死体の身元はなかなか明らかにならなかった。というのも、当時は行方をくらます若者が少なくなかったのだ。その多くが不法で合衆国《ラ・メリカ》に渡っていた。幸い、各警察署で情報を照合した結果、一九〇二年六月のほぼ同じ時期に、チロとスピッラーチェでそれぞれ一人の若者が行方不明になったという届け出があったことが判明した。二人とも家畜の窃盗や傷害といった前科があり、一人は人をナイフで刺して服役していたこともあった。要するに、聖人君子というわけではなかったのだ。そのため、地元の犯罪グループによる報復に遭ったのだという見方に疑問を挿む者は誰もいなかった。

遺体がロッサルコの丘で発見された以上、ミケランジェロの家族も念のため事情聴取の対象となった。だが、殺された者たちの遺族でさえ、アルクーリ家がたとえ間接的にでも事件にかかわっているとは思っていなかった。こうして三、四か月もしないうちに事件は幕引きとなった。犠牲者を埋葬し、墓石で封印し、それきりとなったのだ。

一連の出来事に納得できずにいたのはミケランジェロだけだった。「うちの丘で人を殺したか、そうじゃなければどこかで殺して丘に運んできたわけでしょ？　なんでうちの丘なわけ？」ミケランジェロが気にしていたのは、殺された前科者のことではなかった。殺人犯が、自分たち家族に対してそんな嫌がらせをしたことに腹が立って仕方ないのと同時に、別れ際にオルシ教授が口にした、「この丘には血塗られた秘密が葬られている」という皮肉のこもったひと言が頭から離れなかったのだ。自分たちの土地にそんな泥が塗られるなんて許せなかった。

何か月ものあいだ「なんで」「どうして」を執拗に繰り返していたミケランジェロを諭したのは母親だった。「そうやって、あることないこと喋ってまわり、誰彼かまわず『どうして？』と尋ねるのはおやめなさい。それくらい自分で考えればわかるでしょう。うちの丘は、人の寄りつかない場所だからに決まってる。それに、このあたりでドン・リコの土地じゃない場所っていったら、あそこぐらいしかないからよ。ドン・リコの土地に遺体を埋めてごらんなさい。あとで恐ろしい目に遭わされるに決まってるでしょ？　わかった？　百歳まで元気に生きたかったら、余計なことを喋ったら駄目なの！」

「だったら海に捨てればよかったじゃない。海ならみんなのものだよ」

「まだ黙らないの？　ミケ、あんたって子にはほんとうにうんざりよ。重い十字架を背負ってるみたいだわ。海はあらゆるものを押し戻してしまうでしょ？　それに、漁をするための底引き網があちこちに張りめぐらされてる。だからよ。道もないような丘の上ならば、あの教授が発掘なんてしようと言い出さないかぎり、ぜったいに掘り起こされなかったし、ずっと見つからないままだったでしょうよ」

「そうだけど……」

「いいかげんにお黙り！　まだ何か言ったら、この手で首を絞めてやるよ」

そのとき母子はぶどう畑にいた。ミケランジェロは両手で首を防御すると、笑い声をあげながら小屋のほうへ逃げていった。リーナはふたたび器用にぶどうの剪定を続けた。その頃、ミケランジェロは放課後、毎日のように母親を手伝っていた。宿題は夜、蠟燭の明かりでするのだった。

ミケランジェロは水の入った小さな樽を持って母親のもとに戻ってくると、「母さんも飲みなよ。唇が乾いてるよ」と、優しく言った。

すると母親はからかうような笑みを浮かべた。「どうせ首を絞められるのが怖くて、いい子にしてるだけでしょ？」

そのとき、ミケランジェロは背後でがさがさという音が聞こえた気がした。ぱっと振り返ると、影のようなものが森の茂みに吸い込まれるのが見えた。常磐樫の枝先がしばらく震えていた。

「母さん、見た？　誰かが森に逃げていったよ。スパイが僕たちのことを見張ってるんだ」

「そんなはずないわ。いいこと、スパイなんていないの。きっと野生の獣でもないわ。ただの風でしょ」

風

丘では風がやむことはない。夜も昼も、断崖や急流、あるいは海から吹きあがってきては木々の梢を揺らし、山の頂を撫で、はしゃぐ子どものように斜面を転げまわる。だが、ひとたび怒り出すと始末に負えない。土くれ、折れた枝、木々の葉、茨、砂利……ありとあらゆるものを吸い込みながら渦を巻き、猛りくるう活火山のような勢いで周囲にまき散らすのだ。

「この一帯に豊富にあるものといったら、なんといっても風でしょうね」と、北イタリアの風力発電会社のエンジニアだと名乗る男が言った。「お宅にとって、風はさながら無色透明の黄金だ。然るべき形で活用すれば富をもたらしてくれる。アルクーリさん、お宅は実についていますよ。わが社の技術者たちはいま、この一帯に三十基の風車が立ちならぶ公園を造るプロジェクトを進めています。この丘も、その建設予定地の一つに選ばれました」

父は不快感を露わにしてエンジニアの話を聞いていた。「無色透明の黄金」によってあらゆる方向に搔き乱されたその男の長髪に、いまにも反吐《へど》を吐きかけるのではないかと思うほどだった。わけのわからんことを言ってやがる。その口を閉じて、失《う》せやがれ。父はおそらくそう言いたいのだろう。父にとって丘に吹く風は、きかん気が強く、いつでもそこにいる友だった。寛大な風には敬意を表し、荒れくるうときでも扱い方も心得ていた。猛烈な風に堪えるには、身を任せるしかない。

「夏前には工事を始めます。必要な許可はすべて取得済みです。該当する地域にお住まいの方々も、市町村も皆さん喜んで賛同してくれました。あとはお宅のご署名をいただくだけです」ローマ訛りが感じられる親しみやすい話し方のそのエンジニアは、二人の若者を従えてロッサルコを訪ねてきた。スピッラーチェ村の顔なじみの測量技師と、もう一人は見知らぬ余所者で、先ほど三人が降りてきたオフロード車を運転していた。三人とも父の顔色をじっとうかがっていたが、父は押し黙っているばかりだ。

「アルクーリ先生、これまでは畑を耕されてきましたが、いまや風とクリーンエネルギーを耕す時代がやってきたのです。土地の使用権と二十九年の賃貸借権を譲渡していただくことによって、風車一基につき八万ユーロが手に入ります。我々が共同で事業を進めているこちらの会社は誠実ですし、払いもいい」スピッラーチェの測量技師が熱い口調で語った。

「あんたらの金には興味ない」ようやく父が重い口をひらいた。「この一帯は、景観と環境の保全地区だ。ここを掘ったら、世界が破滅すると言っただろう。何度言ったらわかるんだ？」父は激昂していた。

余所から来たエンジニアは、父のその喩えを理解できずにいたが、スピッラーチェ村の測量技師には伝わった。「なにもお宅の畑を台無しにするわけではありません。この丘は広い。頂上に二基、尾根に二基、合わせて四基は軽く建てられるスペースがありますが、あまり場所をとるのもよくないと思い、とりあえず二基分の土地の使用許可をお願いしているのです。先生、公園の企画書に目を通していただいて、先生のほうから親父さんに、これこそが我々の未来だと言ってもらえませんかね」

「企画書なら、すでに俺が自分で何百回と読み、どう思うかも伝えたはずだ。ロッサルコの丘は俺が死ねば息子が相続するだろうが、いまのところはまだ、決める権利は俺にある」父はそう釘を刺した。

つまり、その三人は以前にも父を訪ねてきていたのだ。そして、復活祭の前日ならば、僕も丘にいることを聞きつけ、僕が彼らに味方することを期待してふたたび説得に訪れたのだった。

僕は企画書に目を通してみた。《風車公園》は、海に臨む丘の連なる素晴らしい景観地で、三十基の風車がヤシの木のように荘厳にそびえ、大地に影を投げる。そのうちの一基はいまオリーブの巨木の生えているところに、もう一基は山道がトリペーピの森に差し掛かるあたりに建てられる。

「先ほど父がはっきりとお答えしましたし、僕も父と同意見です」僕はきっぱりと答えた。

「先生、失礼ですが、そんながっかりさせるようなことは言わないでくださいよ。昔気質の親父さんが反対するのは理解できなくありませんが、先進的な地域に住んでいらっしゃる先生までそんなことを言うなんて……。北欧でもドイツでもスペインでも、あちこちに風車公園が誕生していて、どこも環境には力を入れています」測量技師は、同意を求めるようにまだひと言も喋っていないもう一人の若い男のほうを見ながら、反論した。シモーナも、スピッラーチェ村の近くにそびえ立つ巨大なクローバーの葉のような発電用の風車を最初に見たときに同じようなことを言っていた。「すべてを拒絶するわけにはいかないでしょ。石油や原子力に頼る発電より、風力のほうがいいじゃない……」

「だからなんだと言うのです。僕だってクリーンエネルギーには賛成だ。だが、周囲の景観に与える影響を考慮し、八十メートルもの高さがある風車をどこに設置するのか、慎重に検討すべきです」僕は、あのときシモーナに言ったのとほぼ同じ答えをエンジニアに返していた。

「このあたりのように風資源の豊かな場所に建てれば……」とエンジニアが言いかけたところで、父の怒鳴り声がそれを遮った。

「そんなに造りたかったら、あんたのケツの穴にでも造ればいいだろう。ここには建てさせん。あんたらは正式に環境アセスメントを提出して認可を得たわけではないはずだ。認可証を持っていたとしても、そんなものは偽造に決まってると誰もが噂してる。俺たちの土地のことなんてこれっぽっちも考えちゃあいないさ。あんたらの頭にあるのは、俺たちを利用して金儲けすることだけだ」

「アルクーリさん、いったい何を言い出すんですか。そんな言い掛かりはやめてください。さもないと、名誉棄損で訴えます……」

「訴えたけりゃあ訴えるがいいさ。とにかく帰ってくれ。そして、二度とここには来るな。さもないと、こっちがあんたらを訴える」祖父アルトゥーロだったら、きっと「さもないと、頭をぶち抜くぞ」と言っただろう。どちらにしても、あからさまな横暴に対する拒絶と、言葉の奥にこめられた烈しさには変わりがなかった。

　エンジニアと測量技師は言葉を失い、唖然としていた。そのときになってようやく、いままで黙っていたもう一人の若者が口をひらいた。「もういいかげん帰りましょう。だから、どうせ無駄足だと言ったんです。言葉で説明してわかるような人じゃない」

　オフロード車は土埃を巻きあげて走り去り、やがて下り坂にさしかかると、僕たちの視界から消えていった。

しばらくのあいだ僕も父も黙りこくっていた。風が、砂利道を走るタイヤのガタガタという音をあたりに拡散させながら、楽しげに吹いていた。そのときの父と僕は、自分たちのしたことに、自分たちの出した答えに満足していた。苦い感情が湧きあがってきたのは、のちに風に想いを馳せたときだった。

やがて父が口をひらいた。「この手の企業は、ドン・リコよりもさらに性質《たち》が悪い。いろいろな略称の裏に頭がいくつもあるんだ。顔が見えない分、闘うのも厄介だ。実際に各地を回って営業しているのは、組織のいちばん小さな歯車にすぎない。だがな、俺も親父ほどバカ正直じゃないし、いざというときにはお前も力を貸してくれる。親父は、『風車の化け物』と一人で闘わざるを得なかった。当時、俺はまだ小さくて、とても手伝えるような齢じゃなかったからな。泣いてたまるかと、大人のふりをするのが精一杯だったよ」

13

アルトゥーロが流刑地に送られてからというもの、老父アルベルトのエネルギーはまるで夏の沢のように干あがってしまい、その分ミケランジェロは、小さな肩にますます責任がかかるようになり、言いつけもよく守るようになっていった。

「いまじゃあ、この家に男手はあんたしかいないんだからね」と母親は言ってきかせ、祖母ソフィアも、言葉こそ異なるものの同じようなことを繰り返した。「お前さんは太陽のようにきらきらと光を放って、眩しいくらいだよ。父親の若い頃に瓜ふたつだ。そのうえ真面目で、頭のなかでおかしなことも考えてないし、家族を手伝うとなったら一歩も後には引かない」とりわけ祖母は、時間を見つけては山や畑で手伝いをするだけでなく、祖父の相手もし、しかも父親の不在をなかなか受け入れられずにいる妹に対して忍耐強く接しているミケランジェロに感心し、褒めるのだった。

ニーナベッラは、いったん言い出すと絶対にきかない、アルクーリ家の例に洩れない強情者だった。「あたしも母さんのとこへ行きたいの!」春の温もりが感じられるような日、何度も大声でそうわめき、ミケランジェロが根負けして妹の言うことを聞き入れるまで黙らなかった。「わかったよ、連れてってやる。だけど今日だけだからな。それと、疲れたなんて泣き言を口にしたら承知しないぞ」

放課後二人は村を出て、道すがらパンと乾燥いちじくをかじった。負けず嫌いのニーナベッラは、口をぎゅっと結んでついてきた。せいぜい息を荒くし、汗のにおいを嗅ぎつけてやってくるユスリカの群れを乱暴に追いはらうくらいだった。たとえ拷問されたとしても、泣き言は口にしなかっただろう。

そうして、一時間とちょっと歩くとロッサルコの丘に到着する。

ミケランジェロがオリーブの剪定をしている母親を手伝っているあいだ、妹は岩にちょこんと腰掛けるか、あるいは草むらにしゃがみこみ、絵を描くときと同じように全神経を集中して海を眺めていた。そんなときの彼女は、眼でデッサンをしているように見えた。視線をさっさっと四方に動かしたかと思うと、ときおり、漁船やしぶきを立てる波、丘の上からだと海面に突き刺さっているように見える灯台などに留めながら、水平線まで眼中に収める。「海ってすごくきれい！　あたし、漁師になりたいな」背後に兄の気配を感じると、ニーナベッラはそう言った。「そしたら、自分の船で父さんのいる島まで行けるもの」

兄はそれを聞いて笑った。「ニーナベッラ、お前は頭がおかしいんじゃないのか？」

するとニーナベッラは兄の腕をつかみ、驚くほどの力でぐいっと引き寄せ、坂の下のほうへと押しやった。「頭がおかしいのは、あたしじゃなくて兄さんのほうよ。兄さんの頭がどうかしてるの。あとお祖父ちゃんもだけど……」

「おい、よせ。やめてくれ。放せ！」ミケランジェロの叫び声もむなしく、二人は抱き合うようにして、スッラの咲きほこるピロルの斜面を転がり落ちていく。地面から頭だけを持ちあげ、髪に風を受け、緋色の小花や葉に身体をうずめ、笑い声と悲鳴をあげながら。

二人の悲鳴は母親の耳にまで届いたらしく、心配そうな顔をして慌てて駆けつけた。「まったく、なんてバカな子どもたちなんでしょ。心臓が縮みあがったわ。すぐにこっちに戻ってらっしゃい、ほら！」

子どもたちはふざけるのをやめ、汗びっしょりになりながらも、言われたとおり坂道を駆けあがってきた。ほどなく、母親とミケランジェロが少し離れたところでふたたび農作業をはじめると、ニーナベッラはスッラの花絨毯のうえに身を投げ出し、家に帰る時間が来るまでずっと、ころころ転げまわったりでんぐり返しをしたりして過ごすのだった。まるで恍惚とした人のように。


ある午後のこと、畑の近くを流れる沢にバケツ一杯の水を汲みに行こうとしていたニーナベッラが突然、ほんとうに気がおかしくなったのではあるまいかというような長く悲痛な金切り声をあげた。兄はピーマンの苗の上に鍬を放り出すと、稲妻のように妹のもとに駆けつけた。

「ミケ兄さん、見て。ほら、あそこ」

はじめミケランジェロは石のように固まってしまい、自分がどうすべきなのかも、なんと言うべきなのかもわからなかった。その隣で妹は、両手で頰をぎゅっと押さえ、ぴょんぴょん飛び跳ねながら、またもや叫び声をあげている。その場から遠ざかることも、その光景を見ないように目をつむることもできずにいた。

沢の向こう側の、キニゴと呼ばれる地区へとつながる稜線の下の剝き出しになった岩肌で、蛇がうごめいていたのだ。どこからあらわれたのか、種類も大きさもまちまちの蛇が数十匹、互いに絡み合い、円というか車輪というか、形の定まらない動く塊を形成したかと思うと、また八方に散らばり、あちらへこちらへと素早く這いずりまわっているのだ。二股に分かれた舌をサーベルのようにふりまわし、シューッという連続音をいっせいにあげながら。まるで一帯の丘という丘に棲む蛇たちがみんなで申し合わせて、その場に集まってきたようだった。

「あっちへ行こう」ミケランジェロはそう言うと、妹を後方の山道へ押しやった。

ニーナベッラは、母親のいる方角に走り出した。ミケランジェロは鍬を片付けるために畑に寄り、屈んだ拍子にもう一度沢向こうに目をやると、蛇たちは隙間に入り込んだり、互いにぶつかり合ったり、逃げ場を探して押し合ったりしていた。なかには下の沢にぽとんと落ちる蛇もいたが、やがて目に見えない手にすべてを掻き消されたかのように、岩肌からいっせいに姿を消した。

話を聞いた母親は、納得のいく説明をして安心させるどころか、あたかも子どもたちのせいだと言わんばかりに、過剰とも思える烈しい口調で咎めた。「このあたりは、蝮だとか危険なものがそこらじゅうに潜んでいるから気をつけなさいっていつも言ってるでしょ。なのに、あんたたちはどこ吹く風なんだから。まったく、石頭なところは父さんにそっくりだわ！」

「沢の向こう岸にいたんだ、母さん。こっち側じゃないよ。数え切れないほどたくさんの大きな蛇や小さな蛇が、木も草も生えていない岩肌の上でみんなして這いずりまわっていたかと思ったら、そのうちにパッと姿を消してしまったんだ」兄が説明しているあいだも、ニーナベッラは怯えた眼で母親にすがりついていた。

一方、母親は皮肉のこもった疑るような口調で応じた。「数え切れないほどだなんて。蛇が百万匹いたとでも言うの？　まったく、沢で蛇祭りでもあったのかい？　水の代わりにワインが流れてたりしてね。あんたたちじゃあるまいし、蛇たちが酔っぱらってタランテッラを踊るわけがないでしょ」

「母さん、嘘じゃないわ。聖アントニオに誓ったっていいわ。ほんとうに数え切れないほどたくさんの蛇や蝮がいたの。二人で見たんだもの。二人そろって目がおかしくなるってことはないでしょ？」ニーナベッラも母親を説得しようとした。

「いいかげんにして、ぶどう畑の仕事を手伝ってちょうだい。あそこなら、蛇も蝮もいないし、たとえ出てきたとしても、母さんが鍬で頭を切り落としてやるわ」

その日、ニーナベッラはずっと母親に対してふくれっ面をしていた。自分の目で確かに見たことを信じてもらえなかったのが悔しかったのだ。

絵にしたら信じてもらえるかと思い、家に帰るなり、その光景を描きだした。お気に入りの図画帖の一ページを空中に浮かんだ蛇の絵で埋めつくしたところ、無数の鰻が沢の上を飛んでいるようになってしまった。図らずもシュールになったその絵を見ると、母親は怖がるどころか冷笑を浮かべたし、相変わらず無関心な祖父の虚ろな視線は、蛇の大群を感知することなく、紙の向こう側にすり抜けてしまった。祖母はといえば、蛇のことを巨大なウジ虫の魔物だと言い、しかも二匹は羽のない鳥の化け物だと思い込み、不吉な未来の前触れだと解釈した。そして胸の前で十字を切り、魔除けのおまじないとして、開いていた窓から海の方向に唾を吐いた。「ペッ、ペッ。神よ、どうか我々から悪を遠ざけ、お護りください」

幸いニーナベッラは兄とは違い、大人に対する錆びついた恨みの感情に長いこと囚われるような性格ではなかった。ただし兄と同じように、いわれのない侮辱や、悪意のある言葉、白昼夢を決して忘れることはなかった。すべてを胸の内で何度も反芻《はんすう》し、捏《こ》ねまわし、絵という形にして保存しておくのだった。

その数日後、アルトゥーロが行ってしまってからというもの半ば死んだような無気力に陥っていた祖父を揺り起こしたのは、ニーナベッラだった。懐疑的な視線を向ける兄をよそに、はじめ彼女は言葉で試みた。「ねえ、お祖父《じい》ちゃん。お祖父ちゃんは別に病気でもなんでもないのよ。ベッドから起き出して、外に出掛けてみない？ 石がひび割れるくらいにお日さまが照りつけて、部屋のなかより外のほうがずっとあったかいんだから。肖像画を描いてあげるからお祖父ちゃんは椅子に座ってて。そしたら、お祖父ちゃんが死んじゃっても、思い出にとっておけるでしょ」

祖父は当惑し、ニーナベッラのことをじっと見つめた。彼女が誰だかわからないのか、あるいは彼女の誘いを脅しと受けとったかのようだった。そして、この世のものとは思えない声で言った。「わしはとっくに死んでおる」

ミケランジェロは気が気でないのか、眉根を寄せて二人を見ていた。

「わしらはみんな死んじまったよ」と祖父は続けた。

それを聞いてニーナベッラはけらけらと笑った。「お祖父ちゃん、何をバカなこと言ってるの。死んだ人は喋ったりしないでしょ」

「亡者は、生きとる者よりよほど饒舌だ。嘘じゃない」

すると、ニーナベッラが祖父の腕をつねった。

「痛いじゃないか。いきなり何をする気だ？」と祖父が文句を言うと、ニーナベッラは待ってましたとばかりに答えた。「死んでるんなら、痛みなんて感じないはずよ」そして、祖父がかけていた毛布をひきはがして床に投げると、兄に手を貸してくれるように頼んだ。

二人は力を合わせ、とことん辛抱強く、祖父がベッドから起きあがり、服を着替え、路地に出るのを手伝った。そして、低めの椅子に座らせた。ニーナベッラは、祖父の古ぼけたつば広の帽子に、羊の毛のような白い髪、やはり白くて長い鬚、濁った水のような色をした窪んだ眼、首までボタンをかけた麻のシャツ、ボタンを留めずに羽織ったベスト……と順に描きはじめた。身動きひとつしない祖父の前に座り、図画帖を膝に置き、手慣れた様子でさらさらと描いていく。

最後の仕上げがすむと、ニーナベッラは長いこと自分の絵を見つめていた。それから、満足そうに兄に見せた。

「ずいぶんひどい顔だな!」ミケランジェロが思ったままを容赦なく口にした。

ニーナベッラは、咬みつきそうな勢いで反論した。「ひどくなんかない。お祖父ちゃんそのものよ。お祖父ちゃん、こういう顔をしてるわ。そんなこともわからないなら、兄さんの目は節穴よ」

「じっちゃんは、そんな縮れた菜っ葉みたいな鼻じゃないし、泣いてる犬みたいな眼もしてない」

するとと祖父が図画帖を奪いとり、自分の姿をそこに写しこむかのように顔を近づけた。「なんてこった。わしはこんなけったいな顔になっちまったのか」と言ったのだ。「ほんとうにひどい顔だ。だが、絵はものすごくよく描けとるよ。なかなか気に入った。さすがニーナベッラだ」

祖父が筋の通ったことを言ったのは、ずいぶんと久しぶりだった。

14

祖父は具合の悪いところが完全になくなったわけではなく、歩くときには杖に頼らなければならなかったし、座るのは慎重に、立ちあがるのもごくゆっくりだった。「それにしても、たくさんの薬より愛情のほうが効くもんなんだねえ」感謝の気持ちでいっぱいの祖母が、嬉しそうに言った。ニーナベッラにベッドから引きずり出された日からというもの、祖父は「家の中にいる死者」ではなくなり、路地に出たり、孫に送ってもらって村の広場まで出掛けたりするようになった。老いた仲間の農夫たちに交じって石垣に並んで腰掛けていると、みんなは久しぶりに老アルベルトが戻ってきたのを喜び、率直な思いを口にするのだった。「お前さんはもう、この世よりもあの世に近いところにいるものだとばかり思っとったよ。お前さんの鉱夫仲間や、冬の初めの蠅みたいにね」

すると老アルベルトも負けじと大きな声で答えた。大半の者は耳が遠かった。老人たちの声は不明瞭に絡み合い、ミケランジェロには話の筋を追うことができなかった。ものすごい剣幕で喧嘩しているみたいなのだ。

その実、老人たちは互いによく話が通じているらしく、小さな眼を生き生きと輝かせ、相手の歯が欠けた口もとをじっと見ている。そんな彼らの、皺の刻まれた矍鑠《かくしゃく》たる顔に、斜めから陽射しが降りそそぐのだった。村の老人たちはめったに過去の話をしないことにミケランジェロは気づいた。彼らの話題の大方が、野や畑をめぐる将来の計画に関するものだった。

祖父は、秋になったらピロルの斜面に、二、三本の胡桃《くるみ》と洋梨を何本か、「雄鶏の金玉《コリオーニ・ディ・ガッロ》」――デザート用の白ぶどうで、粒が細長い卵形をしていることからそう呼ばれていた――を数列、そしてたくさんの黒いちじくを植えると話していた。

じっちゃん、生者の世界にようこそ……。ミケランジェロは胸の内でそうつぶやいていた。まわりの老人たちはとくに驚いた様子も見せずに、なぜか知らないが洋梨と「雄鶏の金玉《コリオーニ・ディ・ガッロ》」はやめたほうがいい、それよりも桃や桜、桑、柘榴《ざくろ》、それとガリオッポ種の広大なぶどう畑を造るようにと勧めるのだった。あのあたりはガリオッポの栽培には理想的な土地だ。陽射しが降りそそぎ、海からはぴりぴりとした潮風が吹きつける。おかげで絶品のワインができるんだ。なんてったって世界最古のワインだからな。ワインについてはわしらより詳しいチロの連中が、死人だって蘇らせるって言ってるくらいだ。誰もが口をそろえて言ったのは、「とにかく、根をしっかりと張る木を植えるがいいさ。さもなきゃ恐ろしい山崩れが起き、耕した土地をそっくり海に持ってかれちまって、ロッサルコもろともおさらばだよ」ということだった。

ミケランジェロは、その騒々しく活気に満ちた仲間の輪に祖父を置くと、勉強をするために家に帰るのだった。学年末にはテストが控えており、いつも褒めてくれるタヴェッラ先生の前で情けない成績をとりたくなかったのだ。先生は、ミケランジェロには上の学校に進んで勉強を続けるだけの学力があると言っていた。そんな生徒は、先生が担任する生徒のなかでは一人だけ、スピッラーチェ村の学校全体でもほんの数人だった。

大ギリシア《マグナ・グラエキア》というのは、なにか食べることと関係があるものとばかり思っていて赤っ恥をかいた日から、ミケランジェロは教室での発言に気をつけるようになり、家では先生が貸してくれる本を読みあさり、歴史や科学を中心に、夢中になれるテーマを掘りさげて学んだ。男子のなかで宿題をやってくる数少ない生徒の一人だった。

　小学校卒業後は、タヴェッラ先生の勧めで一年間の職業訓練学校に通うことになった。とはいえ、それは学級一の優等生のために先生が考えていたほんとうの目標ではなかった。とりあえずあと一年学校に通わせ、勉強をみてやりながら、師範学校の入学試験の準備をさせようという計画だったのだ。いよいよ転学するのに充分な学力がミケランジェロに備わったと判断したとき、先生は家族と相談するため、アルクーリ家を訪れた。

「ミケランジェロ君は利発で、勉強もしっかりできています」先生はきっぱりとそう言った。

「そのうえ、たいへんやる気もありますし、好奇心も知識欲も旺盛だ。勉強を続けさせないのはあまりに残念です。裕福な家庭で甘やかされた子どもたちや、さほど出来のよくない生徒たちでも師範学校を修了してるのですから、彼なら目をつぶっていても、楽に卒業できるでしょう」

　息子に対する先生の高い評価を聞いた母親は、得意になって顔をほころばせたものの、自分の意見を述べる勇気はなく、ひたすら咳ばらいをしていた。その代わりに祖母のソフィアが口をひらいた。「先生。この村は無学で性根の悪いもんばかりで、先生のように頭がよくて素晴らしいお方はおりません。あなたは人を妬むということもない。だけど、学を積むにはお金が入り用です。あたしらは日々の生活で手一杯で……」

「ソフィアさん、おっしゃることはわかりますが、この子のためになんらかの犠牲を払うべきだと思います。必要であれば、わたしもお手伝いしましょう。ご存じのとおり、わたしには子どももおりませんので。勉強で使う本はこちらで用意しますし、入学試験に備えるために家庭教師もします。アルトゥーロさんが不当にも流刑に遭っているあいだは、わたしが父親代わりにミケランジェロ君の面倒をみますから」

先生の言葉を聞いて、母親のリーナの胸の内で自尊心がむくむくと頭をもたげた。「この子が生まれたとき、夫はこの子に勉強させてやるんだと誓っていました」

先生の口もとが緩み、笑みがこぼれた。「ということは、ご主人も同じ意見だということになりますね？」

炉端でニーナベッラの隣に座っていたミケランジェロは、炉火の熱と、みんなが自分の話をしているのとで、頬が真っ赤になった。これまで彼は、学問を続けようと真剣に考えたことは一度もなかった。スピッラーチェの村には、学歴のある人はごく少数だったのだ。それでも、先生がそう言ってくれて、親も認めてくれるなら、彼は何がなんでも最後までやり遂げるつもりだった。

「少しだったら貯金もあります。上の学校のために充分かどうかはわかりませんけど……」母親が、先ほどよりも少し自信がなさそうに言った。

「金ならなんとかなる。わしが約束するさ」そのとき老アルベルトが口を挿んだので、その場にいた者はみんな驚いた。「その子には学問を続けさせるべきだ。いい頭をしてるんだから、それだけの価値はある。だが、入り用な書類や学校のことはすべて先生にお任せするしかない。そういったことは、うちのもんにはさっぱりわからんからな」

「それはお安い御用です、アルクーリさん。わたしが責任を持ってやりましょう。ミケランジェロ君が先生になって帰ってきたら、皆さんもさぞ満足されることと思いますよ」

「あたしも勉強がしたい」思いもかけずニーナベッラが口を挿み、黒い表紙の図画帖を先生に見せた。「あたし、絵描き屋さんになりたいの」

「バカだなあ、画家っていうんだよ」ミケランジェロは得意になって胸を張りたくなる気持ちを押し隠し、優しい笑みを浮かべて訂正した。

先生は、しきりに感心した様子で図画帖をめくっていた。どのページにも、近所の猫や犬、花瓶、空を飛ぶ鰻、口の半ばひらいた栗のいが、りんごに洋梨、ぶどうに胡桃、そして台所に飾られた肖像画を模写した父親や伯父たちの顔が鉛筆でいっぱいに描かれていたのだ。

「あたし、絵なら兄さんに負けないわ。兄さんったら、コップを使って円を描くこともできないのよ」ニーナベッラが自信に満ちた瞳をきらきらと輝かせながら言った。

「たしかに、お兄ちゃんは偉大な画家と同じ名前だけど、君みたいな才能はないね」と、先生も認めた。「どれも満点の絵ばかりだ。君はいまのままでも素晴らしい画家だよ。大きくなったら、きっとご両親に勉強させてもらえるだろうよ。まったく、この家は才能だらけだ！」

「そのとおり。わしらはなんでも持っとるが、何ひとつ持っとらん」と、老アルベルトが謎かけのようなことを言った。

「とにかくいまは、ミケランジェロ君のことを考えましょう。新年度から、これまでとはまったく違う生活をすることになる。それによって、おそらく皆さんの暮らしも変わるでしょう」先生は、熱のこもった声でそう言って話を締めくくった。

それは三月のことで、新しい学校の入学試験まであと四か月しかなかった。それでも、ニーナベッラも含めた家族全員が、ミケランジェロは間違いなく試験に合格すると信じて疑わず、未来の「アルクーリ先生」を誇りに思い、感激して抱きしめるのだった。

祖父は、地下蔵からワインのボトルを二本取ってくるようにとミケランジェロに言った。一本は手土産として先生に渡し、いくぶん覚束ない手でもう一本の栓を抜くと、大人たちにはグラスになみなみと注ぎ、二人の孫には指二本分を水で薄めて注いだ。「乾杯だ。タヴェッラ先生と、わが家の学者第一号、ミケランジェロの健康を祝して」そう言うと齢も忘れ、ごくりごくりとたったのふた口で一滴も残さず飲み干した。

それからしばらくして、先生が満ち足りた心持ちで帰っていくと、祖父がミケランジェロを片隅に呼んで訊いた。「今日は何日だ?」

「三月十六日の木曜日だよ」

「よし。三日後の日曜日、女たちが教会に行ったら、ロッサルコの丘に登ろう。わしとお前と二人だけでだ」

ミケランジェロは呆気にとられ、不安そうに祖父の顔を見つめた。沢まで下りていって、そこからさらに丘を登るのは、いまの祖父にはあまりに困難な道のりだ。何より、なんのためにそんなことをしたがるのか見当もつかなかった。そこで小さな声で尋ねてみた。「どうして?」

「すぐにお前に見せなければならないものがあるんだ。いいか、日曜だぞ。わしに残された力が完全になくなる前にだ」

15

祖父にとって何より大変だったのは、ラバの背にまたがることだった。精一杯踏ん張り、神を罵倒しながら十五分あまり奮闘した挙句、なんとかミケランジェロに鞍の上まで押しあげてもらった。ミケランジェロは、祖父が骨折でもしたらたまらないと、気が気ではなかった。一方、おりるのは思っていたよりもはるかに簡単だった。祖父が子どもの頃のことを思い出し、お腹をラバの背に当てて、しっぽをつかんで滑り台みたいに滑りおりたからだ。枯れ枝のように軽く地面に足をつき、よれよれの帽子を斜めにかぶりなおすと、ラバの背中を軽く叩いて、好きなだけ草を食んでおいでと声を掛ける余裕まであった。

ロッサルコに来るのは三年半ぶりだと祖父がつぶやいた。ミケランジェロは頭のなかで素早く計算し、思った。ということは、父さんがあの遠く離れた「きれいな」島に送られた頃からだ……。

老アルベルトは深呼吸をし、ゆっくりと放射状に視線を動かしながら、景色を堪能した。その瞳は濡れて光っていた。合衆国《ラ・メリカ》に出稼ぎに出ていて、何年も経ってからスピッラーチェに帰ってきた村人のように、いまにも足もとの大地に口づけし、泣き崩れるのではないかと思うほどだった。

じっちゃん、頼むからそれだけはやめてくれよな、とミケランジェロは口に出して言いたかった。それより、何をしにここに来たのか教えてくれよ。まだなんにも話してくれないじゃないか。ミケランジェロは、大人たちが感極まって泣くのを見るのが嫌いだった。相手が女でも子どもでも、涙は苦手だ。じっちゃんの涙なんて耐えられない。記憶のなかの父さんは一度だって泣いたことがなかった。ミケランジェロ自身も、学校の友だちやニーナベッラの瞳にとつぜん湧き出す泉のようなものの正体が何ものなのかよくわからなかった。

祖父は気をとりなおすと、ふだんの気難しさに戻り、いくらか混乱したのかこう言った。「アルトゥーロ、小屋まで行って、つるはしとスコップを取ってこい」

ミケランジェロはにやりと笑っただけで、訂正せずに言われたとおりにした。祖父に父親と取り違えられるのは、なにもそれが初めてではなかった。

道具を持って戻ると、祖父はオリーブの巨木に背中をもたせかけて立っていた。そこから、「一歩、二歩、三歩、四歩……」と声に出して歩数を数えながら歩き出した。背後には海が控え、前方にはシーラ山がそびえている。九歩目で立ち止まり、足先で土の上に十字を描くと、有無を言わさぬ口調でミケランジェロに命令した。「ここを掘るんだ」

ミケランジェロはつるはしを握るなり、全身の力をふりしぼって掘り出した。草や黄色い花に覆われた薄い層のすぐ下には、ごつごつした固い地盤があった。ミケランジェロはつるはしをがむしゃらに振りおろした。

「穴を掘るときにはな、つるはしの柄を手の内側で滑らせるようにするんだ」と祖父が助言した。「さもないと疲労がたまるばかりで、仕事は大してはかどらない。お前の肩幅ぐらいで、膝まで入るような深さの穴を掘ってくれ」

ミケランジェロは一生懸命に穴を掘り、スコップで泥をどけた。いいかげんくたくただった。ときおり手をとめて「いったい何を探してるんだよ、じっちゃん」と尋ねては、シャツの袖口で汗を拭った。

老アルベルトは、ぶっきらぼうに答えた。「黙って穴を掘れ。掘ってればそのうちにわかる」つるはしがようやく石に当たって鈍い音を立てたとき、それまでの祖父の気難しい口調が変わった。「よし、よく頑張ったな。どうやら、ここでよかったらしい。その川の石をどかして、袋をとり出してくれ」

丸くて重たい石だった。カビの生えた大きなパンにも似ていた。ミケランジェロは穴の脇に積みあげた土の山の上にそれを置くと、言った。「下に袋なんてないよ」

祖父の顔からすっと血の気が引き、いまにも倒れそうになった。「そんなはずはねえ。よく見ろ!」その声には怒りと失望がこもっていた。

ミケランジェロは今度は手で穴を掘り出した。すると、指二本分ほどの土をどかしたところで、ざらざらとした肌触りの布の包みに手が触れた。まさか硬貨がぎっしりつまっているなどとは思いもしなかったが、引っ張り出してみたところ、じゃらじゃらという金属音がするではないか。祖父の顔に、ようやく満悦の笑みが浮かんだ。

最初に見つけたときはな、四十九枚あったんだよ……。ラバの背にまたがって家に帰る途中、祖父は語った。海に面した斜面を深く掘ってたら、出てきたんだ。穴を掘って、大きくて汁がたっぷりある実のなる桃の若木を植えるつもりだった。サン・ニコラに住む鉱夫仲間にもらった若木だったっけ。決してへこたれない男だったが、それから何か月かして、恐ろしい肺病にかかって死んじまったよ。

硬貨を見つけた日から、いったいどれほどの歳月が経っているのだろう。三十年か、もしくは三十五年……。それなのに、祖父はまるで昨日のことのようにはっきりと憶えていた。当時は、普通の人の二倍か三倍は働いていた。息子たちもまだ小さく、祖父は鉱山の勤務からあがると、それが日の出の時刻だろうが午後の二時だろうが馬を飛ばして丘に向かい、そのまま一日、あるいは半日働き続けるのだった。鉄のように固い地盤だったので、果物の若木を植えていつか実を食べようと思ったら、かなり深い穴を掘り、新しい糞が臭いたつような堆肥をたっぷり混ぜた土でいっぱいにしなければならなかった。そうでもしないかぎり、若木はすくすくと丈夫に育たない。

穴をだいたい掘りおわり、あと何度かつるはしを振りおろせばいいだろうというとき、つるはしの先端がテラコッタ製の容器の中央に突き刺さり、容器ごと宙に飛び出してきた。そして、ちょうどナイフの先端で突き刺された西瓜のように、容器が真っぷたつに割れてしまった。硬貨が思い思いの方向に飛び出すさまは、久しぶりに好きなだけ風に触れ、日の光を浴びることのできた生き物のようにも見えた。ぱくりと口を開けた穴のなかできらきら輝いている。アルベルトはそのきらめきから目を逸らすことができず、魔法の杖で触れられたかのように、その場で硬直していた。この目に映っている光景は現実なのだろうか、それともすべて白昼夢なのだろうか。祖父はそう考え、手を伸ばして硬貨を拾い集めることもできずにいた。これまで、ぶどう畑を耕したり古い家を解体したりしている最中に、金貨でいっぱいの容器を見つけた運のいい奴がいるという噂話を耳にするたび、彼は笑い飛ばしてきた。とても信じられなかったからだ。それならまだ、ロバが空を飛んだというほうがもっともらしく聞こえる。彼は自分の腕っぷしと意志の強さだけを信じてやってきた。その二つだけで、ロッサルコの丘を少しずつ買い増し、三人の息子を育てながら、それまでやってきたのだ。

爆発することを恐れているかのように、アルベルトは慎重に最初の一枚に触った。そして、片方の掌にそっとのせ、注意深く観察した。銀のように渋く光る灰色で、形は完全な円というわけではなく、片面には、足もとの線の下の魚を見ている牡牛が刻まれ、反対の面には、男か女かは定かではないものの、オリーブと思わしき葉冠をかぶった人の横顔が刻まれていた。それから、夢の時間が終わりを告げ、ふと硬貨が掻き消えてしまうのではないかという思いに駆られ、慌てて残りの硬貨を拾い集め、数えてみた。銀貨が三十三枚、青銅貨が四枚、金貨が十二枚。

硬貨のことを考えると眠れなかった。これをどうすればいいのか。果たして価値があるのだろうか。ものすごく？　少しだけ？　いったいどれほどなのだろう。誰に訊けばわかるだろうか。この硬貨を売れば、丘の残りの部分も手に入れることができる？　だが、誰に売ればいいんだ？どこで？　それまでどこに隠しておけばいいのだろう。誰なら信用できる？　ソフィア以外に信じられる人などいるのだろうか。

妻のソフィアは、そんなに古い硬貨は国家のものだから、市役所か警察に引き渡すべきだと言い張った。アルベルトは無性に腹が立った。そんな愚かなことを言うなと怒鳴りつけ、こんなとき、正直者はバカをみるだけだと言った。世の中は不実な輩《やから》ばかりで、正直者は手にした硬貨ごとそっくり呑み込まれてしまうのだ。キリストが俺たちの家の扉を叩くのは、一生に一度あるかないかのこと。それをみすみす逃すような真似をしたら、一生分のチャンスがふいになる……。

それからというもの何か月ものあいだ、アルベルトは魔物にとり憑かれたかのように、海に面したその斜面を掘り続けた。価値のある硬貨や古い時代の遺物がもっと出てこないかと期待して。

ところが、見つけたものといえば骨の破片や空の墳墓、灰がこびりつき、ひび割れた壺が三、四個だけだった。彼よりも前に、誰かがすでに掘り出していたのだ。十年前のことかもしれないし、百年、あるいは千年昔のことかもしれないが、誰にもわからない。唯一、丘だけがすべてを見ていたが、残念ながら口がないので話すことはできない。一方、丘の発する風の声は、生きている人間たちには理解できなかった。

「そんなバカなことはもうやめて。存分にいい思いをしたのだから、それで満足なさいな」とソフィアが言った。「さもないと病気になっちまう。健康の価値は、この世のすべての硬貨にも代えられないんだよ」

妻の言うことはもっともだった。見つかった硬貨で満足するしかない。起こるべきことは、こちらから執拗に追い求めなくとも起こるものだ。なんの前触れもなく向こうからやってくる。現に彼の身に起こったように。

ロッサルコの丘で、いかにも紳士といった風情のオルシ教授と出会ったのは、硬貨を見つけてから十二年ほど過ぎた頃のことだった。そのときアルベルトは、ピロルの斜面にはたいそう価値のある骨董品が大量に埋まっているという専門家からの確証を得たのだった。実際、それから数年後のこと、同じ斜面を耕していたとき、保存状態のよい美しい女性像の頭部が出てきた。件の硬貨はすでに安全な場所に埋めてあった。金貨八枚と銀貨が六枚、青銅貨が二枚減っていたのは、誰にも言うなと念を押し、チロの教師に売ったからだ。その教師はローマの蒐集家に売ったらしい。アルベルトは硬貨を売って手にした金で、丘の最後の一画を買い取ることができた。農民たちは合衆国《ラ・メリカ》に行くための片道航空券――「紙切れ《ペッツェッティーノ》」と呼ばれていた――が買えさえすれば、それ以上は望まなかったのだ。こうして、オリーブの巨木の下に三十三枚の硬貨がしまわれることになった。キリストが磔になった年齢と同じだから、絶対に忘れようのないいい数だ。

アルベルト・アルクーリが金貨を一キロ掘り当てて大金を手にしたという噂は、炭鉱まで届いた。それでも彼は笑い飛ばすのだった。「夢のような話だね」と、皮肉たっぷりに繰り返した。

「ほんとうに夢のような話だよ」

ただし、手頃な価格で土地を購入したことだけは認め、まもなく薄暗い坑道とも悪臭を放つ空気ともおさらばだと言った。それ以外、彼が望むものは何もなかった。いや、正直なところ一つあった。由緒正しい製法でつくられたキタッラ・バッテンテだ。そこで、カラブリア随一の腕を持つという楽器職人、かの有名なビジニャーノのデ・ボニスに一本注文したのだった。彼にとってはそれだけが、苦労と犠牲ばかりの人生のなかで、自分のためというよりも、どちらかというと息子たちのための唯一の贅沢であり、楽しみでもあった。アルベルトからしてみれば、その件はそれでもうお仕舞いだった。

残った硬貨のことは考えないように努めてきた。自分が死ぬときに息子たち三人で分ければいいと思っていたのだ。まさか息子たちに先立たれることになろうとは思ってもいなかった。親にとって、自分の子どもより長く生きることほど恐ろしい責め苦はない。息子たちのことを想うたびに、音を出すこともなくひっそりと壁にかけられたままのキタッラ・バッテンテを見るたびに、アルベルトは生きたまま肉を剝がれる思いを味わうのだった。

それ以来、硬貨はオリーブの巨木から九歩のところに埋められたままになっていた。妻はそれを売ることにずっと反対してきた。恐ろしい不幸をもたらすと信じていたのだ。アルベルトはその逆で、いつか家族のために役立つ日が来るだろうと思っていた。

いま、その機会が訪れたのだ。

16

「拝啓、オルシ先生。ぼくはミケランジェロ・アルクーリと申します。家族を代表してこの手紙を書いています。ぼくたちはチロの近くのスピッラーチェ村に住んでいて、二年前の春、先生が発掘調査をされたロッサルコの丘の所有者です。おぼえていますか？　ぼくは、あのとき先生が『丘の小さな番人』と呼んでいた子どもです。

発掘調査の続きをするのはいつなのか知りたくて、手紙を書くことにしました。先生はたしか、発掘を続けるとおっしゃっていましたよね。それともうひとつ、古代都市クリミサについて何か新しい発見があったら急いで知らせるようにと、あのとき先生が母に言っていたからです。このあいだ、とても重要なことが起こりました。祖父が、三十三枚の古い硬貨の入ったテラコッタ製の壺を見つけたのです。祖父はそれを、先生に売りたいと言っています。先生ならいろいろよく知っているし、ぼくたちをだますようなこともないからです。硬貨のほんとうの価値をわかり、よい目的のために買ってくれるのは、先生しかいません。先生のことなら、ぼくたち家族みんなが信頼していますし、父も、アリーチェ岬で発掘の仕事をしていたときに、先生は心の広い人だと言っていました。

ほんとうはお話しするのは恥ずかしいのですが、うちはいま、母が一人で働いているので、生活やぼくの学校のためにお金がいります。ぼくは師範学校の試験に受かったので、カタンザーロの学校に通うことになりました。うちには貯金が少しありますが、このままだとすぐになくなってしまいます。父にはまだ、長い流刑の期間が残っています。ぼくたちが持っている財産といえば、丘と、聖アントニオのお慈悲により祖父が見つけたこの硬貨だけです。見つけた硬貨七種類の絵を送ります。どれも本物そっくりだと保証します。妹のソフィア・アントニアが描きました。妹はスピッラーチェの村でいちばん絵がじょうずで、大きくなったら勉強したいと言っています。硬貨の材質がわかるように、灰色と、黄色と、こげ茶色に塗ってあります。

この硬貨を買っていただけますか。それぞれの硬貨の値段はいくらですか。それと、硬貨を直接見るために、先生のほうからスピッラーチェに来てくれますか。それとも、ぼくたちが先生のところまで行ったほうがいいですか。いつになりますか。ご連絡ください。硬貨の状態はどれもよく、とてもきれいですが、二枚の青銅貨だけはかなりすり減っています。

よいお返事がいただけることを心待ちにしています。敬具

ミケランジェロ・アルクーリと、家族一同より」

ミケランジェロは、家族全員に囲まれて手紙を読みあげた。下書きを書くのに、まるまる二日かかった。祖父に、売ってしまった硬貨の数は書くなと言われたので、そのとおりにした。間違いがあると恥ずかしいので、手紙の内容がわからないように気を遣いながら、綴り方や言葉遣い、構文などで迷ったところは全部、タヴェッラ先生に質問したうえで清書したのだった。

みんな、手紙がとても上手に書けていることに感動した。まるで弁護士の手紙か、言い淀むことのない司祭の説教か、本物の先生の話のようだと口々に褒めた。もちろん、まるで写真のよう

に細かく描けているニーナベッラの絵を褒めることも忘れなかった。

もう何か月も前から、アルクーリ家では硬貨を売るための話し合いが密かに続けられていた。だが誰に相談すればいいのかわからない。祖父は一帯の村の者など誰ひとり信じられないと言うし、祖母のソフィアに至っては、売ること自体に反対だった。祖母は、硬貨なんてものは災いをもたらすだけだから、地中深くに埋め戻し、永遠に掘り起こすべきではないと言い張った。間違いないよ。だってあたしの心には死が貼りついてる。アルベルト、心が見誤ることはないんだ。するとき祖父は祖母に対して、いや祖母のそんな旧い頭に対して腹を立てるのだった。一方、リーナや二人の子どもたちは、ミケーレやアンジェロが死んだのは硬貨のせいではなく、戦争のせいなのだということを祖母に納得させようとした。いつだってひどく恐ろしく、むごたらしい戦争のせいなのだと。

そんな折、リーナがうまい具合に、パオロ・オルシ教授が丘を去るとき、シラクーザの自宅の住所を渡してくれ、古い時代のものを見つけたら連絡するようにと言っていたことを思い出したのだった。

村の人たちの目につかないよう、手紙はサン・ニコラの郵便局で投函された。アルクーリ家の人々が何より恐れていたのは、スピッラーチェの村人たちが勝手に想像をふくらませて妬むことだった。その、なんの理由もなく背後からナイフを突き刺すような陰湿なやり方にだけは、どうしても慣れることができなかった。面と向かい合うと誰もが微笑み、褒め言葉を口にし、成功や発展を祈るくせに、陰では根も葉もない噂話をして侮辱する。いわく、リーナの奥さんは、まだあんなにも若くてセクシーなのに旦那とベッドを共にできないものだから、マリーナの美男子を丘の小屋に連れ込んでるんですって。いやいや、ドン・リコの伝言を持ってきたスピッラーチェの農場管理人まで相手にしてるらしいぞ。アルトゥーロにしたって、しょせん恰好だけコミュニストのふりをしてただけだよな。だいたい、野山やぶどう棚やオリーブ畑や果物畑がいくらでもあるような丘をまるごと所有してる奴がコミュニストだなんて、笑っちまうよ。実はドン・リコの地位を狙う野心家で、単に計画がうまくいかなかったんだろう。だからこそ、命がないぞと脅され、当然の報いとして、島でのんびりバカンスを過ごしてるんだ。監獄と同じくらい酷い流刑だなんてとんでもない。アルベルトのじいさまは、脳みそを燻製にしたみたいに耄碌《もうろく》したらしいわ。子どもたちだってかわいそうに、幻想ばかり追い求めて、なんでもドン・リコや医者の息子たちみたいに勉強ができる気でいるんだからおめでたいものよね。スピッラーチェ村でいちばん賢いと思ってるみたいだけど、困ったことに、バカばかりしてて常識は欠片もないんだから……。

　村人のこうした陰口を聞きつけてくるのは祖母のソフィアで、そんな話、まったくもって事実無根だと激怒し、近所の女衆や親戚相手に喧嘩ばかりしていた。片っ端から噂を打ち消してまわり、必要とあらば魔女のような悪態を次々に浴びせた。最後には「言うべきときには言わないと」と、逃げていくヒキガエルのように咽を上下に震わせながら、大声で捨て台詞を吐くのだった。家族のなかでただ一人、ニーナベッラだけがそんな祖母の助っ人に出た。祖母によく似て負けん気の強い彼女は、いつだって爪を剝き出し、ナイフよりも鋭利な言葉を相手に突き刺す準備ができていた。母親と兄のミケランジェロは、なんとかしてそんな二人をなだめすかし、家のなかへ引きずりこもうとした。一方、老アルベルトは耳が遠いのをいいことに理解できないふりを決めこみ、たとえ理解したとしても、村人が口にする侮辱の言葉などどこ吹く風で、ソフィアが過剰に反応するたびに、冷笑を浮かべて言うのだった。「人生の真の苦労はそんなもんじゃない。そうだろ？　アルトゥーロ」

ミケランジェロは、自分がほんとうに父親になり代わったかのように、厳かな口調でそのとおりだと答えた。村人のくだらない噂話などまったく気にならなかった。その当時、ミケランジェロの頭は別の心配ごとでいっぱいだった。

新しい学校の始まる時期が迫っているというのに、パオロ・オルシからの返事はまだ届いていなかったのだ。

約束どおり、事務的な手続きはタヴェッラ先生が一手に引き受けてくれ、ミケランジェロは無事にカタンザーロの師範学校に入学した。先生は住む場所にまで気を配り、知り合いの夫婦の家に格安の家賃で下宿させてもらえるように口を利いてくれた。それだけでなく、入学に間に合うように先生がカタンザーロまで送ってくれるという。チロの駅から列車に乗って行くのだ。

旅立ちの日を待つあいだ、ミケランジェロは祖父と一緒に過ごすことが多かった。まとわりつく蝿を手で追いはらいながら、二人とも無言で路地裏の石垣に腰をかけ、崖の下から立ちのぼるひんやりとした空気を吸っていた。広場まで足をのばすにはあまりに暑かった。

出発の日が訪れ、いよいよミケランジェロと別れなければならないというとき、母親と祖母は、まるで戦場にでも送り出すかのように打ちひしがれ、激しく泣き崩れた。

祖父は涙こそ見せなかったものの、孫を抱きしめ、死期が近づいた者のような弱々しい声で言った。「アルトゥーロ、これが今生《こんじょう》の別れかもしれんな」

ニーナベッラは、悲愴感を和らげようと必死だった。「お祖父ちゃんったら、そんなふうに愚痴ばかりこぼすものじゃないわ。お祖父ちゃんは樫の木と同じくらい長生きするに決まってる。それに、兄さんの名前はアルトゥーロじゃなくて、ミケランジェロなの。しっかり憶えてちょうだい」それから、兄に向かって言った。「兄さんが羨ましいわ。頭のおかしな人ばかり住むこの土地から出ていけるなんて！」

17

カタンザーロで暮らしはじめたミケランジェロは、最初の数か月、学校に行く以外には一歩も外出しなかった。デ・ノービリ師範学校は、「バラック街」と呼ばれる界隈を横切る登り坂を十五分ぐらい行ったところにあった。授業が終わるとまっすぐ下宿に戻り、おばさんが作ってくれるスープかパスタ料理を食べ、寸暇も惜しんで勉強するのだった。何時間も何時間も、先生たちに言われたとおりに教科書のページを丸暗記した。理解する必要はない。書いてあることを繰り返せればそれでいいのだ。ミケランジェロは抜群な記憶力のお蔭で優等生となり、ほとんどすべての教科で優秀な成績を収めた。なかでも歴史と地理、国語と科学が得意だった。夕飯は一人で食べた。ひと月百二十リラの下宿代を節約するため、パンや腸詰め《サルシッチャ》、ソップレッサータ、チーズ、乾燥いちじくや焼きいちじく、シラスの塩漬けの瓶詰めなどがぎっしり詰まった小包が実家から送られてきた。食後はベッドに寝転がってふたたび勉強をし、蠟燭の火をつけたままいつの間にか眠ってしまうのだった。

朝になると学校へ行き、冴えた頭で、ひと言も聴き洩らすまいと授業に集中した。クラスメートたちは、毎日しっかりと予習してくるミケランジェロに羨望の眼を向け、宿題や作文を写させてもらおうとつきまとうのだった。先生たちからも高く評価され、模範生としていつも名指しされた。ただし、教師のなかに狂信的なファシスト党員が二人いて、ミケランジェロの父親が政治犯として流刑になっていることを知ると、何かにつけて嫌がらせをするようになった。「お前の極悪な父親は道を踏み誤り、我らが統帥《ドゥーチェ》を侮辱したそうじゃないか。我々がお前を正しい道に導いてやる」

ミケランジェロはこの二人の教師につかみかかり、鼻っぱしらに頭突きをくらわせてこてんぱんにしたい欲求に駆られた。せめて、その汚い舌を石鹼で洗ってから父さんのことを口にしてくれ。心のなかでそう叫んでいた。父さんは悪いことなんてしてやしない。何もかもドン・リコのせいだ。お前らと同じく卑劣なドン・リコのね。見てろよ、あと一年して父さんが晴れて自由の身になったら、お前らなんか全員、思い知らせてやるからな。二つの死体を埋めて僕らの丘を穢した奴だって容赦しない。僕も父さんに力を貸すんだ。憶えておけ……。それでも、机の下で拳をぎゅっと握りしめ、目を伏せて教科書を見つめ、読んでいるふりをするのだった。あんな二人の低俗な教師のために退学になるような真似は、いまのミケランジェロには許されなかった。

クリスマスの休暇がやってくると、ミケランジェロは初めて帰省することにした。汚れた服などをリュックに詰め、ケーブルカーでカタンザーロ・サーラまで下り、そこから列車に乗り、マリーナで一度乗り換え、チロの駅に到着した。距離にすると九十キロあまりだが、四時間たっぷりかかった。光のあふれる寒い日だった。陽射しを浴びた丘を久しぶりに目にしたとき、ミケランジェロは後先を考えず、ピロルの方角へと歩き出した。パオロ・オルシが発掘していた斜面だ。

母親を驚かせるつもりだったのだが、まさかその逆になるだろうとは思ってもいなかった。

ロッサルコの丘から聞こえてくるのは、傷を負った人間があげる呻きにも似た、甲高くひゅうひゅうという風の声だけだった。冷たい風が吹きつけるにもかかわらず、じっとりと汗をかきながら、用心しつつ静かに歩みを進めていた。

丘に着くとまず、ぶどう畑に母親の姿を探し、その後、沢沿いの柑橘類の畑におりていき、野菜畑を確認してから、トリペーピの森を登りはじめた。母親はときおり、かまど用の小枝を集めに森へ行っていた。どこにも母親の姿はなかったが、気落ちすることもなく、フィーキ・ディンディアが群生する一帯をジグザグに進みながら、丘を抜けてオリーブの巨木のところまでやってきた。

そのあたりでミケランジェロは、母さんを驚かすのはまた今度にして、声を張りあげて呼ぶしかないと思いかけていた。ところがちょうどそのとき、小屋のすぐ脇でラバが気ままに草を食んでいることに気づいた。ミケランジェロの口もとにふたたび笑みが戻り、足音を忍ばせて小屋へ向かった。なんの疑いも抱かなかった。母さんは小屋でお昼を食べてるんだ。ところが、窓の隙間から中をのぞいた瞬間、口もとに浮かんでいた笑みが、信じられないという絶望の渋面にとって代わられた。むかつくほどの苦痛が、ひらいた口に反吐のようにへばりついた。

母親が目を閉じ、見知らぬ男の肩と首のあいだの窪みに顎をのせていた。それは愛情のこもった、互いに望み合っての抱擁だった。男は、母親の波打つような豊かな髪に指を入れ、頭を撫でながら、耳もとで何やら囁いている。そのまま射殺《いころ》してやらんばかりの勢いで背後から見つめるミケランジェロの視線も、まったく感じていないようだ。

ミケランジェロはどうしていいかわからなかった。ほんとうに咽もとまでうっと吐き気がこみあげた。しばらく両目をぎゅっと閉じてから、すべてが夢だったんじゃないかという子ども染みた期待とともに、もう一度目を開けてみた。

母親の姿は見知らぬ男の広い肩の陰に隠れていたが、二人は相変わらずしっかりと抱き合い、唇と唇をつけている。その瞬間、ミケランジェロは痛みをともなう嫌悪感を堪《こら》えきれなくなった。よろめきつつ小屋から遠ざかったものの、数メートル行ったところでつまずいて転んでしまい、ラバがいななかいた。続いてミケランジェロの怒声が響いた。「いやらしいぞ！ 不潔だ！ 母さんなんて最低だ」立ちあがって駆け出した。「最低だ！ 父さんが帰ってきたら言いつけてやる」もちろん、そんな言葉を口にするたびに、心がちぎれるほど痛んだ。「気持ち悪いぞ。最低だ」そうやっていつまでも走り続け、見るに堪えない光景からできるだけ遠いところまで行くつもりだった。

そのとき、小屋の戸が軋む音を立てて開いたと同時に、背後で響いた大声にミケランジェロはがつんと叩かれた。「ミケ！ どこへ行く気だ。戻ってこい！」

声を聞いたとたん、その主《ぬし》が誰だかわかったミケランジェロは、立ち止まってくるりと振り返った。そして眼をしばたたいた。夢ではない。見知らぬ男だと思ったのは父さんだったんだ。伸びた髪がカールし、鬚には以前にはなかった白いものがところどころ混じっていたが、父さんだった。輝く瞳に、厚ぼったい唇のあいだから白い歯を見せて笑っているその顔は、間違いなく父さんだ。

「ミケ、そんなところでぼっと突っ立ってないで、ほら。父さんだよ。こっちにきて抱きしめておくれ」父親が声を掛けると、石のように固まっていたミケランジェロがようやく動き出し、巻き戻しの映像のように、先ほどの動きや感情、そして言葉を逆にたどっていった。小屋のほうに駆け戻り、身体からあふれ出んばかりの幸せにつまずき、小屋から出てきた母親の姿を見ると、自分が口にした見当違いの悪態を恥ずかしく思い、懐かしい父親のにおいを嗅ぎ、砕けてしまいそうなほど力強い父親の腕に抱きしめられ、汗でしめった額にキスをしてくれる母親のやわらかい唇を感じた。そして、喜びと後悔とでわっと泣き出した。そんなふうに泣いたのは、生まれて初めてのことだった。代わるがわる慰める父と母の声が交差した。「何も泣くことはないだろう。わしは帰ってきたんだ。ミケ、父さんは二週間前に帰ってきたんだよ。嬉しいかい？　もう永遠にどこにも行かないさ」

確証

「永遠という言葉は、流れゆく時間のなかでいつまでも続いていたいという人間の依怙地な願いがこめられた、はかない表現だ。永遠なものなど何ひとつ存在しない。あるとしたら、手に触れることができ、魂がないと思い込まれている沢の石や、シーラの山々、故郷の海、風といったものだけだ。ロッサルコの丘もまた永遠だ」

父が口にしていたそんな言葉や、話してくれた物語を、僕はよく思い出していた。父の言葉にはいつも、確信と幻滅、棘と花がちりばめられていた。結局のところ、そうした言葉はいずれも、あまりに陰鬱で人生そのものを曇らせてしまいかねない、過去のもっとも邪気に満ちた影を追いはらうために父自身が必要としていたものだった。そうした言葉が僕にどんな影響を与えようが、父にとっては大した問題でなかった。丘をめぐる、複雑に絡み合い謎めいた出来事を前に僕が混乱しているのを見ても、父は時間稼ぎをするだけだった。「まあ、そう焦るな。いいか、いつか必ず真実は明るみに出る」そして、一連の事実をわかりやすく説明するのではなく、ためらいながら、用心深くそれらのまわりをぐるぐるまわっているだけだった。あたかも、罠の中央にあるチーズの匂いを嗅ぐ鼠のように。つまりは、僕自身が自力で真実にたどりつかなければならなかったのだ。

八月の初め、夏休みを利用してカラブリアに戻ったとき、父は何よりもまず、僕がシモーナを連れてこなかったことを気にかけた。「どうして嫁さんと一緒に帰ってこなかったんだ？」挨拶もそこそこにそう尋ねた。父は僕たちのことをあまり知らなかった。父から電話が掛かってくることは決してなかった。まるで、トレンティーノに越した僕が、地元出身のシモーナのお蔭で新しい土地にうまく馴染み、教師という職業も、こちらの人たちも、山々も気に入っているということを聞きたくないかのようだった。大丈夫、足りないものは何もないよ、父さん。ほとんどなんにも……。

僕は誇らしげに父に告げた。「シモーナは妊娠二か月だから、疲れる長旅や、このあたりの暑さは避けたほうがいいってことになったんだ。それで向こうの両親と山の別荘に行ってるよ。無事に生まれてくれれば、来年には赤ん坊と三人で里帰りだ」

それに対して父は、短く「やっとだな」とだけ答えたが、そのひと言には喜びがすべてこめられていた。

「シモーナがこれを父さんに渡してくれって」僕はそう言って、ロヴェレートの市立博物館が主催したパオロ・オルシ展のカタログを父に手渡した。ロヴェレートはオルシの生まれ故郷だ。発掘現場で撮ったオルシ教授の写真が何枚も載っていた。

父はキャプションを読まないうちから、目ざとく教授を見つけて言った。「見ろよ、このオルシ教授、ロッサルコの丘で会ったときとまったく同じ恰好だ。白い顎鬚に、留め金のついたロングブーツ、襟もとまでしっかりボタンを留めたジャケット。それにいかにも頭の切れそうな眼つき！」父は一枚いちまいの写真に懐かしそうに見入っていただけでなく、涙で眼が光っていたことから察すると、いくらか感極まってもいたようだ。オルシ教授が憲兵と並んで写っている写真もあった。キャプションにも書かれているとおり、当時、一人で南部の田舎を歩きまわるのは命の危険をともなうことだったのだ。

一緒にページをめくっていくうちに、チロ・マリーナの周辺からカリアーティにかけての一帯を、オルシ教授が下調べのために何度も訪れていたことや、スパイと間違われて逮捕されたこと、アリーチェ岬に発掘調査隊を派遣したことなどが書かれているのを見つけたが、ロッサルコの丘についての明確な記述は一切なかった。

父は心なしかがっかりしたように見えた。

「パオロ・オルシは間違いなく手帖にロッサルコのことを記したはずだ。でも、シラクーザの博物館が非公開にしてるんじゃないかな」と僕は言った。すると父は、パオロ・オルシの親友だったウンベルト・ザノッティ＝ビアンコの口添えで、母が当時のことを調べていたのを思い出した。母はかつて、ザノッティの助手として一緒に仕事をしていたのだ。

「それで母さんは、ロッサルコでの発掘調査について何かわかったって言ってたの？」興味をそそられた僕は尋ねた。

すると父の表情に影が差した。晩年に撮られたパオロ・オルシの姿を見つめながら、ぶっきらぼうに「いろいろとね」とだけ答え、話題を変えてしまった。「教授がずいぶん前の一九三五年に亡くなっていたことも、母さんから聞いたのさ。七十六歳だったそうだよ。悲しい知らせだったね。俺にとっては、このあたりの土地に愛着を持ってくれている親類か、旧知の友のような存在だったからな。うちの丘がここ数年、乱開発の餌食になっていることを知ったら、墓のなかでのたうちまわることだろうよ。なにが考古学公園だ。このあたりじゃあ、風車公園やら巨大なゴミ処理場やらがあちこちに生まれている。海岸はコンクリートで固められ、違法建築が並び、見るも無残だよ」

父は、心の底から悲しんでいた。それがパオロ・オルシの死のことを話したせいなのか、環境破壊のせいなのか、あるいはその両方なのか、僕にはわからなかった。そのとき不意に巻き起こった風が僕の質問に勢いを与えた。「風車公園の連中は、あのあともまた、父さんの署名を求めに来た?」

「あの詐欺師まがいの連中は、あれから一度だけ来たな。そのあと、次から次へといろいろ来たさ。村長が二人に、県の役人、ドン・リコの息子は、おとなしく提案を受け容れないとこっちまでビジネスチャンスを失うことになるんだと脅しに来るし、州の評議会議員の秘書に……」

「それで父さんは、どんなふうに応対したの?」

「どいつもこいつもくたばるがいいって追い返したよ。連中は、はじめのうちは土地を接収すると脅しやがったが、結局、厄介ごとを避けるために別のところに風車を建てることにしたらしい。いまのところうちの丘は無事だが、周囲はどうだ? 余所から来た人たちが羨ましがるような美しい景色はどこへ消えた?」

父はしばらく暗い表情で目を伏せ、押し黙っていたが、やがて、僕が確証を求めていることを見抜いたかのように言った。「中に入ろう。見せたいものがあるんだ」

そのとき僕たちはオリーブの巨木の下にいたのだが、小屋まで歩きながら、父はその時期に丘にやってきた「訪問客」たちをさらに挙げた。純情ぶった観光客、果物や野菜を盗みにやってくる近所の抜け目のないコソ泥、トリペーピの森でセックスをするためにマリーナのあたりから丘に登ってくるカップル、父がロッサルコから離れるのを待ち構えて、高性能の金属探知機で土地の隅々まで調べてまわり、二連式の猟銃を抱えた父を見ると、とたんに兎のように逃げていく狡猾な墓荒らしたち……。唯一、父が尊敬の念とともに話したのは、友だちづきあいをしているモロッコ人たちのことだった。夜明けとともに何時間か畑仕事を手伝ってくれて、二日で一日分の賃金を受け取り、果物や野菜を好きなだけ持ち帰るのだそうだ。

「どうやらこの丘は、国道一〇六号線よりも交通量が多いみたいだな」と僕が冗談交じりに言うと、父は笑った。

小屋に入るなり、父はまっすぐサイドテーブルに向かい、引き出しを探った。それから、「これを読んでみろ」と、シラクーザ博物館のレターヘッドの入った古い手紙を差し出した。

手紙は風になびく草のように傾いだ文字でびっしりと埋まっていた。僕はそれを声に出して読んだ。「親愛なるミケランジェロ・アルクーリ君。まず、返事がこんなに遅くなってしまってごめんなさい。悪い病気にかかり、しばらくベッドから出られずにいました。このところ、ようやく少しよくなってきました。すっかり回復したら、すぐにスピッラーチェに行って、硬貨を調べさせてもらい、法律にのっとって買い取らせてもらうことを約束します。ですので、また連絡します。それと、妹さんの絵は、私の共同研究者でデッサンを担当しているカルタにひけをとらないくらい上手で、感心しました。妹さんをはじめ、アルクーリ家の皆さんによろしく伝えてください。もちろん、お父上にも。定められた刑期よりも早く家に帰っておられることを祈ります(私は上院議員として、管轄の役所にあなた方からの恩赦の願いを伝えておきましたが、正直申しますと、これまでのところはあいまいな回答しか受けていません)。敬意をこめて。パオロ・オルシ」

その手紙は、ヴェントテーネ島からアルトゥーロが戻ってきた数日後に届いたのだと、父は話してくれた。そして、ふたたび当時のことを事細かに話し出したのだが、そこには驚くような出来事も含まれていた。ただし、郷愁や哀惜の念といったものは一切感じられなかった。父の感情は、個々の出来事の明晰な描写へと昇華され、あたかも目の前で起こっていることのように話していた。祖父についても、まるでその朝、新たな誕生という朗報をもたらしに、僕と一緒に遠い島から帰ってきたかのように語るのだった。

18

流刑によって無理やり引き裂かれていた四年八か月と十六日ののち、アルクーリ家の人々はふたたび一つになり、好きなときに笑い、「発展」できるようになった。まるでアルクーリ家を包み込んでいた悲しみのベールが、ある日とつぜん炎のような太陽によって焼きつくされたかのように。太陽とはすなわちアルトゥーロで、戦争から奇蹟の生還を果たしたときと同様、活力に満ち、強靱な意志を持っていた。ただし終戦後とは異なり、見るからに健康そうで、日に焼けてつや光りした肌に頑丈な四肢、瞳は夢と希望に輝いていた。

ヴェントテーネ島で流刑囚仲間と日々議論を戦わせていたお蔭で、以前よりも政治的な自覚を身につけ、イデオロギーをめぐる知識も豊かになった。「共産党宣言」を空で唱えられるようになり、必要とあらばそれなりに標準語に近いイタリア語を話すこともできた。いかにも政治集会用といった話し方だったが、農民に感銘を与えるには充分だった。以前ほどお人好しではなくなり、用心深くなっていた。政治活動は密かにおこなうようになり、丘の小屋に仲間を集めては、共産主義や資本主義、階級闘争といったものの理念を説いて聞かせるのだった。彼にとって倒すべき敵はファシズムであり、大土地所有制だった。いずれも社会的不平等という同じメダルの裏表であり、ドン・リコという人物こそその権化だった。

ただし、そうした図式化には納得しない者たちもいた。というのも、ドン・リコは大勢の農民に土地を貸していた。たしかに借地代を倍近く値上げし、不作だろうがなんだろうが容赦なく取り立てる。だが、わしらが飢え死にせずにやっていけるのもドン・リコのお蔭じゃないのか、と農夫たちは言うのだった。


そんな言葉を聞くとアルトゥーロはがっくりと肩を落とし、共産主義というよりも無政府主義的な独自のユートピアの概念を披露して説得を試みるのだった。「同志諸君。パンの切れ端を手に入れて満足していては駄目だ。土地は耕す者たち自らが所有すべきだ。いつの日か、ドン・リコの広大な土地は我々のものになる。ファシズムが崩壊したらすぐに、我々の生活を踏みにじったドン・リコに復讐してやろうじゃないか。奴の土地をふたたび占拠するんだ。施しのような妥協策は断固拒否する。すべてを手に入れるまで粘るんだ！」

「それで、アルトゥーロ。ファシズムはいつ崩壊するんだ？」仲間たちは声をそろえて尋ねた。

「もう間もなくだ」とアルトゥーロはあいまいに答えた。「もうすぐだよ」アルトゥーロの眼差しは、遠くの明るい未来に向けられていた。


ミケランジェロが休暇でカタンザーロから戻るたび、父親はいつだって人の輪の中心にいた。丘では仲間たちに囲まれ、家では家族に囲まれて。しばしば彼は父親がヴェントテーネ島で過ごした日々のことを語るのを耳にした。長さは二キロ半あまり、幅は一キロにも満たないとても小さなその島の漁場で働き、わずかな賃金を得ていたそうだ。自由時間には島のあちこちを歩き、古代ローマの港や、地元の人たちがスコンチッリと呼ぶ岩礁、戦いの入り江《カーラ・バッタリア》やジュリア荘の遺構、塩田などを見てまわった。そして、そんな美しい景色からふと我に返り、海という檻に四方を囲まれた場所で、海岸に打ち捨てられた魚のように日々腐っていく自分に気づくと、なんとも言葉にできないやるせなさに襲われた。ときおり、やはり政治的な理由で不当にも流刑となった仲間たちと会うこともあった。誰もがきちんとした教育を受けた人たちばかりだった。不当な目に遭わされているという共通の痛みが、兄弟同様の結びつきを感じさせると同時に、海から吹きつける潮風のように胸の内で渦巻いた。アルトゥーロにとっていちばんの苦悩は一向に過ぎていかない時間であり、若くて魅力的な妻を抱くことも、子どもたちの成長を見届けることもできず、両親は老いていき、春が訪れるたびに花の咲き乱れるロッサルコの丘も手の届かない場所にあると考えるだけで気がおかしくなりそうだった……。

ミケランジェロは、動き続ける父親の唇に釘付けになり、留守のあいだに起こった特別な出来事を語ろうにもなかなか割り込めずにいた。

「父さんに見せたかったなあ。教授が発掘しているところ、すごかったんだよ。古代都市クリミサの遺跡の石や宝がいまにもざっくざっく出てくるかと思ってたら、骸骨が二つ見つかってね。教授は見ただけで、古代人の骨じゃないってわかったんだ。それですごい怒っちゃってね。この丘には血塗られた秘密が葬られているって言ったんだ。ほんとうにそう言ったんだよ」

アルトゥーロはしばらく、放心したように息子の話を聞いていたが、だしぬけに話をさえぎった。「そこまでだ。その話はもう聞いたよ、ミケ。みんな聞いた。そんな話ばかりするもんじゃない」そして、ミケランジェロをはじめ家族全員が底なしの愛で包んでくれるのをいいことに、平等や社会正義といった概念をうんざりするまで話して聞かせ、ファシズムを批判するのだった。アルトゥーロは、スピッラーチェのような小さな村には壁にさえ耳があることを忘れていたのだ。

老いた両親は、そんなアルトゥーロの話を聞くたびに戸惑いと不安を感じたものの、口にすることはなかった。いちばんの連帯心を見せたのはソフィア・アントニアだった。大の父親っ子で、いつだって隣にぴったりとくっつき、父親の手や髪や鬚を撫ぜ、留守だったあいだの分も取り戻そうと、続けざまにキスをするのだった。

妻のリーナは、たいてい反対意見を口にした。「でも、そんなふうにあなたが肩を持つコミュニストがある日いきなりあらわれて、あたしたちから丘を没収したらどうするの？」

「何を言い出すんだ、バカだなあ。うちの丘は草一本取りあげたりしないさ。うちの土地は全部自分たちで耕してる。俺たちはドン・リコと違って、他人を搾取してないだろう」アルトゥーロはそう言って妻を安心させ、みんなが見ているのもお構いなしに彼女の頰を優しくつねり、秘密めいた眼差しで、この続きは夜、これまでできなかった分の愛撫をまとめて交わそうとほのめかすのだった。

もう子どもではないミケランジェロにも、その眼差しの意味は理解できた。そして、そんな両親のやりとりに幸せを感じていた。ようやく生身の父親がそこにいる。汗とロッサルコの土のにおいを放つ父親。もはや、感傷とともに眺めるだけの、なんのにおいも害もない一枚の葉書ではなかった。

夜になると、アルトゥーロは息子にキタッラ・バッテンテの弾き方を教えた。ミケランジェロは学校でも音楽の勉強をしていたものだから、夢中になって覚えるのだった。たいてい、兄よりも歌の上手なニーナベッラが加わった。「僕の心は唄う／君から遠く離れ、永遠に流れぬ時のなか／胸の奥で君の苦悩だけが烈しく鼓動する／僕の心は唄う」それは、ヴェントテーネ島で刑期を過ごしているあいだにアルトゥーロがたくさん作った歌のひとつで、ニーナベッラはほんとうに恋をしているかのような情熱的な声と、うっとりと夢見る眼で歌うのだった。

その脇で母親と祖母は暖炉の火を熾《おこ》したり、料理をしたり、繕いものをしたり、編み物をしたりしていた。悪運に憑かれないよう、幸せだと口に出して言うことこそなかったが、その表情には至福がにじみ出ていた。

祖父のアルベルトは、居眠りをしているのか、はたまた音楽を堪能しながら亡霊を追いかけているのか、じっと目をつぶっていた。そして、一日に少なくとも三回はミケランジェロに訊くのだった。「わしらの先生はいつ訪ねてくるんだね?」パオロ・オルシに会い、硬貨を買い取ってもらい、戦死した二人の息子の名前を継いだ孫のミケランジェロの役に立ちたくて仕方なかったのだ。一方、アルトゥーロが帰ってきたおかげで、アルクーリ家の家計は月ごとに状況がよくなっていった。

「先生はもうすぐ来るよ。心配すんな、じっちゃん。オルシ先生は約束を守る人だから」ミケランジェロは訊かれるたびにそう繰り返し、祖父の最期の心からの願いができるだけ早く叶えられることを祈るのだった。

ある朝、歴史の授業中に先生が、ミケランジェロ・アルクーリは急いでうちに帰るようにと言った。家族に頼まれて、親戚が学校まで迎えに来ているというのだ。

教室の外に出ると、待ち受けていた伯父のジジーノにいきなり悪い知らせを告げられた。「ミケ、祖父《じい》さんが死にそうだから、お前を連れて帰ってきてくれと頼まれたんだ。下宿のおばさんには、わしから話をしておいた。急ごう。でないと、ケーブルカーにも列車にも乗り遅れちまう」

ミケランジェロは泣かなかった。泣けなかったのだ。どんなことがあろうと絶対に泣かないと自分に誓ったのだから。それでも、内心では猛烈な地震に魂を揺すぶられる思いだった。じっちゃんはもう死んでるに決まってる。頭のなかで、そんな考えがぐるぐると回っていた。ジジーノ伯父さんは僕を落胆させないように、ほんとうのことは言わないんだ。いや、もしかするとまだ死んでなんかいなくて、また元気になるかもしれない。前にもじっちゃんは、棺桶に片足を突っ込んだ状態から息を吹き返したことがあったじゃないか……。

その日は、いつもよりも交通費が余計にかかるけれど速く帰ることのできるルートを使った。クロトーネの駅で降り、そこからスピッラーチェ村の分かれ道まで郵便バスに乗り、最後の行程は徒歩で。ときおり疲れきった視線を交わす以外はほとんど言葉を発さないまま、ひたすら歩いた。カタンザーロを発ってから三時間後、ようやく村の入口にたどり着いたとき、ジジーノ伯父さんがミケランジェロに真実を告げた。「お前の祖父さんはな、昨日死んだんだ。昼飯を食ったあと、寝てるのかと思っていたら、そのまま目を覚まさなかった。穏やかな死だったそうだ。本人も気づかないくらいにね」

家の前の路地は大勢の人であふれていたが、ミケランジェロが到着すると、悲しみに暮れたささやき声とともに道がさっとひらけた。息子の姿を見つけたアルトゥーロがすぐに迎えに出て、力いっぱい抱きしめた。ほかの家族たちも悲痛な呻きをあげ、むせび泣きながら、とり囲むようにして二人の抱擁に加わった。やがてアルトゥーロがミケランジェロをその輪から引き離し、柩の前まで連れていった。「ミケ、最後のキスをしてやれ。じっちゃんはここ数日、お前のことばかり尋ねていたよ。最後まできちんと学校に行かしてやるんだぞと念を押された。毎日まいにち、口をひらけばお前のことと丘のことばかりだったんだ」

ミケランジェロは祖父の氷のように冷たい額にそっと唇をあてた。死に顔を長いあいだ直視する勇気はなかったが、それでも表情に穏やかな心境がにじみ出ていることはわかった。きっと何かいい夢でも見ているうちにこと切れたのだろう。家族の夢かもしれないし、ロッサルコの丘や古代の硬貨の夢かもしれない。あるいは白燕だろうか……。

ミケランジェロの到着によっていったん静まったざわめきが、次第にまた大きくなった。母親とニーナベッラは、それに乗じて自分たちの悲しみをふたたび声をかぎりに吐き出した。もはや涙も涸れるほど嘆き悲しみ、頬を掻きむしらないまでも両手で顔を覆っていた祖母が、柩に頭を突っ込み、夫の唇に優しく口づけすると、大きな声で話しかけた。「ねえ、あんた。あんたのミケランジェロが帰ってきたよ。あんたを讃えるためにカタンザーロから駆けつけてくれたんだ。見えるかい？　あんたのすぐそばにいるよ。ずいぶん背も高くなって、ほんとあんたにそっくりだね。頭の回転が速いところも、二つの山を動かして一つにしてしまうほど意志の強いところも、あんた譲りだよ」

祖母を慰めようと傍らに来たニーナベッラを見ると、夫の前で孫娘の自慢もはじめた。ニーナベッラは名前も美しいし、物腰もお姫さまのように美しい。この娘《こ》ほど優秀な「絵描き屋さん」は、ヴェネツィアにもいなければ月にだっていやしない。戦死した二人の息子や、流刑にされたアルトゥーロのことを思うあまり、あんたが憔悴しきっていたとき、虚無感から救い出してくれたのもこの娘だった。とにかく、うちの旦那はみんなに好かれていたよ。そうだろ、あんた。なんたってロッサルコの王さまだからね。だからこそ、こうしてまるで王の葬儀のように、スピッラーチェの村じゅうの人だけでなく、サン・ニコラの人たちも、さらにはパッラゴリオやマリーナからも、まだ健在の鉱夫時代の友人やら、息子らの友達やら、楽士やらが駆けつけてくれたんだ。まるで世界じゅうの人が集まったみたいだね。みんなであんたを天国まで送ってくれ、聖アントニオや聖ヴェンネラの許に連れてってくれるのさ。あたしたちの息子、ミケーレとアンジェロがあんたを抱きしめようとあっちで待ってるよ。ねえ、アルベルト、目を開けておくれ。少しでいいから目を開けて、いったいどれだけの数の人たちがあんたに敬意を表してくれているか見ておくれ。そのきれいな瞳をもう一度見せておくれよ。あんたにその瞳で見つめられると、心臓がとろけるかと思ったものだよ。開けておくれ。好き合ったときのあたしたちは、まだほんの子どもだった。なんにも持ってなかったけど、夢だけはいっぱいあった。鉱山で働いてたあんたはいつだって硫黄臭くてね。よく背中を洗ってあげたっけ。あんたをシャボンまみれにして……。次の日は丘へ登り、丘の香りを全身に浴び、息子たちや将来のために、怒りに任せて畑を耕したものだったよ。恐れるものなど何もなく、誰も怖くなかった。とにかくがむしゃらに働いたね。それこそがあんたの望みだったからね。ねえ、アルベルト。目を開けてちょうだい。もう一度だけでいいからあたしのことを見ておくれ。永久《とわ》の眠りに就くのなら、それからにして。永遠に愛してるよ……。

人のあふれかえる部屋で、悲痛な鐘の音が響きわたっていた。やがて司祭が訪れた。するとソフィアは、あたかも銃で心臓を撃ち抜かれたかのように屈した。彼女の口からはなんと言っているのか判別できない呻きが洩れ、葬儀のあいだじゅう途絶えることはなかった。

葬送行列にはほんとうに大勢の人々が連なった。友人、親族、余所の村の人、知人……。それだけなくドン・リコやその手下といった敵の姿まであった。アルトゥーロの希望でスピッラーチェの楽隊が行列を送る音楽を奏でた。ミサも終わり、最後の別れを告げるとき、風変りな葬送行進曲が奏でられた。巧みにカムフラージュされていたものの、それがなんの曲かわかった者も少なくなく、静かな感動に包まれた。労働者讃歌だったのだ。

19

チロの鉄道駅にほど近い、サバティーニ城で会うことになった。パオロ・オルシから送られてきた葉書に、いまはスピッラーチェ村まで登っていく体力がないからと書かれ、待ち合わせの場所がそう指定されていたのだ。

女三人は黒い服を着て、父と息子は喪のネクタイを締めていた。一家五人は、四方のきらめく調度品をぐるりと見わたして眩暈を感じ、驚きうろたえるトカゲのようにときおり立ち止まりながら、大広間のテーブルのほうへと進んでいった。

教授は杖で身体を支え、覚束ない足を煉瓦敷きの床にひきずりながら、アルクーリ家の人々に近づいてきた。五人の顔を昔の面影と一致させるまでにしばらく時間がかかったようだった。教授の傍らでは、彼よりも若い修復師のジュゼッペ・ダミーコが、いつでも手を差し伸べられるように控えていた。

アルベルトが亡くなったことを知ると、パオロ・オルシはアルクーリ家の人々の手を順に握り、哀悼の意をあらわした。

「ご家族と土地を深く愛された、誇り高く立派な方でした。直接お会いしたことは一度しかありませんでしたが、いまでも鮮明に憶えています。あの日わたしは、ピロルの斜面にクリミサの遺跡が埋まっていると直感したのです。そして、彼と一緒にアルビノの燕を見ました。忘れもしません……。わたしたちの目の前のロッサルコの丘の上に白燕が姿を見せたのは、単なる偶然ではなかったのかもしれませんね……」こみあげる思いに言葉を詰まらせながら、オルシ教授はそう言った。

「硬貨を見つけたのも、先生に相談するように言ったのも、父でした」

アルトゥーロが口を挿み、老母をうながした。するとソフィアが豊かな胸の谷間からまるで手品のように、三か所に結び目のある麻のハンカチの包みを取り出した。彼女はそれをオルシに手渡しながら、どこで見つけたのか説明した。ただし厄介ごとを避けるため、ほかに十六枚あった硬貨はすでに売ってしまったことについては触れなかった。ソフィアは、ときおり深い吐息を混じえながら話していた。オルシ教授という、学問を積んだカリスマ性のある人物を前にした緊張からきているものだと家族は思っていたが、そうではなく、禍をもたらすと信じていた硬貨からこれで永久に解放されるのだという安堵の溜め息だった。長年の願いがようやく叶いつつある。

オルシ教授は震える手で三つの結び目をほどくと、一枚いちまい硬貨を調べはじめた。背広のポケットから取り出した拡大鏡を使って、時間をかけて細部まで念入りに観ている。そして、ジュゼッペ・ダミーコに小さな秤で重さを量らせてから、胡桃材の大きなテーブルの上に並べていった。同時に、その場で簡単にそれぞれの特徴を述べ、カードのような紙に書きとらせた。

アルクーリ家の人々は感嘆とともにその光景に見入っていた。とりわけミケランジェロは、ひと言も聞き洩らさず、また教授の動作ひとつ見落とすことがなかった。教授はスタテル、2オボロス硬貨、2ドラクマ硬貨、3オボロス硬貨、ペガサスなど個々の種類を書き留めていた。いずれも、紀元前五一〇年から四〇〇年にかけて、クロトン、シュバリス、トゥリオイ、メタポンティオン、タラス、カウロニア、テリナといった都市で鋳造された硬貨だった。なかでももっとも貴重で謎めいていたのが金貨で、すでにクリミサが滅びたのちの時代のものと思われた。そのため、なぜほかの硬貨と一緒に見つかったのかわからなかった。教授は、硬貨がもともと納められていた壺が処分されてしまったことをたいそう残念がった。もし残っていたら、硬貨が埋められた時代と、その理由をより具体的に探ることができたと言うのだ。いずれにしても硬貨は、あの丘に古代人が住んでいたことの確かな証しであり、クリミサの遺跡が埋もれている可能性がさらに増すことを意味する。現代の白骨遺体だけでなくね、と言い添えた教授の言葉には、若干の皮肉がこめられていた。

その頃にはテーブルはまるでチェス盤のようになり、敷き詰められた三十三枚のカードの上に、同じ数の銀や金や青銅の「ポーン」が整然と並んでいた。

最後の作業がもっとも手間のかかるものとなった。教授は「ポーン」を二つに分けていたのだが、何を基準にしているのかアルクーリ家の人々にはさっぱり理解できなかった。

その後、教授が昔と変わらない太い声でその謎を解き明かしてくれた。長時間におよんだ硬貨の鑑定作業に少しも疲れを感じていないどころか、むしろ精気をとり戻したかのように見えた。硬貨を差す指も、もはや震えてはいなかった。

「ご存じかもしれませんが、法律によって、イタリアの領土内で発見されたすべての古代の遺物の所有権は、二分の一は国家に、四分の一は発見者に、残りの四分の一は土地の所有者にあると定められています……」そう、教授は説明を始めた。

「そんなの不公平ってものですよ。だったら硬貨を返してもらって、内緒で売ったほうが得じゃないですか」

リーナ夫人が不満そうに口を挿むと、アルトゥーロがきっぱりとそれを制した。

「黙って教授の話を聞くんだ。法律に違反するようなことをするつもりはない」

「奥さんのがっかりする気持ちも理解できなくはありませんが、それが法律というものです。もう何年も前の話になりますが、ソヴェラートで財宝が見つかって、同じような問題が生じたことがありました。土地の所有者は一歩も譲らず、ついには弁護士沙汰になりましてね。発掘現場の土地の所有権を主張する第三者まであらわれて大変でした。結局、規定どおり、発見者でもあった土地の所有者が二分の一を受け取ることで落ち着きましたが……」

「お願いだから弁護士だけは勘弁しておくれ。生き血を吸われちまうよ。先生、すべてお任せします。先生のすることなら間違いない」ただでも構わないから、とにかく呪われた硬貨を手放したくてたまらない老ソフィアは言った。

「信頼してくださってありがとうございます。そこで、皆さんの財宝を二等分してみました。考古学者および古銭研究家としての知識を総動員した結果、枚数は異なりますが、いずれも価値はだいたい同じくらいになるはずです。まず、どちらかお好きなほうを選んでください。そのあとで、ひとつわたしから提案させていただきたいのです」

「お前たちが選びなさい」と父親が兄妹に言った。

ニーナベッラとミケランジェロは硬貨の山のすぐそばまで行き、まるで専門家のように、一枚いちまい硬貨を触ったりひっくり返して眺めたりしていたが、目線を何度か素早く交わしたうえで、二人とも数の多いほうのまとまりを指差した。ジュゼッペ・ダミーコの左側の山だ。

「結構です」と、教授は言った。「さて、国はあなた方が所有する半分を優先的に買い取る権利があります。もちろん、その際には然るべき代金が支払われます。そこで、わたしのほうから文化財保護局に連絡し、念のため確認してみたところ、古銭研究の観点からはさほど目新しいものではないと考えられることと、充分な予算がないことを理由に、購入には前向きでないとわかりました。ですので、わたしの個人的な資金で購入させていただこうと思うのです。実はわたしは子どもの頃から古銭の蒐集家でして、銀貨と青銅貨を合わせて千二百枚近く持っています。確実に、皆さんには損のない提案だと思いますがいかがでしょう。もう一方の山は、明日にでもレッジョ・カラブリアの博物館に持っていくつもりです」

「先生、もちろんそれで構いません。先生が誠実で正義を重んじる方だということはみんな知っています。亡き父もそう考えていました。ですから、先生がおっしゃる額でうちは異存ありません」

「皆さんが崇高な目的のために硬貨を手放そうとしていることは充分承知しているつもりです。ですので、納得いただける額を提示しましょう。ご参考までに、もし国が買いあげるとしたら、せいぜい総額七百リラといったところでしょうか。ですがわたしは、古美術市場における価格を参考にしたうえで、国が支払うだろう額の三倍に相当する二千百リラを提示します。同意していただければ、この場でお支払いすることも可能です。お子さん二人分の学費には足りないかもしれませんが、それなりにまとまった額であることは間違いないでしょう」

アルクーリ家の人々は呆気にとられて顔を見合わせた。自分たちの耳が信じられなかったのだ。それほど高額の現金を手にしたことは、それまで一度もなかった。もちろん、いきなり金持ちになれるわけではないだろうが、存分に活用できる額だと思われた。

アルトゥーロは、ジュゼッペ・ダミーコが用意した書類すべてに署名した。文面に目を通そうの権威で、この道の権威で、ともせず、まるでロボットのように。正直なところ金額が多すぎる気がしたが、この道の権威で、しかも誠実な教授がそうと決めたのだから、間違いなどあるはずがなかった。

代金がソフィアの胸もとの金庫に納められるのと同時に、サバティーニ家の女給が、飲み物やリキュール、クッキーやタラッリなどのたくさん盛られたトレーを運んできた。記憶に刻まれる一日の締めとして、それ以上のものはなかっただろう。

軽食をとりはじめると、ようやくみんなの緊張が弛んだ。教授はニーナベッラのデッサンを褒め、画家として将来が楽しみだと言った。そして、自分の故郷であり、フォルトゥナート・デペーロのような著名画家を輩出してもいるロヴェレートに来てはどうかと助言した。一方でミケランジェロには、しっかり勉強するんだぞと念を押した。ご家族は君のために多くの犠牲を払ってきたし、これからだっていかなる苦労も厭わないだろう。そんな家族の期待を裏切るようなことはしてはいけないよと。それから、アルトゥーロに見惚れるような眼差しを向けた。あまり熱心に見つめるので、アルトゥーロが戸惑うほどだったが、すぐにその理由《わけ》も口にした。

「いやあ、アルクーリさん、あなたが実に羨ましい。ほんとうに恵まれたお方だ。こうして本物の家族に囲まれてらっしゃるのですからね。あなたはピロクテテスと同じく島流しに遭われましたが、胸を張って家族の許に戻られた。肉体も眼差しも流刑によって歪められることなどなく、むしろアリーチェ岬でお会いした頃よりもさらに強靱になられたようにお見受けします」

アルトゥーロはくすぐったそうに口もとを緩ませ、その傍らで妻のリーナも、まるで自分が褒められたかのように頬を染めた。

「ピロクテテスって誰のこと?」とニーナベッラが尋ねた。

「あとで説明してやるよ」と兄は答えた。

それは五月の出来事だった。開け放たれた窓からは満開のスッラに覆われたロッサルコの丘の一部が見え、アルクーリ家の人々の馴れ親しんだ香りが運ばれてきた。

「これはあなた方の丘から来る神秘的な香りですよね」と教授が尋ねると、ミケランジェロがうなずいた。

「実に残念です。わたしも間もなく七十六。身体もこんなふうに衰えてしまい、奇蹟でも起こらないかぎり、クリミサを探す調査も、この少し北のシバリで友人のウンベルト・ザノッティ＝ビアンコが始めた発掘も、最後までやり遂げることは難しくなりました。人生のすべてを発掘に捧げてきたわたしのような仕事人間にとっては、死ぬよりつらい。まあ、そんなことになったら、あなた方の丘には有能な助手たちを派遣し、わたしは発掘の成果をあの上から見守るとしますかね」教授はそう言って、ロッサルコの丘の上の、燕たちの飛跡が見える空を指差した。

教授は、それ以上何も言わなかった。別れ際、手もとの硬貨の山から金貨を二枚取り、ニーナベッラとミケランジェロに一枚ずつ持たせた。教授が人差し指を口にあてて言葉を制したため、二人は礼を言うことも説明を求めることもできなかった。それから一同は、もう二度と会うことはないと予見している旧友どうしのように、こみあげる感慨を抑えた無言の抱擁を交わし、別れたのだった。

20

ピロクテテスというのはあらゆる時代を通じてもっとも名を知られた弓の名手で、並んだ十二の斧頭の柄穴を一本の矢で射抜くことができるほどの腕を誇っていたと伝えられている。十二の辛苦を耐え忍んだ英雄ヘラクレスから贈られたとされる彼の弓と矢は、決して狙いを外すことはなかった。美を何よりも愛していたため、ピロクテテスも、この世でもっとも魅力的な女性ヘレネに恋をする。だがその愛を拒絶されると、五十人の射手を率い、七隻の船とともにトロイア戦争に加わることに決めた。ところが寄港先で毒蛇に咬まれてしまう。旅程を再開したものの、傷口が恐ろしい悪臭を放ち、痛みもすさまじく、人間とは思えないほど悲痛な叫び声をあげていたところ、オデュッセウスとアガメムノンによって不当にも住む者のいない小さな島に置き去りにされる。それでも、弓矢のおかげでピロクテテスは射落とした野鳥を食べて十年ものあいだ生きながらえることができた。それでも傷は癒えず、痛みも和らぐことがなかったため、彼の悲鳴は風に乗って運ばれ続けた。ある日オデュッセウスは、トロイアを陥落させられるのはヘラクレスの弓矢だけだと預言者に告げられる。そこで得意の策略をめぐらせ、ピロクテテスをトロイアに連れ戻し、約束どおり名医のところへ連れていった。医者は腐った肉を切断し、ワインで消毒し、神秘的な力を持つ薬草の湿布をあてて治療した。こうしてようやく傷が治ったピロクテテスは、一騎打ちでパリスを弓で射殺《いころ》し、ギリシア勢の勝利に貢献した。

ピロクテテスの逸話で何より胸を打たれるのは、その勇敢な行いでも、戦いにおける勝利でも、暖かな風のように彼を包む伝説でもない。そうではなく、ときおり夢にあらわれる家族以外には励ましの言葉をかける者すらいないなか、十年間も苦痛を耐え忍んだという事実なのだ。ともに旅をしてきた仲間から不当な仕打ちに遭い、深い苦悩の底につき落とされていたにもかかわらず、孤独という恐ろしいケダモノに決して屈することはなかった……。アルトゥーロ父さんと同じさ。

この話をニーナベッラに語ってやっていたミケランジェロはそう締めくくった。正義の側にあるにもかかわらず、圧制者によって流刑にされ、もっとも大切な財産である自由を奪われてしまう人たちは誰でもみんなそうなんだ。

人は不当な仕打ちには立ち向かうこともできるが、孤独というのは得体の知れない病で、そう簡単には完治しない。トロイア戦争が終結したあと、ピロクテテスは孤独に打ち克つため、ギリシア人入植地の創設者となり、マカッラや、現在のストロンゴリにあたるペテリア、現在のチロにあたるコーネ、さらにはマリーナの裏手、おそらく現在のロッサルコの丘にクリミサを築いたんだ。新しく町を建設する際には、決まってうっとりするような香りの漂う土地を選んだ。それは、彼が十年ものあいだ腐敗と死の臭いばかり嗅いでいたからなんだよ。

「そんなにいろいろなお話、誰から聞いたの？」ニーナベッラが兄に尋ねた。

「たいていのことは学校で習うよ。ピロクテテスのことならホメロスも書いてるし、ソポクレスはピロクテテスを主人公にして悲劇を書いた。ストラボンの著作にも出てくる。そこに自分の空想を加えたんだ。古代の著述家だっていろいろ想像して書いているわけだから、僕が考えた物語のほうが真実に近い可能性もある」

ミケランジェロは、自分の知識や学校での優秀な成績を自慢するようなことは決してなかった。現にニーナベッラは、さりげない口調と眼差しで語る兄の態度に、謙虚さすら感じとっていた。それでも、兄が羨ましいと思わずにはいられず、そんな気持ちを率直に口にした。「兄さんはいいな。いろいろなことを知ってて。あたしも、上の学校に進んで早く勉強したい」

小学校を卒業したあとも勉強を続けたがっている女子はクラスでニーナベッラ一人だけで、クラスの友達も親類も、母親も祖母も、みんなが反対するのだった。「きちんとした女の子は、家にいて嫁入り道具の準備をし、そのときが来たら村のふさわしい若者と結婚するものだよ」

担任の先生は先生で、別の理由から応援してくれなかった。ニーナベッラは根っからの反抗的な性格で、教科書に書かれていることを学ぼうという気持ちはなかった。算数だってさっぱり理解できていないし、国語の能力は可もなし不可もなし。たしかに絵だけはうまいが、それは天から授かった才能で、努力なんてこれっぽっちもしていない……というのが先生の評価だった。「あなたが入学試験に合格するとはとても思えません」先生は、禍をもたらす鳥のようにそう予言した。スピッラーチェ村生まれの独身女性で、意地が悪く、ニーナベッラが小学校一年生のときから、なんとか自分の言うことを聞かせようと指導を続けたが、うまくいかなかったのだ。

しかし、ニーナベッラにとって何より悲しかったのは、はっきりとした返事をしてくれない父親の態度だった。「駄目だとは言ってない。五年生をちゃんと修了できてから考えればいいことだ」それ以上の答えが父親から返ってくることはなかった。

ニーナベッラは、目に涙をためて許しが出るのを待っていた。どうすればいいのかわからなかった。母親や祖母が相手ならば烈しい口論もできた。「時代遅れ」とか、「意地悪」とか、挙句の果てには「バカ」といった文句を口にし、顔に平手打ちを食らうこともあったが、心の底ではそんな母や祖母に同情さえ覚えていた。ところが、父親を前にすると何も言えなくなってしまうのだ。父の気を損ねたくはなかったが、なぜはっきり答えてくれないのか理解できなかった。

入学試験の手続きをする時期が近づいた頃、アルトゥーロは娘に立派なパレットとテンペラ絵の具、いろいろな形の筆、巻いた画布、それにイーゼルをプレゼントした。「どれも本物の画家たちが使う道具だぞ」と父は言った。「お前のためにクロトーネまで行って買ってきたんだ」

大喜びしたニーナベッラは、感謝の気持ちを伝えようと抱きついた。まさか、次のような台詞を父親の口から聞こうとは夢にも思わずに。

「これで、〝絵描き屋さん〟になるための道具はすべてそろったはずだ。お前には絵の才能があるんだから、進学する必要はない。学問なんて女にはなんの役にも立たんよ。時間と金の無駄だ。いつかお前も幸せな家庭を持ったら、父さんに感謝するようになるさ」

ニーナベッラは抱きついていた父親からすっと離れた。まるで漂流者が海上で力尽き、しがみついていた岩から手を離してしまうかのように。口もとに勝ちほこった笑みを浮かべてやりとりを見守っていた母親や祖母にもつかまろうとはせず、あやうく涙の海で溺れそうになって兄にすがりついた。

ミケランジェロははじめ戸惑い、押し黙っていたが、すぐに家族の眼を一人ひとり順に見据え、怯むことなく、強い口調で一気にまくしたてた。「どういうつもりなんだよ？　一度は約束したくせに、それを翻すなんて。じっちゃんがタヴェッラ先生の前で誓った言葉に背くことになるんだぞ。あのとき、経済的な余裕さえあればニーナベッラにも僕と同じように勉強させるって、みんなも言ったじゃないか。じっちゃんの硬貨のお金もあるし、父さんだって働いてるんだから、学費が払えないってことはないはずだ。ニーナベッラが僕と同じ学校に通えば、下宿も一緒でいいし、教科書だって僕のを使える。そうすればずいぶん節約できるし、父さんたちだって良心が痛むこともないだろ？」

「なまじ出来のいい息子を持つとこれだから厄介だ。親に向かって説教なんて、お偉い先生にでもなったつもりか？　言っておくがな、この家の長はわしだ。つまり決めるのはいつだってこのわしなんだ。わかったな？」

　ミケランジェロは爆発しそうな怒りを抑え、黙っていた。

「だが、ミケランジェロ・アルクーリ先生さまが兄として責任をとると言うのなら、ソフィア・アントニアがカタンザーロで勉強することを認めてやってもいいぞ。この話はここまでだ」なにも大騒ぎするほどのことではあるまいと言うかのように、皮肉たっぷりの口調で父親は締めくくった。それは、息子の言葉によって追いつめられた窮地から、胸を張って抜け出すための唯一の方策でもあった。

　母親と祖母は諦観したように首を横にふった。一方、ニーナベッラは改めて父親に抱きついた。それから、大切にしまってあった自分の金貨をひっぱり出し、家族みんなの心を揺さぶった。

「父さん、あたしの学校のためにお金が必要なら、これを売ってちょうだい」

　父親は、硬貨の握られた娘の手を両手でくるんで言った。「心配するな。それはお前のものだ。大人になってからも売っては駄目だぞ。うちの土地の一部だと思って、どこへ行くにも肌身離さず持っていなさい」

　ニーナベッラはにっこりと微笑んだ。それこそ、彼女がいつも夢に見ていた父さんの話し方であり、父さんの振る舞いだった。

21

翌日、アルトゥーロとミケランジェロはロッサルコで畑仕事をしていた。休憩の時間まで、父親はひと言も口を利かなかった。草を刈っていたのだが、まるで悪魔に憑かれた蛇の頭を斬り落とすかのように、怒りをこめて鎌をふりおろしていた。ミケランジェロは、ニーナベッラの件で父親がまだ自分のことを怒っているのだと思い、適度な距離を保ちながら手伝っていた。

午《ひる》近く、二人は桜の木の下に座り、辛味腸詰め《サルシッチャ》を挿んだ丸パンを半分食べた。六月の心地よい日和で、父親は目を閉じて海のほうを向き、顔いっぱいに太陽を浴びていた。「お前に話しておきたいことがある」藪から棒に父親が言った。もう怒ってはいないようだ。ミケランジェロは食べる手をとめた。「オルシ教授がこの丘を発掘したとき、二人の人骨が出てきただろ？　実は父さんは子どもの頃、あの人たちを見たんだ。ちょうどいまいるこのあたりで殺されてた」そして、兄弟三人で湯だまり《ヴッロ》で水浴びをしていたこと、銃声を聞いたこと、丘に向かって走ったこと、慌てふためいた様子の母親と鉢合わせになったこと、それ以来何年ものあいだ、ロッサルコの丘にいても夢のなかでも、死んだ一人の見ひらいた眼に追いかけられているような気がして怖かったことなどを語ってきかせた。もう一人は草の上に顔を突っ伏していたからわからなかったが、アルトゥーロの見知った顔だったはずだ。流刑から戻ってきたときに初めて、実はクラスメートのお兄さんで、いつも酒を飲んで酔っては村をうろつきまわっていた不良だったことを知らされた。

ミケランジェロは勇気をふりしぼって父親に尋ねた。「どうしてわざわざうちの丘で殺したの？　父さんは誰が犯人だと思ってる？」

「わからんよ、ミケ。わしだって何年も考え続けたが答えは見つからなかった。祖母ちゃんは、ひょっとすると何か見たかもしれん。逃げていく犯人の影とかな。でも何も見てないと言い張ってた。祖母ちゃんが頑固なのはお前も知ってるだろ？　何を言っても無駄だよ」しばらくのあいだ父親は、赤く染まった草のうえに横たわる二人の男の遺体が目の前に見えているかのように、少年のような眼を見ひらいていた。「それに、祖母ちゃんに口止めされたんだ。この話は誰にもするなって……」

「だったら、僕にも話しちゃいけないの？」

「誰にも言ってはいけないが、お前は父さんの子だ。純粋な父さんの血を継ぐ息子だ。だからお前には、父さんのことやロッサルコの丘のことをきちんと知っておいてもらわねばならん。そして、いつかお前が自分の息子たちに語って聞かせるんだ。そうすることによってはじめて、わしら家族の物語が地上から消されることもなくなり、一族が完全に絶えてしまうこともなくなるんだ」

前日に続き、父親がミケランジェロのことを一人前の大人として扱ってくれたのはそれで二回目だった。ミケランジェロは勇気があったら父親に抱きつきたいところだったが、そうはせずに立ちあがり、なるたけ大きくてよく熟したさくらんぼをいくつか摘み、感謝の気持ちと愛情をこめて父親に差し出した。

学年末が近づくと、ミケランジェロが丘に手伝いにいく回数はめっきり減った。「お前は、妹が上級の学校に行かれるように勉強をみてやってくれ。そっちのほうが大切だ」と、父親に頼まれたのだ。

こうして、本物の先生よりもわかりやすく説明してくれる兄のお蔭で、ニーナベッラは、担任の先生の冷ややかな態度を尻目に、カタンザーロの師範学校に無事入学した。

下宿先では専用の部屋をあてがわれたが、最初のうちはしょっちゅうミケランジェロの部屋に入りびたっていた。兄の部屋のほうが広かったからだ。そして勉強も食事も兄と一緒にした。ときおり、下宿のあるスカルファロ通りから五分の距離にあるメインストリートまで、兄妹で散歩に行った。外の空気を吸い、身体をほぐすためだったが、道行く男たちが妹を舐めるように見るのを兄は見すごさなかった。すべてにおいて早熟な彼女のまわりには、まるで蜜蜂が群れるように男たちが惹きつけられるのだ。たしかにニーナベッラはたいそう魅力的な女性に成長していた。背はすらりと高く、夢見るような眼差しに母親譲りの豊かな胸と波打つ髪、真っ白で完璧な歯をのぞかせてすべてを悟ったような笑みを浮かべるときの口もとも唇も父親にそっくりだった。彼女は、自分がそこを通ることによって周囲にもたらされる効果を自覚したうえで、胸を張って歩くのだった。

兄としては、そんなとりたてて露骨ではない駆け引きですら気に障って仕方なかった。嫉妬というより、どちらかというと父親から委ねられた責任の重さを感じてのことだ。そして、厳格ではあるが愛情深い父親のように妹に接していた。彼女の宿題に目を通し、間違いは直してやり、口頭試問の前には模擬の質問をし、日曜日の午前中に誰と一緒にミサに行くかということにまで口出しした。

ニーナベッラは、保護者面して生真面目に振る舞う兄のことをからかいながらも、逆らおうとはしなかった。兄には心底感謝していたからだ。それでも、師範学校卒業に向けて順風満帆に進んでいる兄とは異なり、彼女は及第点ぎりぎりで進級しているといった具合で、成績がいいのは、欠かさず十点満点をとっている絵画と美術史ぐらいだった。ほんとうの意味で興味がある科目はその二つだけだったのだ。学校生活全般では、規則の厳しさと抽象的な学問に息が詰まって仕方がなく、画家になるのだという野心と、慕ってくれる級友たちの存在がなかったら、おそらく一年で尻尾を巻いていたことだろう。

実際、休暇のたびに兄と一緒にスピッラーチェに帰省すると、ニーナベッラは解き放たれるような心地がした。イーゼルと絵を描くのに必要な道具一式をラバの背に積み、家族と連れ立ってロッサルコの丘に向かう。そして季節ごとに異なる場所に陣取り、海や、父親が植えたユーカリの木々に囲まれたアリーチェ岬の灯台、丸い階段のようにスピッラーチェの村まで連なる丘々、紺碧のシーラ山脈、そして水平線の上に低く垂れさがる空を舞うカモメや燕などを描くのだった。

時とともに、丘の上の小屋の干し草俵の裏には、彼女の描いた絵が何枚もたまっていった。ニーナベッラはどれも習作でしかないと言い、決して出来映えに満足することはなかった。それでも、家族はみんなその素晴らしさに魅せられた。母親などは、ときおり気に入ったカンバスを建具師のところへ持っていっては、ワインかオリーブオイル一リットルと引き換えに額に入れてもらい、台所や寝室の壁に飾るのだった。「ほら見て。まるでお金持ちの家みたいだよ。こんな素敵な絵は、ドン・リコだって持っちゃあいない」と、誇らしげに言いながら。

ニーナベッラは、家族のあいだだけでなく、村に出て幼馴染みの女友だちと一緒に過ごすときでも図に乗ることはなかった。女友だちは誰もが、羨ましいという気持ちを率直に口にしたが、「絵描き屋さん」としての彼女の才能よりも、カタンザーロという都会での自由な生活が羨ましかったのだ。ニーナベッラは笑い、カタンザーロの男子学生の特徴を小声で描写した。お洒落で清潔で香水の匂いがする、弁護士や医者の息子たちばっかりよ。お金にも健康にも美にも不足がない、カラブリア随一の男ぞろいなの、というのがニーナベッラの評だった。

「ねえ、正直に言いなさいよ」「告白されたことはないの?」「好きな人はできた?」「その幸運な男の名前を白状なさい」女友だちはそんなふうにニーナベッラを質問攻めにしながらも、花嫁道具のクッションカバーに青い小花や自分の名前を刺繡する手を休めようとはしなかった。

「あたしが恋をするような相手は、この世に生まれてもいないわよ。男なんてみんなくだらないわよね。女に求めてることはどうせ一つだけなんだから」ニーナベッラはそういたずらっぽく答え、またけらけらと笑うのだった。真っ白な歯のあいだからこぼれるいつまでも続く笑いは、友だちのあいだにも伝染した。そしていいかげん笑いすぎて頰も疲れ、みんなが満足する頃、ニーナベッラは放心したような遠い眼でクッションカバーの小花を見つめていた。まるでそのときからすでに、視線の先はスピッラーチェやカタンザーロといった堅苦しい境界線のはるか彼方の、彼女の夢見る広大な世界に向けられていたかのように。

夢

それは、ひたすら同じ光景が続く夢だった。まるでニーナベッラが描く色鮮やかな風景画のように、空高く浮かぶ凧から見下ろした丘が豪華絢爛な島のように見える。ところどころ緋色の水玉模様に染まり、東は海に、西は小石や赤を反射した水のきらめく沢に囲まれている。

父の目は、オリーブの巨木のつややかな緑に埋もれたその光景に見惚れている。夢というよりもむしろ、暗い壁に無機質な光を投影し、カラースライドを映しているようにも見えた。ただし、空気中に放出される香りから映像でないことがわかる。土地は、便りの代わりに香りを送ってくることがあると父は言った。もちろん風もだが。風は土地たちの真実の声だ。

夢のなかでも強い風が吹いており、バランスを失った凧が真っ逆さまに落ちはじめる。凧は丘に近づくにつれてみるみる大きくなっていき、大きな鷲になったかと思うと、ついで複葉機となり、しまいには巨大な顔を持つ飛行機となって、威嚇するようなしかめ面をこちらに向けて、地上からわずか数メートルのところにまで迫った。

飛行機が墜落する直前で、父ははっと目を覚ました。そして、一九四一年十一月のある日、同じような光景を実際に見たことを思い出した。強烈な香りのせいでくらくらする頭のまま小屋の戸を開けてみると、そこには飛行機ではなく、いつものオリーブの巨木と、朝陽を浴びてきらめきながら風に揺れる常磐樫の木々があった。ロッサルコの丘は奇蹟的に助かったんだな、と父は言った。

「眠っているあいだも、丘のことが片時も頭から離れないんだね」僕は笑った。

「夢には逃れられない真実が含まれているものだ。理解しきれないことも多いがな」父は真顔でそう答えた。

僕はスピッラーチェ村で会った父の友人たちのことを思い出していた。あの日、バール《ローマ》でエスプレッソをおごってくれながら、またもや僕を相手に父の皮肉を言いつらねたのだった。父がこうして自ら孤立を選んだことに、彼らはどうしても得心がいかなかったのだろう。

「このあいだ、スピッラーチェに煙草とパスタを買い出しに来たときに見かけたが、なんだかやつれた顔をしてたぞ。眼だって、魔物にでもとり憑かれたみたいでよ。どこか悪いんじゃないのか？　お前さんの住んでるトレンティーノのあたりの腕のいい専門医にでも診てもらったらどうなんだい？」ついで僕は、このあいだ電話したときにシモーナに言われたことを思い出した。

「せめてあなたが帰省しているあいだだけでも、村に戻るようにお義父《とう》さんを説得してみたら？もうお齢なんだから、まわりの世界から孤立して生きるのはよくないわ。夜中に何かあっても誰にも助けてもらえないのよ」

みんなは、謎めいた香りを放つ土地の夢を理解できるのだろうか。風が伝える真実など笑い飛ばすのではあるまいか。父の友人に対し、僕はただ「コーヒーご馳走さま」とだけ答えた。そしてシモーナには、「わかった。話してみるよ」と言ってごまかし、父の許にやってきたのだった。

父はたいてい畑仕事に没頭していたが、たまに催眠作用のありそうな音が遠くから響いてくることがあった。ちょうど永遠に寄せては返す波のような。そんなときは父がオリーブの巨木に背をもたせかけ、足を組んで座り、キタッラ・バッテンテを奏でているのだ。目を閉じ、うっとりしたような表情で歌っていた。「アルビノの燕よ／昼は丘の上を飛ぶお前を想い／夜は僕の傍らにいてくれたら素敵なのにと願う／アルビノの燕よ」

　僕は、スピッラーチェの家で一緒に暮らしていた頃よりも、いまのほうが父のことがよく見えているような気がした。父は僕に、畑で穫れた大量の激辛唐辛子を見せてくれた。マリーナで水揚げされるシラスが全部、炎を噴くほど辛くなるのではないかと思うほどの量があった。そうかと思えば、ひと株のオリーブの巨木にもかかわらず五種類の異なる実をつけた枝。「三種類は親父が接ぎ木し、そこへさらに俺が二種類接いだんだ。若い時分にな」と父は得意げに話した。「お前たちにいつも持たせるオイルは、このオリーブの巨木と、向こうに生えてる七本のもう少し小さな木の実を搾ったものだ。七本ともこの巨木の子どもでな、根もとから生えてきたんだぞ。百パーセントどころか千パーセント、お前の嫁さんの好きな有機栽培だ。しかも丘に咲く花の香りまでする」

　オリーブの巨木から数歩のところに、一年じゅう花を咲かせる立派なバラの木があった。その少し先には、パンのような丸味を帯びた大きな石が光っている。「あの石の下に、アルベルト曾《ひい》祖父《じい》さんは古代の硬貨を隠していたんだ」父はそう言い、ひっくり返して平らな面を見せると、まるで教師のように質問をした。「ここに彫られている文様が何かわかるか？」答えは簡単だった。「Kの文字だろ？」僕は、熱心な生徒よろしく、父の説明に耳を傾けた。「そのとおり。お前の母親は、これがクリミサの頭文字のKだと言っていた。ただし、パオロ・オルシは確信が持てなかったようだ。クロトンのKかもしれんし、誰かのイニシャルかもしれん。あるいはどこかの羊飼いが退屈でたまらなくて丸い石を見つけては何か彫っていたのかもしれんと言っていた。昔は沢沿いにこんなきれいな石がいくらでもあってな、大戦前には、アルトゥーロ祖父さんは兄弟と石を探す遊びをよくしたそうだ。そのなかからきれいなものだけを選んで、丘の上に運んだんだと」

僕と父は、とくにあてもなく歩いた。乾いた土くれが靴の下で崩れ、ぱらぱらと音を立てて土埃が舞いあがった。

父が夢を見た日、僕たちは高台の端まで歩いた。太陽はすでに沈んでいたが、暑さが和らぐ気配はなかった。それでも、海からの微かな風が僕らの顔をいくぶん軽やかに、涼しげに撫でてくれた。そこからならば、単線の鉄道や、アリーチェ岬の灯台、祖父アルトゥーロが植えたユーカリの森、さらに、もはや閉じられたビーチパラソルが点在する砂浜の一部までくっきりと見えた。視線を左に移すと、モンテディソンの工場が目に飛び込んでくる。アポッロ・アレオ神殿の遺構は枯れた草に埋もれ、すぐ脇で十頭ほどの親馬と仔馬が草を食んでいる。僕らの右手、メリッサやストロンゴリの町の方角では、発電用風車が怠惰に回転している。風車は、スピッラーチェ村の周囲の麦の切り株で黄色く染まった丘々のあいだに、蜃気楼のように浮かんでいるのだ。

僕たちの立っているところのすぐ下から、ピロルの斜面がなだらかに下降しはじめる。夏になると、その一帯はロッサルコの丘でもとくに乾いて荒れた土地となり、土埃をかぶった乳香樹や金雀枝《えにしだ》の茂みがぽつりぽつりとある以外は、ぶどうの木が数列と、風にたわんだ樹木が何本か生えているだけだった。そのときふと僕は、丘の頂上近くの、エリカと午時葵《ごじあおい》で覆われたあたりの裏手の地面が四角く掘り起こされているのに気づいた。「なんだこれは？　また発掘調査が始まったのか？　何も知らせてくれなかったじゃないか」咄嗟にそんな言葉が僕の口をついて出たが、咎めるつもりはなく、信じられない思いと驚きの混じった口調だった。

「わざわざ言うほどのことでもないだろう。発掘といっても自己流だよ。単なる暇つぶしさ。丘で暮らすようになってから、自由な時間だけはたっぷりあるからな。朝方、モロッコ人の仲間に手伝ってもらって数時間掘るだけさ。一日の仕事が終わって、それほど疲れておらず、気が向いたときには、夕方も少し掘ることもあるが……」

「なにか重要なものでも掘り当てたのか？」

「いまのところは何も。だが、希望は失ってないさ」

僕は父と一緒に掘り起こされた場所まで下りていき、周囲を見渡した。「父さん、パオロ・オルシが掘り起こした古代都市クリミサの墳墓が見当たらないけど、どこだったっけ？」

父は答える代わりに、こちらの不意を衝く質問を返してきた。「墳墓の中から白骨となって発見された二人を殺した犯人は誰なんだ？　なぜ殺されたんだ？　お前はそう訊きたいんじゃないのか？」それは父が自身に問い続けた疑問であり、胸の内を声に出し、風に託して運ばせたものだった。「ほんとうのことを話そう」そう切り出すと、父は言葉を継いだ。「俺が知ったのは、ずっと後になってからだ。その頃には、発掘現場から遺骨が見つかったことなどすっかり忘れかけていた。そのあいだに、昔の記憶などかすんでしまうほどの出来事が起こっていたからね」

「どんな出来事？」父の言葉に興味をひかれた僕は尋ねた。

「飛行機が墜落してからというもの、次から次へといろいろあってね。俺がまだ新米の教師で、世界を変えることができると夢見ていた頃の話だ。お前の母親はまだトリノにいたよ。母さんがここにあらわれ、俺を虜にし、悩ませるようになるのは、もっと後のことだ」

22

耳慣れない飛行機の爆音が一帯の丘々で響きわたるようになったのは、イタリアが一九四〇年六月十日に宣戦布告して数か月後のことだった。英国の飛行小隊が、港や鉄道、クロトーネにあったカラブリア州唯一の工場群を爆撃した。焼夷弾の爆発によって巻き起こる地鳴りが、秋風に運ばれてスピッラーチェの広場にまで届いた。

アルトゥーロは、広場でどよめく男たちの真ん中で、もくもくとあがる黒煙が雲のように水平線を覆いつくし、海を汚していく光景を指差していた。「このファシズムの戦争により、イタリアは壊滅的な打撃を受けるぞ」虚しい音をあげる対空機銃掃射の合間を縫うように、率直な感想を口にした。「まさかこんなに早く我々の村にやってくるとは思いもよらなかった」

誰も想像してなかったさ、と仲間たちも同意した。おそらくムッソリーニ自身もね。すでにドイツが戦いに勝利を収めたものと思い込み、占領地と栄誉の分け前に与《あずか》ろうと参戦したつもりが、大きな誤算だったというわけだ。

年が明けると爆撃はさらに烈しさを増し、クロトーネの市民のあいだにも何十人もの死傷者が出たため、多くの家族が周辺の村々に疎開した。スピッラーチェ村に逃げてきた人たちもいた。

カタンザーロの周辺も空爆されたと知ったアルトゥーロは、下宿まで一緒に行ってくれとミケランジェロに頼んだ。「ソフィア・アントニアを迎えに行き、家に連れて帰るんだ。村のほうが安全だからな」そして心の内を打ち明けた。「戦争がまた始まってからというもの、夜も眠れなくてね。身体はラゴラーイの塹壕にあるような気がするし、頭は、お前たちのように何の罪もない若者たちが銃弾や爆撃の犠牲になるのではないかと不安でいっぱいだ」

「父さん、僕らのことなら心配ないよ。スピッラーチェみたいな世界の最果ての村になんか、戦争はかすめもしないさ」ミケランジェロは父の不安をとりのぞこうとした。二十歳になっていた彼は、前年の夏に師範学校を卒業して教員免状を取得し、教員の公募がおこなわれるのを待っていた。家族とも相談し、就職できるまでメッシーナ大学に入学することにした。兵役を先延ばしするためだ。いつ召集され、戦争に動員されてもおかしくない年齢だったが、それで数年は時間を稼ぐことができた。

ニーナベッラは季節外れの休暇に喜んで同意した。正直なところ、ミケランジェロが師範学校を卒業してからというもの、カタンザーロでの生活に退屈していたし、師範学校高等部へ進学してからは、あまりに多くの主要科目に悲惨な成績が並ぶようになり、そろそろ断念して故郷《くに》に帰ろうと思ったことも一度や二度ではなかった。だが、そのたびに人一倍高いプライドと、兄からの励ましの手紙によって思いとどまってきた。

村に帰ったニーナベッラは、日曜ごとに同じ年頃の近所の娘たちと教会に通い、戦争が早く終わりますようにと聖人という聖人に祈りを捧げた。娘盛りといわれる十八にはまだ満たなかったが、スピッラーチェの広場を横切る彼女の姿は、絶大な効果を引き起こした。それはカタンザーロにいたときよりもさらに強力で、彼女が通り過ぎたあとには感嘆の声が一斉にあがるのだった。

「すげえ美人だぜ！」「なんていい女なんだ！」「そそられる」「聖母像のような瞳」「見ろよ、あの牝馬《ひんば》みたいな腰つきに、妖精みたいな髪！」

村の若者たちは、ニーナベッラの容姿に母親ゆずりの正統派の美を感じとると同時に、神々しい火の輪に包まれているような気がして、近づきがたく感じていた。当時、スピッラーチェ村で学問を積んでいたただ一人の娘に対し、尊敬を通り越して畏怖の念を抱いていたため、いかに楽観的な夢を思い描いたとしても到底手の届かない存在だと思われていたのだ。当のニーナベッラは、ぼんやりとした表情で歩いているか、さもなければ教会で石膏の聖母像のように身動きもせずに佇み、若者たちの舐めるような視線と娘たちの羨望の眼差しを、不快に思うでもなく全身で受けとめていた。

天気の好い日には家族と一緒にロッサルコの丘に登り、みんなが畑仕事に精を出している傍らで、朝から夕刻まで絵を描いていた。ニーナベッラの邪魔はしないようにと父親から言い渡されていたので、たとえ疲労が限界に達していても、誰も彼女には手伝いを頼もうとしなかった。ニーナベッラは、ぶどう摘みとオリーブの収穫の時期にだけ自ら進んで手伝った。兄よりも器用で仕事も速かったが、長年の野良仕事で鍛えているほかの家族には当然ながら太刀打ちできなかった。しょっちゅう仕事の手をとめ、足腰を伸ばしては老いとリウマチを呪う言葉をつぶやく祖母でさえ、孫を二人合わせた分よりも多くの実を収穫した。

飛行機がいきなり方向を転換し、丘に向かってくることに最初に気づいたのは、祖母ソフィアだった。アルトゥーロがオリーブの巨木の枝を棒で叩き、落ちた実をみんなでしゃがんで拾い集めているなか、祖母はまたしても仕事の手をとめ、足腰を伸ばしていた。クロトーネ港を爆撃する戦闘機の轟音を気にする者は誰もいなかった。その頃にはもう空爆は、すぐ脇を通りすぎ、海へ消えていく蜂の群れのように、たしかに煩わしくはあるが直接の害を及ぼすことはないものとしてしか知覚されなくなっていた。「イエスさま、ヨセフさま、マリアさま！」空に向かって伸ばした手をふりまわしながら祖母が叫んだ。まるで、恐ろしげな形相で近づいてくる飛行機をその手で押しとどめようとするかのように。

みんなは一斉に顔をあげ、たちまち耳をつんざく爆音となった音の方向を見た。アルトゥーロは、オリーブの枝で視界が覆われていて、鈍く光る金属しか見えなかったが、咄嗟に状況を理解し、叫んだ。「伏せろ！　地面に伏せるんだ！」そして、先ほど自分で叩き落としたオリーブの実の海に飛び込んだ。

飛行機の片翼がオリーブの巨木のしなやかな先端をかすめたため、枝や葉や実が雨のように落ちてきて、その一部が、反射的に両手で頭を覆い地べたに伏せていたアルクーリ家の人々に降りそそいだ。続いて、不時着しようという一か八かの試みのなか、片足の利かないコオロギが跳ねるような上下運動をしながら機体が高台の端まで行ったところで、ふたたび身震いするほど加速しながら森の上空に舞いあがった。そのまま常磐樫の先端に胴体をかすめた状態でしばらく前進を続けたと思ったら、バリバリとすさまじい音を立てて木々を裂きながらスピードを落としはじめ、ティンパレアの断崖の直前でぴたりと止まった。機体の先端と両翼が宙に浮いた状態で、かろうじてバランスを保っている。

すぐさま立ちあがり、飛行機の落ちた場所に駆けつけようとしたニーナベッラとミケランジェロを、父親が制した。「行くんじゃない。危険だぞ」急いで小屋から猟銃を取ってくると、家族に命じた。「みんなわしの後についてくるんだ」トリペーピの森に分け入る父親の後ろから、一列になって家族が続いた。

ティンパレアの断崖の近くまで来たところで、飛行機から脱出する操縦士の姿が見えた。足もとが覚束なげで、酩酊しているかのように一歩ごとによろめいている。死の恐怖に直面したため、自分が生きていることがまだ信じられないというように、両の眼をかっと見ひらいていた。奇跡的に助かったのだ。背が高く細身の若者で、血まみれの額にライトブラウンの髪がへばりついていた。右の頬からも血が出ている。ぎくしゃくと頭を動かしながら、不時着した位置を知る手掛かりとなるようなものを探していたが何もない。次の瞬間、突きつけられた銃の先端が目に入った。操縦士は思わず空に向かって両手を挙げ、わけのわからない言葉で力なく抗議した。アルトゥーロは銃を構えたまままさらに近づき、質問した。「名前を名乗れ。どこから来たんだ？」男は答える代わりに恐怖でうわずった声で何か口ごもったが、次の瞬間、地べたにくずおれた。

「イギリス人みたいだ。少なくとも英語を話してた……」とミケランジェロ。

「かわいそうに。死んじまったのかい？」老ソフィアが息をぜいぜい言わせながら尋ねた。

「いや、気を失ったんだろう」アルトゥーロはそう答えると、男の左手首に二本の指を当てて確認した。「気を失っているだけだ。小屋に運ぶぞ」猟銃を息子に預け、見知らぬ男の両腋に手を入れて抱き起こすと、小屋まで引きずっていった。

しばらくして意識をとり戻した男は、ぐるりと輪になって自分をとり囲み、のぞき込んでいる顔々を見た。いったん目を閉じ、やっとの思いでもう一度開けた。痛そうに顔をしかめて膝に手をやった。それから、水を飲ませようとしていたニーナベッラの輝くような顔にしばし目線をとめ、まるで聖母を見たかのように甘い笑みを浮かべた。幸運にも命拾いをしたことがようやく理解できたのだ。とり囲んでいる人たちは、戦う意志などない民間人だ。おそらく農民だろう。男の口から、ささやき声のようなか細い声が洩れた。「マイ・ネーム・イズ・ウィリアム・ウィントン」

「なんて言ったんだい？」何も聞こえなかった老ソフィアが尋ねた。

「自分の名前を言ったのよ。ウィリアム・ウィントンですって」と、ニーナベッラが答えた。それから彼女は操縦士のほうに向きなおると、年齢順に家族を紹介しはじめたが、兄を指差したところで口をつぐんだ。しだいに大きくなるエンジン音を聞いたからだ。

「急いでこの男を干し草俵の後ろに隠すんだ」アルトゥーロは老母と妻にそう命じると、自分は小屋の外に出た。子どもたちも後に続いた。

それは軍用ジープだった。ロッサルコの丘に軍用ジープがあがってくるのは初めてのことだ。小屋の前で停まり、軍人が四人降りてきた。三人は銃で武装し、もう一人は拳銃を握っていた。拳銃の男が口をひらいた。「墜落した英国機はどこだ？　敵兵は生きてるのか？」男にはドイツ訛りがあった。おそらく偵察隊の長だろう。軍服の色から判断するに、ナチスのようだった。

「飛行機は向こうだ。絶壁の手前で壊滅状態です。墜落してから三十分ほど経ちます」と、アルトゥーロが答えた。

「乗組員の姿も見たか？」イタリア人らしき軍人が重ねて訊いてきた。

「乗っていたのは操縦士が一人だけでした。身体じゅう血だらけで、瀕死の状態だったわ。ふらふらとよろめきながら飛行機から降りてくるのが見えたけれど、まもなく姿が見えなくなりました。きっと崖から落ちたか、そうじゃなければ森に逃げ込んで海に向かったんじゃないかしら」ニーナベッラがあらかじめ準備していたかのようにすらすらと答え、父親と兄を驚かせた。

軍人たちは機体のほうへと走っていった。一人が操縦室を調べ、あとの三人は英国人の敵兵を捜索しているようだった。

アルクーリ家の人々は、それから一時間ほどして、汗だくになり、不満そうな面持ちで戻ってくる四人を見た。ドイツ兵は操縦室で見つけた書類を手に持っており、ほかの三人は口々に、「忽然と姿をくらましやがった」「ジープでマリーナ方面へ行くぞ。その辺で逃げ道を探してるにちがいない」などと言っていた。それでも、水を飲ませてほしいという口実をつけて、小屋にも入ってきた。中では、ソフィアとリーナが塩漬けにする大ぶりのオリーブの実を忙しそうに選別していた。

軍人たちが立ち去るのを待ち、アルトゥーロは干し草俵をどかした。すると、ウィリアムがニーナベッラのカンバスの上で横になって眠っていた。

「どうしたらうまく匿《かくま》いとおせるかわからんが、あんな悪党どもの手に引き渡すわけにはいかない。そんなことをしたら犯罪に加担することになる……」とアルトゥーロが言った。

「だけど、見つかったらあたしたちまでひどい目に遭わされるわ」妻が怖がって反論した。

「見つからなければいいのさ。幸いロッサルコは広いし、周囲に家はない。軍人たちはおそらくもう一度戻ってきて、入念に調べるだろう。だが、そのあとはもう来るまい。あのイギリス兵だって、怪我さえ治れば燕のように自由にどこへでも飛んでいけるさ」

子どもたち二人と老母はアルトゥーロの意見に賛成し、頷いた。リーナだけが顔を曇らせたが、それ以上は何も言わなかった。

「よし、オリーブの収穫を続けるぞ。何もなかったふりをしなければならん。いつもどおり、自然に振る舞うんだ。負傷した操縦士は、明日までゆっくり寝かしてやるとしよう」

23

ロッサルコの丘には何か所か、海岸沿いの平野や、さらにはチロやスピッラーチェの村からも遠望できる頂があった。「いいかい、あんたはぜったいにあの頂には姿を見せるな。たとえ鼻先だけでも駄目だぞ」アルトゥーロは、わかりやすい手振りを交えて言葉を強調しながら言い聞かせた。頭の回転の速いウィリアムは、にっこりと笑って頷いた。

予想したとおり、ナチスの分隊は翌日、こんどは二台のジープに分乗してロッサルコの丘に戻ってきた。何人かで手分けして、常磐樫の森を隈なく捜しまわったり、沢沿いに斜面をくだりながら、砂利や石にそれらしき血痕がついていないか河口まで調べたりしていた。ティンパレアの断崖の上でかろうじてバランスを保っている機体の外や中をひっかきまわす者もいた。

アルトゥーロは疑いを持たれないよう、敢えて小屋のドアを開け放しておいた。すると、中までわざわざ入って調べたのは一人だけだった。それも確信があってのことではなく、とりあえず念のためといった雰囲気だった。

イギリス兵は干し草俵の陰でニーナベッラのカンバスの上に座り、息を殺していた。彼の心臓は、せわしなく近づきふたたび遠ざかっていく足音よりも大きな音を立てているのではないかと思えるほど烈しく鼓動し、その数秒が途轍もなく長く感じられた。

やがて、エンジンの部品だけを手に軍人たちは帰っていった。おそらく交換用にでもするのだろう。リーナと老母ソフィアは胸もとで十字を切った。

こうしたことに関してアルトゥーロの予測が外れることはめったにない。つまり、これでもう、イギリス兵も安心して眠れるというわけだ。それでも用心に越したことはないと、アルトゥーロは彼に野良仕事用のズボンに麻のシャツを着せ、祖父アルベルトの古い上着を羽織らせた。服は丈が短く、若干ぶかぶかだったが、なかなかうまくカムフラージュできていた。さらにコッポラ帽をかぶれば、ライトブラウンの髪も傷のある額も隠せるし、早くも陽射しに負けた顔に陰ができる。他人が見れば、よそから日雇いで農作業をしにきた季節労働者だと思うだろう。実際、アルクーリ家ではときどきそうした労働者を雇っていた。

家から運ばれてくるおいしい食事のお蔭もあり、イギリス兵の回復は早かった。ほどなく、片足を軽くひきずりながらも歩けるようになったし、額や頬の傷はふさがり、膝ももう痛まなくなった。一週間も経つ頃には、アルトゥーロの農作業を手伝えるまでになっていた。とはいえ、生まれてこのかた鍬なんて一度も持ったことがないことは一目瞭然だった。それでも若いだけあって呑み込みも早く、何よりオリーブの実がずっしり詰まった重い袋を担いで運ぶようなときでも、決して音をあげなかった。「ミーノはラバのように力持ちなのね」と、リーナが称讃の眼差しで言った。

ミケランジェロの発案で、アルクーリ家の人々は彼を「ミーノ」と呼ぶことに決めた。誰かほかの人のいる前でうっかりイギリス兵の本名を口にしてしまい、秘密がばれてしまう危険を恐れてのことだ。要するに家族全員が一丸となって、ミーノことウィリアムを、あたかも自分たちの兄弟や息子のように暖かな繭のなかで護っていたのだ。彼のほうでもそれを十二分に感じていて、愚痴一つこぼさず、へとへとになるまで農作業を手伝うことでせめて少しでも恩を返そうとしていたし、毎朝、丘に来るアルクーリ家の人々を熱い握手で迎え、夕方には感極まった「ありがとう《グラツィエ》」——それは彼が最初に覚えたイタリア語だった——で送り出していた。そして、独り小屋に残るのだった。

　夜になると、ミーノは古いオイルランプに火を灯した。アルトゥーロと一緒に雨水を流すための溝を掘っていたときに見つけたものだ。たいていは家族に宛てて長い手紙を書いていた。もちろん投函することはできない。やすやすとファシストの餌食になるようなものだ。見つけ出されて銃殺され、匿ってくれている者にまで災難がふりかかる危険が現実となってしまう。

「ここで過ごしている日々を僕自身が忘れないように、そして家族にも語れるように、書きとめている。そうでないと、風のように吹き飛んでしまうから」ウィリアムのたどたどしいイタリア語を、ミケランジェロがわかりやすく言いなおした。自分たちの言葉をなんとか喋ろうとしている彼の努力に、アルクーリ家の人々は大いに敬意を払ってはいたものの、強い英語のアクセントでイタリア語を発音するので、ところどころしか理解できなかった。数週間が過ぎる頃、ウィリアムはニーナベッラやミケランジェロと話すことをとくに好むようになった。二人にならば理解してもらえているという確信が持てたし、学ぶことも多かったからだ。

　オリーブの収穫が終わると、ロッサルコには雨の降っていない日だけ、アルトゥーロが一人で行くようになった。ウィリアムと二人分の弁当を持って。野畑ですべき作業などほとんどない寒い時期に、家族みんなで丘に通いつめれば、村人たちに疑いを抱かれてしまう。

「ミーノは元気だった？」「何してた？」「腸詰め《サルシッチャ》は口に合ったかねえ」「シラスの唐辛子漬け《サルデッラ》を

塗った焼きたてのパンは？」「野生のアスパラの揚げ物は？」「うちの畑で穫れた玉葱とジャガイモのペペロナータは食べた？」「できたてのワインはおいしかったって？」「ミーノはなんて言ってたの？」「何か新しい単語を覚えたかしら」「よろしく言ってくれた？」アルトゥーロが丘から戻ってくると、家族は口々に尋ねた。矢継ぎ早の質問に父親が答えながら、ウィリアムからもよろしくと言っていたと伝えると、ニーナベッラの頬は赤く染まるのだった。

「元気に決まってるじゃないか。若くて頑丈で、食欲も旺盛だ。食事のたびに指まで舐めてるよ。馬車馬のように働いてくれる。いまは土地の耕し方やぶどう棚の造り方、剪定や下草刈りの仕方を教えてるんだ。ついでにカード遊びもな。トレッセッテにスコーパ、ブリスコラ、ソリティア……なんでもあっという間に覚えるし、なかなか頭がいいよ。だが、イタリアのワインは飲み慣れないらしく、ちょっと飲んだだけでトマトみたいに真っ赤になり、英語でオー・ソレ・ミオを歌い出す。戦争が終わったらロンドンの家にわしらを招待してくれるそうだ。郊外の広い家に住んでいて、父親はエンジニア、母親は女医で、裕福な家庭らしい。兄がいて、やはり出征しているそうだが、どこにいるかはよくわからない。それと妹もいるらしい。イギリスに帰ったら民間機のパイロットになって、世界各地を旅するのが夢だそうだ。ロッサルコの丘は天国のようなところだとも言ってるぞ。空から降ってきた遠い異国の者のわりにはいい鼻をしてて、丘の香りを嗅ぎわけるんだ。夜になると藁のうえで寝そべり、寂しさを紛らわせてくれる風の歌に耳を傾ける。風が話しかけてくるように感じるんだと。あの若者は、女子《おなご》のように繊細だ。繊細すぎるくらいにな。そのくせ、風の声はどこへ行っても同じだと言うんだ。わしは、それは違うと思う。大きな間違いだ」

風をめぐる意見の不一致は別として、アルトゥーロがイギリスの若者を好ましく思っていることは明らかだった。そのため、天気が悪くて丘に行かれない日は決まって不満げな表情を浮かべた。

「かわいそうに、一日じゅう独りで何をしてるのかねえ」雨降りの一日、家族で炉を囲み、焼き栗や揚げ菓子を食べているようなとき、老母ソフィアは誰に尋ねるともなくつぶやくのだった。

「手紙を書いてるのよ、お祖母《ばあ》ちゃん。そうじゃなければ、考えごとをしたり眠ったり……。臆病な子どもじゃあるまいし、稲妻や雷鳴を怖がったりはしないわよ」ニーナベッラが言うと、アルトゥーロも老母をなだめた。「おふくろ、そう心配するな。パンも付け合わせも一週間分はある。飢えじゃあ死なないし、孤独でも死ぬことはないさ」

ときには、なんの前触れもなく日中に天気が急に悪くなることもあった。いきなり空が真っ暗になり、土砂降りになる。風と雨が烈しく叩きつける丘からは、海の咆哮が聞こえ、波がしだいに高くどす黒くなっていくのがわかった。茶色い反吐のような海水が砂浜を呑み込み、ユーカリの森を越え、ジグザグを描くように海岸を侵食し、アポッロ・アレオ神殿の遺跡や漁師の掘立小屋に押し寄せる。水平線の上で続けざまに光る稲妻と雷鳴は、クロトーネ上空の雲を光らせる爆撃や対空掃射よりも迫力があった。

そんなとつぜんの嵐に襲われると、アルトゥーロは家に帰ることもできず、ウィリアムと小屋で雨宿りしながらひと晩を明かすことになった。そして翌日、家族の許に戻ると語って聞かせるのだった。「ロッサルコの丘は、まるで地獄に呑み込まれたようだったぞ。土砂崩れを起こして、小屋にいるわしらもろとも海に流されるんじゃあるまいかと気が気じゃなかった」

「それでミーノは？」

「あいつは、わしなんかよりよっぽど落ち着いてるよ。嵐には慣れてるらしい。一日飽きもせずにカード遊びをしたがるんだ。負ければ負けるほどやる気が出るらしい。ぜったいに引き下がらない。頑固なところはわしらと同じだな」

アルクーリ家の人々にとってそれは、「待ち」の冬だった。何よりも戦争が終わることを待ち望み、ミケランジェロに召集令状が届かないことを祈りながら、近隣のどこかの学校に教師として正式に採用される日が来ることを待ち望み、春が訪れて、ようやく赤く染まったロッサルコの丘に家族そろって行くことを待ち望んでいた。

とりわけニーナベッラは、「赤い丘」――彼女はロッサルコの丘をそう呼ぶようになっていた――の美しい景色を描きたくて、好い季節の訪れを心待ちにしていた。それだけでなく、早くウィリアムに会いたくてたまらなかった。彼が故郷《くに》に帰ってしまう前に、肖像画を描きたかったのだ。彼のあの吸い込まれそうな碧い瞳をカンバスに閉じ込めてみたかった。そんな気持ちを家族に伝えたところ、誰ひとり反対しなかっただけでなく、誰もが素晴らしい思いつきだと褒めた。

「そいつはいい、ニーナベッラ。そうすれば、神のご加護でミーノが故郷に帰れる日が来ても、ずっと忘れずにいられるからな」

そんな彼女の「絵描き屋さん」としての望みの下で、灰をかぶせた炭のように燃えあがりかけている想いに気がついたのは、母親だけだった。それは娘の初めての恋心だった。たしかにミーノは背が高くハンサムで、海のような瞳をしている。その魅力は女性であれば誰の目にも明らかなことで、ソフィアのように老いていようが否定できるものではなかった。ある日のこと、ソフィアがいつものことながら思ったままを率直に口にしたため、ニーナベッラは顔を赤らめ、そういったことに疎い兄には警戒心を抱かせることになった。「思うんだけど、あの若い衆は、この忌まわしい戦争が終わったらうちの孫娘と結婚するために、わざと空から落ちてきたんじゃないのかい？　美女に美男、お姫さまと外国の王子さま。神がそう仕組まれたんだよ。これこそ、変えられない定めというものさ」

24

雷雨が来るごとに季節は進んでいった。一月の終わりにはアーモンドの花が咲き、二月にはクローバーの花のクリーム色と桃の花のピンクがロッサルコの丘のそこここに水玉模様を描いた。三月の終わりになると待ちに待った春がわっとあふれだし、空気は温もり、歓喜に満ちた鮮やかな色で彩られた野や畑が山道に沿って連なり、不規則な波となって海まで押し寄せ、消えていた。

ウィリアムは、久しぶりにアルクーリ一家が丘に勢ぞろいしたことに大喜びし、その日は肖像画を描きたいというニーナベッラの申し出は後回しになった。翌日の朝、喜んで応じてくれることになったが、ひとつだけ注文がついた。「お願いです、ニーナベッラ。早く終わらせて。オーケー？」お天道さまの下でみんなが仕事に精を出しているというのに、じっと動かずにいることに耐えられなかったのだ。

「ミーノ、必要な時間はかけさせて。じゃないと、ろくでもない絵になってしまうわ。わかる？」

「何？」

「つまり、上手な絵が描けないってことよ」彼女はそう説明すると、いちじくの切り株にウィリアムを座らせた。背後では海がきらめき、足もとにはスッラの赤い絨毯がひろがり、ピロルの斜面へと続いていた。

そんな二人にミケランジェロは、ピロクテテスがこの丘にやってきて、海に面したその斜面に古代都市クリミサを創設し、海岸から五百メートルのところにアポッロ・アレオ神殿を建立したこと、それはおよそ二千五百年前の大ギリシア《マグナ・グラエキア》の時代だったことなどを語ってきかせた。ウィリアムとニーナベッラに挟まれ、スッラの絨毯の上に寝そべって空を見つめながら、説得力のある平明な語り口で話していた。

ウィリアムはその物語に魅せられた様子だった。マグナ・グラエキアのことなんて何も知らなかったと言いながらも、視線は、眉根を寄せて飽きもせずカンバスに向かっているニーナベッラから一時《いっとき》も逸らさなかった。まるで昨日の出来事のように生き生きと語るミケランジェロの口調に混乱し、二千五百年前というのを、二百五十年前のことか、あるいは二十五年前のこととでも勘違いしていたのかもしれない。「つまり、僕たちの下には、古いシティーがあると君は言うんだね？」と、ウィリアムは当惑したように尋ねた。

「『古い』んじゃなくて、『古代の』都市だよ。それに、僕が言ってるわけじゃなく、考古学者のパオロ・オルシ教授がそう言ったのさ。彼は、ちょうどこのあたりから発掘を始めたんだよ。僕も実際にそれを見てたんだ」そうしてミケランジェロは、出土品のことや、荒らされていた墳墓のこと、パオロ・オルシに買いとってもらった貴重な古代の硬貨のことなどにまで話をひろげていった。ただし、発掘のときに見つかった二体の白骨死体のことにはひと言も触れなかった。ロッサルコの丘の神話性を損ないたくなかったし、「丘には血塗られた秘密が葬られている」というオルシ教授の言葉が、いまだに熾火《おきび》のように彼の胸の内でくすぶっていたからだ。

「君はその話をほんとうに信じているの？」できるだけ身体を動かさないように注意しながら、

ウィリアムが訊いた。

ミーノ、僕には確信がない……とミケランジェロは答えたかった。ほんとうならいいなって思ってる。子どもの頃からずっとそう願ってるんだ……。だが、こう答えた。「ああ、信じてるさ。ずっとそう信じ続ける。いつか必ず謎に満ちたクリミサが姿をあらわす日が来る。戦争が終わったら発掘を再開するんだ」

食い入るような眼でウィリアムに見つめられながら絵を描くのは、ニーナベッラにとってあまり居心地のよいものではなかった。傍らでは兄が、もう何度聞いたかもわからない話をしているし、ほかの家族たちは、ときおり探るような視線をこっそり投げては何食わぬ顔でまた農作業を続けている。幸いなことにニーナベッラは、外界を遮断する能力に長《た》けていた。まるで自分は独り赤い島の頂上にいて、海と空のあいだで揺らぐ青のグラデーションのなか、ウィリアムの瞳と肖像画の瞳に挟まれ、現実と神秘の狭間をたゆたっているような心持ちになれたのだ。

「そんなふうに見ないで。お願い」カンバスのなかの瞳に絵筆を向けて、ニーナベッラは言った。すると実物のウィリアムが微笑み、おもむろにオリーブの巨木の方向へ視線を動かした。

ニーナベッラはそうして三日間、ウィリアムに同じ姿勢をとり続けることを強い、肖像を描きあげた。それからさらに二日かけて背景を描きこみ、細かな色遣いやぼかしを入れて完成させた。

みんなが口々にその絵を褒めた。「素晴らしい。とても素晴らしい」ウィリアムがそう言うと、アルトゥーロも自慢げに繰り返した。「わしの娘は、才能のある〝絵描き屋さん〟だ。そのうち有名になるぞ」一方、兄の評価はこうだった。「いままで描いたなかでいちばんいい絵だな」母もそれに相槌を打った。「当然だわ」祖母も同じことを言った。「当然よ」

ニーナベッラも初めて自分の作品に納得したようで、村まで行って額を作ってもらい、自分の部屋のベッドの前にその絵を飾ることにした。

同じ四月のある日、もう一つの「待ち」が終わりを告げた。ミケランジェロがサヴェッリ村の教育本部から呼び出されたのだ。いつかその日が来るということは頭では理解していたつもりだったが、彼自身なるべく考えないようにしてきたし、父親も考えることはなかった。二人とも決断から目を逸らしてきたのだ。おそらく、そのときになれば問題が解決できるか、あるいは奇蹟でも起こって問題のほうがひとりでに消えてくれるとでも思っていたのかもしれない。

スピネッリ本部長の説明は明快だった。「ヴェルツィーノ村の小学校に教員の空きができた。我らが党員《カメラータ》である教員が、志願して戦線に赴いたためだ。したがって、アルクーリ先生、あなたにこの任務をお願いしたい。明日までに、ファシスト党の党員証を提出するように。スピッラーチェの市長から聞いたところによると、君はまだ党員証を持っておらんそうじゃないか。必要不可欠な条件《コンディティオ・シネ・クア・ノン》だぞ。わかっているだろうな」

ミケランジェロは、自分の意志をはっきりと述べることは避け、とりあえず礼を言った。そして、まるで喪に服しているかのような陰鬱な顔で帰宅すると、夕飯のために台所に勢ぞろいした家族を前に言った。「ファシスト党に入党すれば、ヴェルツィーノの小学校に採用してもらえるそうだ」そこで一呼吸おき、母親と祖母が早くも興奮して、「おめでとう、ミケランジェロ。ようやく幸運があたしたちの味方をしてくれたのね」と喜ぶなか、言い切った。「僕は党員証を作るつもりはない。未来永劫ね」

父親は、押し黙って息子の眼を見つめた。

「さすが兄さん、偉いわ。あたしもきっと同じことをすると思う」ニーナベッラは称讃した。「だとしたら、あたしには世の中というものがちっともわからないね。学校で教える先生になりたくなかったんだったら、なんだってあんなに努力して、昼も夜も懸命に勉強したんだい？　うちの宝を売ったお金まで費やしたっていうのに」

「母さん、それは違うよ。もちろん僕は教えたい。だけど自由な学校でだ。わかってくれ、母さん。僕は、あの犯罪者たちと一緒になってこの手を汚すことだけはしたくない。僕は民主主義が訪れるのを待つことにするよ。近いうちに連合軍がシチリアに上陸し、ナチスどもを蹴散らして追いはらってくれるという噂を聞いたんだ。ムッソリーニを筆頭に……」

「そんなのいつになるかわかったもんじゃない」と、母親が遮った。

「もうよせ」父はそれだけ言うと、椅子から立ちあがり息子をしっかり抱きしめた。そして、それ以上は何も言わなかった。

復活祭の翌日の月曜日、アルクーリ家の人々はラバに荷車を曳かせ、みんなでそろって赤い丘に登った。荷車には、プローヴォラをはじめとした各種のチーズ、腸詰め《サルシッチャ》、ソップレッサータ、豚の足まるごと一本分の生ハム、屋外で炭火焼きにするためのラム肉、それに食べ放題のパンに飲み放題のワインが満載されていた。それだけでなく、オレンジやマンダリンは木から、レタス菜は畑から、新鮮なものを直に穫って食べることができた。アルクーリ家にはお金が足りなくなることはあっても、食べ物が足りなくなることは絶対になかったんだ。たとえ戦時下でもね、と父は誇らしげに語っていた。

ウィリアムは、その思いがけない祝宴に子どものように有頂天になり、さもおいしそうに食べたり飲んだりしたので、みんなもそれにつられた。アルトゥーロはその日、好奇心に満ちた目線や噂好きの口が周囲の丘からロッサルコに向けられているのを感じて言った。「用心してくれ。あんまり外をうろつくな。みんなで小屋に入ったほうがよさそうだ」

ウィリアムがアルトゥーロの助言に耳を貸さなかったのは、そのときだけだった。素晴らしい日和だった。彼の頭上ではオリーブの巨木がぐるぐるとまわっていた。アルトゥーロとミケランジェロが代わるがわる掻き鳴らすキタッラ・バッテンテの音楽に心が華やぎ、草原にひろげたテーブルクロスのうえのご馳走のまわりで、軽やかに素足でタランテッラを踊るニーナベッラに見惚れ、声を張りあげて歌う女たちのコーラスに聞き惚れていた。そのリズムや熱気に浮かれ、ウィリアムもまたコオロギのようにぴょんぴょんと跳ねまわり、調子っぱずれに手を叩き、頭がくらくらするほどワインを飲んだ。空のコップをリーナに差し出しては、「ワインください」とおかわりをせがみ、「おおリトルネッロ、おおタランテッラ、おおリトルネッロ、おおニーナベッラ」と繰り返し歌うのだった。

笑い声に音楽、食べ物の匂いが丘から丘へと駈けめぐり、祝祭を分かち合う思いにそれぞれの家族を結びつけ、数時間のあいだ、戦争への恐怖や、前線に駆り出されている息子や親族や友人たちが冒す命の危険への不安をはらいのけてくれたのだった。

夕方になる頃、ウィリアムはとうとうクローバーのクリーム色の花の上に倒れ込んでしまった。満悦の笑顔をオリーブの巨大な枝先に向け、開いた口からは、「おおリトルネッロ……ベッラ……ベッラ」という、その日の最後の歌を思わせるつぶやきの混じったリズミカルないびきが洩れていた。

アルトゥーロはウィリアムをひきずって小屋の中に運んだ。「今日はこれ以上、危険を冒すわけにはいかない」そしてまた外に戻ってくると、言い添えた。「一生忘れられない復活祭になったな。こんなに楽しかったのは子どものとき以来だ」それから息子の顔をじっと見つめた。アルトゥーロの額には深い皺が刻まれ、瞳には黒い影が差した。その場にいた誰もが、そのとき彼の頭によぎった思いを察していた。

悲愴感を和らげようと冗談めかして口にするつもりだったミケランジェロの台詞は、怖いもの知らずの無茶としか響かなかった。「召集令状が届いても、そんなものはすぐに破り捨てるさ。僕は兵役には行かない。そこまでアホじゃないよ。ミーノと一緒にティンパレア渓谷に身を潜めることにするよ。あそこなら、全能の神だろうが見つけだせやしない」

するとアルトゥーロは、場違いともいえるほど強い調子で諭した。「まさか本気で言ってるんじゃないだろうな。そんなことを考えるのは愚かな奴だけだ。戦時下に人を欺こうなんて思ったら、たちまち銃殺刑だ」

「冗談で言っただけだよ、父さん。冗談だってことぐらい、風にだってわかるだろ」

「言っていい冗談と悪い冗談がある」

村に戻る前、家族が手分けして食べ物の残りや食器を荷車に積んでいるあいだ、アルトゥーロはキタッラ・バッテンテを手に、オリーブの巨木の根もとに足を組んで座ると、抱えていた苛立ちを晴らすために、指先で素早く共鳴板を叩きながら勢いよく弦を掻き鳴らした。即興で奏でたその音楽ははじめのうち彼の心情と同様に真っ暗なものだったが、しだいに心が締めつけられるような旋律を帯び出し、アルペジオを奏でるごとにアルトゥーロの表情も少しずつ柔らかくなり、眉間からは皺が消え、夢を見るような眼つきになり、調子っぱずれのその声は、リーナの家の窓の下でセレナータを奏でていた頃のように若々しいものとなった。

いまだに彼に恋をしているリーナの目から一筋の涙がこぼれた。それが夫にとって、そして家族が全員そろって過ごすことのできる最後の楽しい夜だということを、彼女は悟ったのだった。

25

「いいか、ミケ。どんなときも注意を怠るな。そうすれば最悪の事態は避けられる。それと、着いたらすぐに手紙を寄越せ。わかったな?」家族全員を代表して、父親がそう言った。女たちはこみあげる嗚咽《おえつ》を押し殺し、泣くまいと必死で堪え、チロの駅にひとつだけあるホームに停まった列車を凝視していた。

父親に対し、ミケランジェロはその頃、家族に何か言われるたびにまるで童歌《わらべうた》のように繰り返し口にしていた決まり文句で応じた。「わかってるってば。気をつけるから心配しないで。手紙もできるだけ早く書くよ」彼のポケットには、目立つように配属先の記載された召集令状がしまわれていた。ラ・スペツィアのガリバルディ兵舎。

こうして、「待つ」ことは終わりを遂げた。大学に在籍したお陰で出征は一年延びたものの、こうなっては風に弄ばれる一枚の紙切れ同然で、光と闇のあいだをさまよっているような心地だった。戦争の恐ろしさよりも、心の奥に湧きあがる虚しさや、魂の欠片も感じられない一枚の紙切れに屈すること、黒シャツ姿の見知らぬ他人に決められた出発といったものに我慢がならなかった。戦争のおぞましさは、もっぱら残される家族の胸に、とりわけ実際に戦地を体験した父親と、戦争で大切な息子たちを亡くした傷がいまだに癒えない祖母の胸に重くのしかかっていた。

父親は、短く、しかし力いっぱい息子を抱きしめた。ミケランジェロは列車に乗り込み、いちばん近くの開いた窓から顔を出した。彼の横ではほかにも何人もの若者が、ホームで押し合う見送りの群衆のあいだに家族の視線を探していた。

列車は、何枚もの揺れるハンカチと、その日の光あふれる空をつかもうとするかのように高く伸ばされた手のあいだをゆっくりと走り出した。五月のことだった。列車がピロルの斜面にもっとも近いところを走り過ぎるとき、丘の香りが思いもかけない愛撫のようにミケランジェロをかすめた。そのほんの数秒のあいだに、彼の頭には挑むような思いがよぎったのだった。生きて還らなければ。必ず。この齢で死んでたまるか。ここに戻ってきて、またこの香りを嗅ぐんだ。それは、出征するときの父親の頭によぎったのと同じ思いだった。

赤い丘はまたたく間に走り去り、香りも消えてしまった。


不安ばかりがはびこる季節の始まりだった。スピッラーチェの村では、戦争をめぐるさまざまな憶測や噂、希望や絶望が入り乱れ、もつれ合い、相矛盾するようになっていった。アメリカ軍がシチリアに上陸したぞ。ファシスト軍はまだねばってるらしい。ムッソリーニもそろそろ運の尽きだな。王が首都から逃げ出したらしいぞ。そんなの嘘に決まってる。ドイツ軍は無敵で、ムッソリーニは勝利に勝利を重ねてるらしい。そんなの誰から聞いたんだ。実際はその逆だ、いまにわかるさ。毎晩、診療所の医者が乾電池式のラジオを大音量で流すため、若者も年寄りも窓の下に押しかけ、嘘だらけのニュースを聴いていた。

翌日には、アメリカ軍上陸の噂を聞いた者たちがスピッラーチェ周辺の村有地を耕して畑にしようと占拠した。前の年の秋には、ひときわ困窮した農民たちが勇気をふりしぼり、耕作されていないドン・リコの土地に小麦の種を蒔いたが、軍警察に通報され、逮捕されていた。

アルトゥーロは、同志とともに土地の占拠をひそかに計画しながらも、ロッサルコの丘での畑仕事に手を抜くことはなかった。そして小屋では相変わらずウィリアムを匿い続けた。ウィリアムのことを同志に打ち明けたいという誘惑に駆られたことも一度や二度ではなかったが、幸い思いとどまった。秘密がひとたび丘の境界線、あるいはアルクーリ家の敷居を越えたら、ウィリアムのみならず自分たちも大きなリスクを背負うことを自覚していたからだ。

いずれにしてもファシズムの崩壊が近いことは空気のなかに感じられた。「二十年も耐え忍んできたんだろ。あと数か月の辛抱さ。そうすれば暮らしも変わる」アルトゥーロはそう言い、ある晩ファシスト党員の集会室になだれ込んでムッソリーニの胸部の石膏像を粉々に砕いてしまった勇み足の若者たちをなだめるのだった。一方で、シチリアにアメリカ軍が上陸したというニュースを聞いたウィリアムの、全身にあふれる危険な昂揚感を抑えこもうと必死だった。「落ち着け。ここを出るのはまだ早い。仲間が迎えに来るまで待つんだ。いまはまだ、ナチスやファシストがうろついている。丘を出たら、たとえイギリスの蝿一匹だろうと連中の目を逃れることはできないぞ」そしてウィリアムの興奮を鎮め、無茶をさせないために、ミケランジェロは形ばかりの訓練を受けて東部戦線に送りこまれたきり連絡が取れなくなってしまったことを強調するのだった。現にミケランジェロからは、最初のうちこそ定期的に手紙が届いていたが、その頃には約束が果たされなくなっていた。それは、彼の周囲で戦闘がこれまでになく烈しさを増し、渦を巻いている証拠だった。

六月の午後のこと、息子の身を案じるあまり聖アントニオの像の前で祈る父親の姿を、ニーナベッラは思いがけなく目撃した。ふだんは不信心で、結婚式のときと子どもたちの洗礼のときにしか教会に足を踏み入れたことがないというのに。

　ついにファシズムが崩壊し、ムッソリーニからバドリオに政権が移ったというニュースは、収穫期の麦打ち場から麦打ち場へとこだまするようにひろがった。その頃、大半の農民たちは麦袋を見張るために野畑に寝泊りしていた。麦袋は、運び屋《ヴィアッジェーリ》と呼ばれる若者たちがロバやラバの背に載せて運んでいたのだ。医者の家のラジオで聞いた朗報をひろめていたのは、こうした若者たちだった。

　こうなるとスピッラーチェのファシストたちは身を隠す場所を失い、どう振る舞うべきかもわからず、二十年ものあいだ横暴、粛清、流刑、投獄といった不当な仕打ちにひたすら耐え続けた人々の報復を恐れていた。

　アルトゥーロは、連中を引き裂いてやると息巻く者たちの滾《たぎ》る心を懸命に鎮めた。彼らが、積もり積もった怒りを晴らすために、ファシストの集会場を書類や党旗、総督《ドゥーチェ》の写真や新聞ごと焼きはらうことには口を挿まなかったが、個々の人間には絶対に手を出すなと説得した。そんなことをすれば、不当にも罪もない妻や子どもたちまで巻き込むことになる。もっとも、ドン・リコのような骨の髄までの罪人は、カタンザーロやコゼンツァ、あるいはもっと北のナポリへと親類縁者を頼ってとっくに逃げ出していた。無名の市民に身をやつし、自分たちに有利な時代が来るのを待つつもりなのだろう。

「ドン・リコは懲らしめてやりたかったがな。恐怖でクソをちびるような思いをさせたかったよ。あいつの粗野な手下どもにひまし油を咽に無理やり押し込まれたとき、わしが味わったような思いを」アルトゥーロは恨みを隠そうともせずに言った。「どのみち、奴はいつかきっとスピッラーチェに戻ってくるだろうよ。そうしたら、あいつを裁判にかけ、この二十年、わしらの犠牲のうえで私腹を肥やしてきた一切合財を吐かせてやるんだ」

アルトゥーロ・アルクーリの言葉は確信に満ちていると同時に説得力があった。カリスマ性があり、経験も豊かな彼の話に、その晩広場で耳を傾けていた同志たちは早くも、近い将来、民主的な選挙がおこなわれるときには彼を候補者名簿の筆頭にしようと決め、これだけ弁が立つならば、村長か、はたまた代議士確実だと噂した。アルトゥーロ・アルクーリ。農民出身の村長。彼の愛する丘と同じ、「赤」の代議士……。

「同志諸君、そんなに先を急ぐな。戦争はただ北部に場所を移しただけで、まだ終わってないんだ。まあ、みんなからの信頼はありがたいがな」アルトゥーロは厄除けのジェスチャーをしながらそう答えた。

折しもぶどうの収穫期にあたり、家族総出で働きずくめだった。丘に行くたび、アルトゥーロはウィリアムにも注意を怠らないよう口を酸っぱくして言うのだった。「すぐに自由に飛べるようになるから、もう少しだけ辛抱しろ。いまはまだ、北を目指して退却していくドイツ軍のジープや装甲車をたくさん見かけるし、ファシスト隊も敗走中だ。連中がこのあたりから完全にいなくなったら、一緒にスピッラーチェの村におりて、本物のベッドで何日かゆっくり眠り、盛大に自由を祝おう。あんたに仲間を紹介したいし、村も案内したいんだ。それから連合軍のところに行くことにしよう」

「オーケー」とウィリアムは答えたものの、引きつった笑みを浮かべてニーナベッラの眼をじっと見つめた。彼の顔に喜びの色はなかった。

ニーナベッラはそんなウィリアムをからかった。「お葬式みたいな顔をしてないで、喜んだら?」

「ソウシキ……? 何の意味ですか?」

「人が亡くなったときにする、悲しい儀式のことよ」

ウィリアムは、きょとんとした顔をして目をぱちぱちさせた。彼女の説明が理解できなかったのだ。いや、理解したくなかったのかもしれない。ニーナベッラは、ウィリアムに抱きつき、心の内に秘められた苦悩を癒してあげたいという衝動に駆られた。だが、両親がすぐ近くにいて、摘みとったぶどうの入った籠を荷車に積む作業をしていたため、眼差しと微笑みでそっと撫でるにとどめたのだった。そのとき素直にウィリアムに抱きつけなかったことが、のちに何年にもわたって彼女の青春における最大の悔いとなろうとは思いもせずに。

ほどなくニーナベッラは、荷車に乗って祖母と母親と一緒に自宅に帰っていった。父親は、翌日スピッラーチェに運んで圧搾することになっていた残りのぶどうの見張りをするため、ウィリアムとともに丘に残った。

「じゃあ、また明日な。頼むから早く来てくれよ。午《ひる》には運び終えたいんだ」

それがアルトゥーロの最後の言葉となった。


翌朝、スピッラーチェから丘に向かう途中でニーナベッラたちは、わがもの顔で海から昇ってくる太陽を見た。燃えるように赤く、巨大な太陽。母親と娘は思わずため息をついた。九月の終わりらしい素晴らしい秋晴れになるだろう。

丘では、土埃を渦状に巻きあげる暖かな風に迎えられ、目を閉じずにはいられなかった。ところが、ぶどう畑に着いても誰の姿も見えない。三人で声をそろえて呼んでみた。「どこにいるの？」だが、アルトゥーロの返事もウィリアムの返事もなかった。

最初にニーナベッラが荷車から降り、小屋のなかに入っていった。入口の戸は開け放たれたままで、数歩奥に入った床の上に、ひっくりかえった籠や、つぶれたぶどうの房が散らばっていた。蜂がぶんぶん唸りながら群れ、酔っているかのように、血を思わせる赤くて甘い果汁に頭を突っ込んでいた。

それを見たニーナベッラは不吉な予感がして慌てて外に飛び出した。すると、母親と祖母がオリーブの巨木の前で立ちすくんでいた。恐怖に歪む顔を両手で覆いながら、ニーナベッラは悲鳴をあげた。幼かった頃、無数の蛇がかたまってうごめいているのを目にしたときのように。目の前の光景が到底信じられず、半狂乱で叫び続けた。その声に我に返った母親と祖母は、とにかく声を張りあげて呼んだ。「アルトゥーロ、アルトゥーロ、どこなの？　返事をしてちょうだい！」

ウィリアムの身体が風に押されてゆっくりと揺れていた。縄で首を絞められているせいで完全に見ひらかれた大きくて碧い瞳に陽光が反射し、熱い光を放っていた。絶望と苦痛が入り混じったような、なんとも言いあらわすことのできない表情を浮かべ、命のない丸太のようにぶらぶらと揺れていた。

「おお、聖アントニオさま、なんということ。アルトゥーロはどこへ行ったの？　なぜ返事もしてくれないの？」と、リーナは老母に問いかけた。

打ちひしがれ、草むらに膝をつき泣きくずれるニーナベッラ。

十分あまり経っただろうか、川向うのドン・リコの農地で畑仕事をしていた四人の小作人たちが駆けつけた。悲鳴が聞こえたんでね、と息を切らしながら。何が起こったのかは尋ねるまでもなかった。オリーブの巨木から吊り下がる見知らぬ男を見ると、小作人たちは帽子を脱ぎ、胸もとで十字を切った。一人が草むらの血痕に気づいた。長い線状に続いていて、見知らぬ男の真下にできているスッラの花のような緋色の血だまりで終わっている。「背後から撃ったあと、ここまでひきずってきて木に吊るしたらしい。これでは二度殺されたも同然だ。情けの欠片も持ち合わせない殺人鬼の仕業にちがいない」

「絞め殺された男は誰なんだい?」アルクーリ家の女たちに向かって尋ねた。「アルトゥーロはどこだ?」

「さっきから何度も呼んでるんだけど、返事がないんだよ。連れてかれたのかもしれない」最初の質問は聞こえなかったふりをして、老母が答えた。

「誰に?」

「逃げる途中のファシストか、サン・ニコラから退却中のドイツ兵。さもなければ名前も口にできないような地獄の悪魔に決まってる」と、リーナは言った。

「この哀れな若者は知り合いかい?」小作人たちは遺体を丁重に縄から外し、オリーブの根もとに横たえながら、もう一度尋ねた。

質問に答える代わりに、女たちはそれぞれ夫であり父親であり息子であるアルトゥーロを呼び、聖霊の名まで口々に叫んだが、なんの答えも返ってこなかった。風までが、音もなく波打つ海に吸い込まれたかのようにぴたりと静かになった。女たちが繰り返し呼ぶ声だけが悲しげにこだました。「アルトゥーロ、どこにいるの? 返事をしてちょうだい。ああ、神よ。ねえ、どこへ行ってしまったの?」アルトゥーロは忽然と姿を消したのだ。

そのときニーナベッラは、ウィリアムの死んだ眼を凝視したまま、朝の陽射しの下で寒さに身を震わせていた。彼女の衝撃の深さに気づいた者は誰もいなかった。父さんはどこ？　あたしはいまどこにいるの？　きっと夢を見ているのよね。もうすぐ父さんの声が聞こえるはずよ。そしてあのたこだらけの手で頬を撫でてくれるわ。こんなにつらい夢を見たあとでも、父さんに撫でてもらいさえすれば、きっと子どもの頃のようにぴょんと飛び起きられる。そしたらみんなで一緒に血塗られた赤い丘を捨て、二度と足を踏み入れたりはしない……。

赤

あの日を境に、赤い丘には一歩も足を踏み入れていないの、と叔母のニーナベッラはスピッラーチェ村に向かう車のなかで僕に言った。毎年のことだが、聖母被昇天《フェッラゴスト》の祝日の前日、僕はラメーツィア空港まで叔母を迎えに行ったのだ。叔母はいつにも増して元気そうで、おまけに饒舌だった。物憂げで、腰も曲がりはじめ、身なりに無頓着な父とは正反対で、叔母はまったく年齢を感じさせない。この日もまた、エリザベス女王よろしく奇抜な帽子を頭に載せていて、華やかな色の薄地のワンピースが、少しも衰えていない曲線美を際立たせていた。

「叔母さんはぜんぜん齢をとらないね。ソフィア・ローレンみたいだ」お世辞ではなく、そんな褒め言葉が僕の口をついて出た。

微笑んだ叔母の口もとから、きれいに並んだ白い歯がこぼれた。「だとしたらきっと、ロンドンのじめじめした空気やストレスが、あたしをナフタリン漬けにしてくれてるのね。ストレスはあたしにとって、老化予防のビタミン剤みたいなものよ」

そんな彼女の顔が曇ったのは、僕の頼みに応じて、英国人のパイロットの話をしているときだった。

村へと続く県道をしばらく走ったところで、叔母は目を伏せた。ときおり視線を前方に向けたり、左に向けたりしながら、ロッサルコの丘のシルエットが目に入るのを——そして、おそらく思考に入るのを——慎重に避けていた。

父が一年ほど前から丘の小屋を改築して住みついていること、そしてスピッラーチェ村に行く前に、よかったら寄って挨拶をしていくようにと言っていることを僕が伝えると、叔母は水の干あがった沢をじっと見つめながら答えた。「ミケランジェロ兄さんは、ますます変わり者になっていくのね。死んだお祖父《じい》ちゃんにそっくり。名前を継がなかったぶん、風変りなところを継いでしまったんだわ。あたしに会いたいのなら、兄さんのほうがうちに来ればいいのよ」

村に入ると、叔母は車の窓を全開にして肘を出し、中心街で自分のもっともまぶしい笑顔をふりまく準備をした。僕たちの車のほうを見る人には誰にでも、たとえ相手が知らない人でも手をふって挨拶した。年輩の村人たちは、奇抜な帽子からすぐに彼女だとわかり、大きな声で告げた。

「ニーナベッラ女王さまのご到着だぞ」

僕は叔母のスーツケースを家に運び入れ、その後、車でロッサルコの丘に登った。

父には、叔母が村で会いたがっていると伝え、夕飯を食べに来ないかと誘った。父はぶつぶつ文句を言い、荒い息を吐きながらも承知した。「まあ、おそらくここまで会いには来ないと思っていたよ。あいつは生きているかぎり、自分の考えを変えることはないだろう。大都会で暮らすようになってもう五十年にもなるというのに、石頭は子どもの時分のままだ」そう言うと父は、貯蔵庫からガリオッポのワイン三本と、乾燥いちじくの入った籠を持ってきて、僕の車のトランクに積み込み、一緒に村へおりた。

スピッラーチェの村に着くと、途中、父は店に寄るように言い、ひと月分のパスタと煙草を買い込んだ。そして家に着くなり、玄関先に置いてあった鉢植えの花やパセリやバジルを見て、僕に小言を言った。「お前は植木に水もやれないのか。枯れかかってるじゃないか！」そのときの父は、ものすごく気が張りつめた様子だった。

父の声を聞きつけたニーナベッラ叔母さんが、小走りで出てきた。二人は低い声で何やら言葉を交わしながら、長いあいだ抱き合っていた。それから、僕たちは廊下を通り抜け、バルコニーに出た。叔母が夕食を調えていたのだ。叔母は丘を背にして座り、僕たち父子がその前に座った。僕は、それまで節々に感じられた二人のあいだの緊張が食事のあいだに火を噴くのではないかと気掛かりだったが、そんなことはなく、パリで開かれた叔母の最新の個展のことや、シモーナが妊娠したことなど、和やかな会話ができた。腸詰め《サルシッチャ》のタリアテッレや、ワインやいちじくを褒め、ストイックにもまとわりつく暑さと蝿や蚊に耐えながら。

翌日もそのまた翌日も、バルコニーでの夕食は続けられた。叔母と父が顔を合わせるのは一日のその時間帯だけだった。僕が海に行っていて遅く戻ったときなど、二人はバルコニーの手すりに寄りかかり、瞼を軽く閉じて、無言で煙草を吸いながら僕を待っていた。遠く離れて暮らし、一年ぶりに会うというのに、互いに話すことは何もないかのように。

日中は二人それぞれの道を行く。父は丘へ行き、明け方はモロッコ人の仲間たちと、夕方は一人で発掘作業に勤しみ、昼の暑い時間帯はオリーブの巨木の下で涼んだ。叔母はうだるような暑さをものともせずに村をぶらつき、親戚や幼馴染みを思いつくまま訪問し、何杯ものアイスコーヒーを飲み、ますます寛いだ様子でお喋りに花を咲かせるのだった。

物置きには画材が詰まっているというのに、一週間の休暇のあいだ叔母は一度も絵を描かなかった。必要に迫られてないからよ、と言い訳したが、ほんとうのところ、ロッサルコの流血事件以来、故郷では一度も絵筆を握っていなかったのだ。最初のうちはロンドンでも絵を描けずにいた。そんなある晩、客を招いて夕食を振る舞い、父から送られてきた赤ワインを飲んでいたとき、ほろ酔い加減だったからか、あるいは単に持ち前の不器用さからか、ワインの入ったクリスタルグラスを勢いよく口もとに運んだはずみで、グラスの縁が歯に当たって欠け、歯茎と唇を切ってしまった。血飛沫とこぼれたワインが彼女の絹のブラウスに染みをつくり、さらに純白のテーブルクロスに染み込んだ。彼女は、まるで古傷がふたたびぱっくりと口を開けたかのように顔面蒼白になった。

それからというもの叔母は、赤い色に異常な執着を見せ、ふたたび絵筆を握ると、憑かれたように描きはじめた。それは、干し草俵の裏に放置したまま見ないようにしてきたカンバス同様、その晩までずっと薄暗い心の片隅に押し込めてきた、叔母の人生における弔いを丹念になぞる行為でもあったのだ。血の赤、枢機卿の赤、帝王の赤、太陽の赤、炎の赤、ワインの赤、錆の赤、エンジムシの赤、夕焼けの赤、唇の赤、火の赤、ロッサルコの赤、木苺の赤……。単に《赤》とだけ題された最初の個展は、大きな反響を呼んだ。彼女は「ニンナベル・A」とサインをした。個展のために、若くして白くなっていた髪を鮮やかな赤に染め、内面も外面もいちどきに若返ったのだ。

話の途中で、叔母はふと思い出したように父のことを尋ねた。「あの熊男は丘でいったい何をしてるの？　あたしには何も話してくれないけれど……。いつもに輪をかけておかしいと思わない？」僕は叔母にほんとうのことを語った。「発掘してる。このところますます発掘にとり憑かれてるみたいで。あらゆるものに猜疑心を抱き、めったに笑わなくなったよ」

叔母がロンドンに帰っていく前日、僕は、パオロ・オルシが発見したという白骨死体について尋ねてみた。叔母の返事は実に曖昧なもので、僕がすでに知っていること以上は何も語らなかった。そして、最後ににべもなく言った。「あたしからしてみれば、丘を発掘するなんてとんだ間違いよ。何年も前にソフィアお祖母《ばあ》ちゃんだってそう言ってたわ。真実のなかには、そっと埋めておいたほうがいいものもあるはずよ」一方で、戦後のことについては父よりも詳細に話してくれたが、あたかも一連の出来事は自分には関係のないことだとでもいうように、距離を置いているのが感じられた。

最後に叔母は、思いもかけない行動に出た。「ちょっと待って」と言って自分の寝室に入っていき、しばらくして出てくると、僕の掌に金貨を載せたのだ。「これをあなたにあげるわ。古代の硬貨だから、それなりの価値があるはずよ。パオロ・オルシにもらったの。あなたのお父さんも同じような硬貨を持ってる。彼はその硬貨に命を救われたけれど、あたしには何の御利益もなかった。それどころが、あの流血事件のあった最悪の日からというもの、何度海に投げ捨てようと思ったかしれないわ。見るたびに赤い丘を思い出すのがたまらなくてね。だけど、村を出てロンドンへ行くとき、自分の部屋にしまっておくことにしたの。遠く離れたところにあれば、目にも、心にも、そして頭にも勝手に忍び込んできたりしないものね」

26

海を背にしてスピッラーチェ村へと続く道に差し掛かったとき、黄昏のぼんやりとした光に包まれたロッサルコの丘が見えた。彼は丘に向かって笑い、「戻ったぞ」と声をかけた。家に帰ってきたという実感がこみあげた。やっと、生きて還れたのだ。

登り坂の近道を歩いていると、一日の仕事を終えて帰る農夫たちの集団に追いついたが、すぐには誰だかわかってもらえなかった。鬚も髪も伸び放題、身体じゅうに黄土色の土埃がこびりつき、列車、荷車、馬、自転車、郵便バス、トラックなど行き当たりばったりの交通手段も部分的には利用したものの、ほとんど歩きどおしの長旅のせいで衰弱しきっていた。

「十字架に磔《はりつけ》にされたキリストかと思ったよ」情の深い農夫たちはそう声をかけたものの、ロッサルコで起こったことを知らせる勇気はなかった。家が近所の一人が、最後の急坂を歩いて登るのはきついからと、ラバに乗るよう勧めてくれた。彼をよく知っているはずのその男でさえも、事件のことを告げる気にはなれなかった。その顔にあらわれていた帰還の喜びを曇らせたくなかったのだ。ミケランジェロは、少なくとも生きている。痩せ細った幽霊のようだったが、生きて還ってきた。

家に着くと、女たちに代わるがわる抱きしめられ、嬉しいのか悲しいのかもわからないほど大泣きされ、もみくちゃにされた。ミケランジェロは笑って言った。「そんなに泣かないでくれよ。元気で生きて還ってきたんだ。ほら、このとおり」そのとき、父親の姿がないことに気づき、尋ねた。外はもう暗かった。こんな遅い時間まで畑で何をしてるんだ？

真実を告げたのはニーナベッラだった。泣き出しそうになるのを必死で堪えながら、ウィリアムの凄惨な最期について、そして、その日から跡形もなく消えてしまった父親について話した。三人であちこち捜しまわったけれど見つからなかった。でも帰ってくるって信じているわと、兄を悲しみのどん底に突き落とさないために気丈に言ってみせた。ナチスの強制収容所に入れられてしまったのかもしれないし、ファシストによって投獄されたのかもしれない。あるいはうまいこと逃げてパルチザンと一緒にどこかで戦っているのかもしれない。シーラ山の洞窟に身を潜めたまま、戦争が終わったことも知らずにいるという可能性だってあるし、イタリア国外の病院に運ばれ、治療を受けているということも考えられる。「父さんはいつか必ず帰ってくる。あたしはそう感じるの」ニーナベッラは最後にそう言うと、兄にすがりついた。そして、いま口にしたばかりの希望を含み持つ言葉とは裏腹に、悲嘆に暮れた嗚咽を洩らすのだった。

母親のリーナと祖母のソフィアは少しも疑っていなかった。いや、疑っていたのだとしても顔には出さず、「アルトゥーロはこの世のどこかで必ず生きてるよ」と言った。ソフィアは毎晩、キタッラ・バッテンテを抱えて陽気な音楽を奏でているアルトゥーロの姿を夢に見ると言っていた。

「僕も父さんは生きていると思う」とミケランジェロは言った。「何がなんでも見つけ出して、うちに連れて帰ってやる」

翌朝からミケランジェロの父親捜しが始まった。八月のことだった。久しぶりに訪れる丘は、しばらく放置されていたため、すさんだ顔をしていた。勝手放題に枝を伸ばしたオリーブや果樹の隙間を、枯草や行儀芝《ぎょうぎしば》、乳香樹や金雀枝《えにしだ》の茂みが覆いつくし、ぶどう畑では伸びた枝どうしが絡み合い、いちじくの幹にまで巻きついていた。猛烈な風が吹いていた。鎌や鋤で植物をはらいながら、ようやくトリペーピの森にたどりついた。マッチの燃えさし一本、あるいは遠くから火の粉が一つ飛んでくるだけで、地獄の火の海になりかねないほど乾燥していた。

一日目は、苦労しながらも、自分と父親だけが知っている秘密の場所をいくつか見てまわった。丘の頂近くにあり、すぐ下が急流になっている岩場の、茨の茂みの奥に隠れた難攻不落の洞穴だ。煙草の吸殻や空の薬莢、足跡、藁のねぐらといった、なんでもいいから父親が隠れていたことを物語る痕跡を探してまわった。だが、見つかったものといえば、干からびた夾竹桃の弓が三本だけで、これといった手掛かりは何一つなかった。

家に戻ったミケランジェロは、傷だらけの両手に、最高に旨いいちじくがいっぱいに入った籠と、英語で書かれた手紙の束を抱えていた。「干し草俵のあいだに隠されていた木箱のなかに、こんなものが入っていたよ。活字体で書かれた住所まである。ウィリアムの家族に送ってやらないといけないな」

「わかった。あたしが送る」とニーナベッラが言った。「小包にして郵便で送ればいいんでしょ？」その声は微かに震えていた。

翌日、ミケランジェロは日雇いの若者の一団を引き連れてロッサルコの丘に戻った。みんな彼と同様、戦争から帰還した者たちだ。職を求めて広場にたむろしていた数十人の失業者のなかから雇ったのだ。下草を刈り、無用な枝を落とし、藪や雑草を取りのぞき、畑のぶどうの木の使いものになりそうなものだけ残して手入れをし、小屋の隅々まで掃除し、山道を通れるようにし、いまにも崩れそうな斜面に石を積んで石垣を造るといった一連の作業を彼らに任せた。

そうして自分はティンパレア渓谷に行き、父親の捜索を続けた。墜落した飛行機を見つけたが、完全に蔦に覆われ、常磐樫の森に埋もれた尾翼が蔦のおかげでかろうじて機体と結びついていた。いままさに宙に向かって飛び立とうとしている緑の飛行機のオブジェのように見えた。ミケランジェロは片手で蔦につかまり、断崖のほうへとできるかぎり身を乗り出してみた。「おーい、父さん」声を張りあげて何度か呼んだ。もう三年以上、そんなふうに愛情をこめて父親を呼ぶことはなかったと思うと、胸が締めつけられた。

茨ばかりがはびこる地獄のような谷底から戻ってきたのは、自分の声のこだまだけだった。それは、ぱっくりと口を開けた棘だらけのティンパレアの谷底に父親が身を潜めているかもしれないという考えと同じくらい、現実離れした虚ろな声だった。あり得ない。父さんがこんなところにいるなんて、あり得ない。いたとしても、とっくに死んでる……。

ミケランジェロはつかんでいた手を離し、その蔦で汚れた手で顔にこびりついた不吉な考えをふりはらった。その瞬間、背後に人の気配がした。はっとして振り向いたが、常磐樫の梢が風に揺れてそよそよと音を立てているだけだった。

誰かに見られていると感じたのはそれが最初でも最後でもなかった。彼は子どもの頃にも同じような感覚を何度か味わったことがあった。父親に会いたいという思慕の念が、無言の視線や、不意に吹きつける聞き慣れた声の風に姿を変えるのだ。

「戦地から戻ってくる途中にも、同じようなことがあった」その晩、彼は家族にそのときの経験を話して聞かせた。

二か月も前から歩きどおしだった。空襲で壊滅状態となったドイツを縦断し、数日前からはアルト・アディジェの山岳地帯を越えようとしていた。もう長いこと、苦い木の根と、私刑《リンチ》に遭うのも覚悟で道端の畑から盗んだ生のジャガイモ数個とリンゴ二つしか食べていなかった。すでに極限状態にあり、容赦なく責めさいなむ空腹に、地面を這うようにしてのろのろと歩いていた。足にはまったく力が入らず、両腕はだらんと垂れさがっていた。そんな状態でかろうじて前に進んでいたとしても、生きてスピッラーチェ村までたどり着ける可能性はゼロに等しかった。一度、そしてもう一度、気が遠くなって倒れ込んだところで、背後から聞き覚えのある声がした。その声は、「硬貨だ」とだけ告げたのだった。ゆっくり振り向くと、そこには父親の姿があった。山々を優しく包む光を浴びて、輝いている。父親は、流刑地から戻ってきたあの日のように男前だった。ミケランジェロには話しかける力も抱きつく力も残っていなかった。そんな彼を、父親は亡霊を思わせるような、透き通った虚ろな眼でじっと見つめた。そして、「硬貨だ」ともう一度繰り返すと、ふっと消えてしまった。ミケランジェロは最後の力をふりしぼり、一軒の農家までたどりついた。すると、古代の金貨と引き換えに、ミルクと山ほどの食料、家畜小屋での寝床を恵んでもらうことができた。二日二晩ぐっすり眠ったあとで目を覚ますと、農家の奥さんが憐れに思ったらしく、ライ麦パンとチーズをパン袋にぎっしり詰めて持たせてくれた。そしてにっこりと微笑みながら、「フィール・グリュック」とドイツ語で幸運を祈る言葉をかけて、見送ってくれた。

「アルトゥーロはあんたの守護天使なんだね」その話に感極まり、祖母が目に涙をいっぱい溜めてつぶやいた。守護天使である父親になんとしてでも自分の手で触りたいミケランジェロは、シーラ山や海岸沿いの村々、クロトーネやカタンザーロの病院、ヴィッラ・ヌッチャの精神病院など、思いつく限りの場所を捜しまわった。父親の写真を添え、悲しみを書き綴った手紙を内務省に送ってもみた。行く先々でアルトゥーロ・アルクーリという名の、背が高く男前の、巻き毛で、燃えるような瞳をした、顎に笑窪ができる男を知らないかと尋ねてまわった。当時ミケランジェロは自分の父親の特徴をそんなふうに説明していたし、記憶のなかの父親の姿は未だにそのときのままだ。

十月に入ると、ミケランジェロは父親捜しにあまり時間をかけられなくなった。タヴェッラ先生がカタンザーロへの異動を希望したため、代わりにミケランジェロがスピッラーチェの小学校で教えることになったのだ。妬み深い者たちは、あいつはなんて運がいいんだとか、裏で口利きを頼んだんだなどと噂したが、そういうことではなかった。スピッラーチェも含めたクロトーネ県の山間《やまあい》の村々は、世界の最果ての不便な場所とみなされていたため、ベテランの教師たちは、機会さえあれば都市部か、そうでなくともせめて列車で通える場所にある学校に異動願いを出すのが常だった。

新任教師のミケランジェロ・アルクーリは、受け持つことになった三年生の生徒たちに、自分がかつて教わったタヴェッラ先生と同じ熱意と包容力とで接した。授業計画はもとより、タヴェッラ先生に倣って棒で叩くことはせず、ひたすら忍耐力で解決するよう努めた。

教えることは好きだったし、特権的な職業だとも思っていた。一日の授業は四時間だけ。そのうえ四か月近い夏休みだけでなく、復活祭やクリスマスといった宗教的な祝祭日が何度かあった。

午後、仕事が終わるとミケランジェロはよくロッサルコの丘へ行った。その頃には、丘は祖父と父親が健在だった頃のように肥沃になり、よい香りを放つようになっていた。麦の刈り入れやぶどうの摘みとり、オリーブの収穫といった人手の必要な時期には日雇いで労働者を集めた。彼らはたいてい、小麦やぶどうの搾り汁、オリーブオイルなどの現物払いで仕事を引き受けてくれた。ミケランジェロは、どれも「カラブリア一の高級品」だと、眼をきらきら輝かせて自慢した。

家族のなかでは母親がときおり手伝ってくれるだけだった。祖母は、気持ちだけは十二分にあったものの、雌鶏の世話と家畜小屋の豚の世話をするのがやっとだった。幸い、頭はまだしっかりしていた。「あたしゃもう、七十五をとうに過ぎてるんだよ。いくつもの辛苦に遭ってきたってのに、頭がおかしくならなかっただけでも神様に感謝しないとね」

ニーナベッラはといえば、背中に銃を突きつけられたとしても丘には絶対に行かなかっただろう。最終的には学校もやめてしまい、絵も描かなくなり、家にこもってシーツや枕カバーに刺繍をしたり、機織り機で掛け布を織ったりしていた。花嫁支度に勤しむ村の娘たちのように。ただし、彼女は結婚する気などさらさらなく、いくつも舞い込む結婚話を高飛車に断ってしまうのだった。すでに二十三、当時としてはとっくに行き遅れと言われてもおかしくない年齢だというのに、村の若者たちはあたかも至極貴重な戦利品であるかのように彼女を切望していた。結婚相手になるような齢まわりの娘のなかで、容姿ともにずば抜けて美しく、どう考えてもいちばん頭もよく、持参金がたっぷりあることは保証されていた。おまけに兄は先生で、村じゅうのほとんどの人から一目置かれたよい家庭の娘なのだから。ただひとつ残念なのは、父親の生死がはっきりせず、あたかも亡霊のように辺獄《リンボ》を彷徨《さまよ》っているため、一家のさらなる発展には貢献できないだろうし、軍人恩給ももらえないだろうということだった。

ニーナベッラは、機織り機の前か、さもなければ女友だちの隣の椅子で彫像のようにじっと座り、手だけを一瞬も休めることなく動かしていた。そうやって、自分の心のなかにとどめている思考をひたすら追いかけているように見えた。ウィリアムのことを想っているのだろうか。それとも父親のこと？　あるいは夢に見た暮らしが、ある朝とつぜん悪夢に変わってしまったことを考えているのだろうか。彼女もまた、夜中誰かに頬をそっと撫でられるのをときおり感じ、苦い眠りでねとついた口で、「お父さん？」と、呼ぶことがあった。

バールから夜遅く帰宅したミケランジェロは、その声を聞くと、しばらく息もせずに暗闇で佇み、妹がふたたび寝息をたてはじめるまで待ってから、足音を忍ばせて自分の寝室に戻るのだった。

27

初めてマリーザ・マレンゴに会ったとき、僕の父は、何よりそのさわやかな笑顔と熱い語り口に心を打たれた。開口音の母音を随所にちりばめた彼女の言葉が、人生におけるもっとも差し迫った真実を暴いてくれるかのような印象を受けたそうだ。一目惚れには至らないまでも、その場で彼女に好意を寄せ、心のなかでその記憶を純粋培養するには充分すぎるほどだった。ちょうど時間をかけておいしいワインをちびちびと味わうように。

クロトーネのピタゴラス高校の講堂で、《パオロ・オルシとカラブリア》と題されたシンポジウムが開催されたときのことで、学生や教員だけでなく、興味を持つ市民も大勢、話を聴きに来ていた。マリーザは「将来を約束されたトリノの若き女性考古学者」——実際にそう紹介されていた——として登壇することになっていたが、熱意においても専門知識においても、居並ぶ年輩の講演者に引けを取らないものだった。

父は前から二列目の、関係者席のすぐ後ろに陣取り、必要以上に心臓をどきどきさせながら聴いていた。話のなかで、パオロ・オルシがアリーチェ岬やロッサルコの丘でおこなった発掘について触れられることもあるかもしれないという期待と、二体の白骨遺体が発見されたことや、古代の硬貨の顚末が明かされるのではあるまいかという懸念とが入り混じっていたのだろう。

あたかもそんな彼の懸念を見透かして意地悪をするかのように、登壇したマリーザ・マレンゴ博士は、クロトーネとその周辺の村々で発見された遺物や財宝について話しはじめた。パオロ・オルシが、専門家であると同時に飽くなきトレジャーハンターとしての情熱をその発掘に注いだ品々だ。

それまでは退屈した面持ちで、行儀よく口に手を当てて欠伸を隠していた学生たちも、とたんに目が冴えたようだった。教員たちも同様だった。

最初に財宝を発見したのは、カーポ・コロンナの沖合から巨大な石塊を掘り出し、クロトーネ港に埋設する工事にあたっていた建設会社でした。一九一六年のある日、シーフォ岬沿岸の海底から掘り出された岩の塊を日の光のもとでよく見ると、きらきら輝く穴が開いていることがわかったのです。その場に居合わせた作業員たちの眼もさぞ輝いていたことでしょうね。穴のなかから百三枚もの金貨が出てきたのですから。作業員たちは、それを山分けすることにしました。ところが、誰かが秘密を洩らしてしまったのですね……。政府が躍起になり、そのうちの八十枚の金貨を回収したという件《くだり》に、学生たちも眼を輝かせ、はらはらしながら聞き入っていた。……残りの金貨のうちの十一枚は、考古学者のアルマンド・ルチーフェロが買い取り、十二枚は紛失しました。いつどのようにしてかはわかりませんが、何者かによってくすねられたものと考えられます。

その後、とある農家の男性がロッサルコの丘で奇妙な財宝を発見しました。なぜ奇妙かと言いますと——若い考古学者は話を続けた——紀元前四〇〇年前後に、クロトンをはじめとするマグナ・グラエキアの諸都市で鋳造された複数の銀貨や青銅貨に、数枚の金貨が交じっていたからです。ユスティニアヌス帝治世下の貴重なソリドゥス金貨で、紀元五〇〇年代の初めごろ、コンスタンティノポリスの造幣所で鋳造されたものでした。先ほどお話ししたシーフォ岬で発見された金貨の一部も、これと同種のものです。

硬貨を買い取ったパオロ・オルシ教授が謎の解明に挑み、次のような仮説を立てたのです。ロッサルコの丘では、古代都市クリミサが崩壊したあとも生き残った人々がいて、その子孫が少なくともさらに千年は住み続けていたのではあるまいか。つまり、ユスティニアヌスの命を受けたベリサリウス将軍によって「ブルティウム」——東ローマ帝国の人たちはカラブリアをこのように呼んでいました——が征服されるまでは、その地で暮らしていたにちがいない。そうオルシ教授は考えたのです……。

話が終わると、聴衆から盛大な拍手が起こった。続いて、背が高く細身の年輩の男性が演壇に招き入れられると、拍手はひときわ大きくなった。その男性は見る人を惹きつける、カリスマ性のあるブルーの瞳をし、口をひらく前から早くも聴衆の心を鷲づかみにしていた。彼こそがこの日のシンポジウムの花形だった。父は、その評判を耳にはしていたものの、実際に姿を見るのはその日が初めてだった。

「では次に、イギリス人とピエモンテ人の血を引く、ウンベルト・ザノッティ＝ビアンコ先生のお話をうかがいましょう。先生は一八八九年にクレタ島でお生まれになり、南部問題に精力的に取り組まれる一方で、考古学者としても作家としてもご活躍されています。昔ながらの愛国者で、先の大戦でも果敢に戦われました。また、《イタリア南部の公益のための国民協会》および《マグナ・グラエキア協会》を創設され、カラブリアの発展にも多大な貢献をなさっています。イタリア赤十字社の社長でもあり、環境保護にも……」

ウンベルト・ザノッティ＝ビアンコが手で司会者を制し、「もうその辺でやめにしてくれ。わたしのこれまでの功績や役職をすべて列挙するには、別に講演会を開く必要があるが、追悼講演にしてはちょっと早すぎるだろう……」と、ユーモアを交えた発言で会場を沸かせた。それから、パオロ・オルシとの友情について語りはじめた。一九一一年にメッシーナに渡るフェリーで偶然の出会いを果たしてからというもの、ともにカラブリアのために尽くしてきた道のりを、順を追って語ったのだ。

オルシ教授とは齢こそかなり離れていたものの、出会ったときから互いの気持ちが驚くほどよくわかった。我々がなんとしても実現したかったのは、遠い過去の歴史を現代につなげ、貧困、未開発、マフィアによる暴力といったものの代名詞になっているカラブリアが本来はいかに偉大な土地であるかを、世界に、何よりカラブリアの人たち自身に知ってもらうことだった……。

その言葉に父は興奮した。南部の再興のためには、まさしく彼のように誠実で、現実を見据える力を持った人物が必要だと考えたのだ。

ウンベルト・ザノッティ＝ビアンコの話し方は、印刷された書物のように正確なものだった。おそらく同じことを何度も繰り返し話し、書いてきたにちがいない。「わたしが過去の時代の芸術的な創作物に対して敬意を抱かなければならないと考えるようになったのは、パオロ・オルシ教授のお蔭です。過去の遺物は未来の人たちの物言わぬ教育者なのだと彼は教えてくれました。そこで一九二〇年、戦後の荒廃のなか、わたしたちはマグナ・グラエキア協会を設立したのです。資金不足に悩むパオロ・オルシ教授の発掘調査を援助するためでもありました……」ついで、同協会の資金援助によって実現した考古学調査の成果を挙げた。そこにはアリーチェ岬のアポッロ・アレオ神殿や、ロッサルコの丘も含まれていた。

彼は講演の最後に、苦い思いの伝わる奥深い個人的な見解を口にした。父はその言葉を忘れないように書き留めた。「わたしは、かつてマグナ・グラエキアが築かれていた土地を、かれこれ半世紀近く、文字通り駈けずりまわってきました。当時を物語る美術品や考古学的な魅力にもたいへん心を惹かれるのはたしかですが、しかし、この地に暮らす人々の抱える貧困や苦悩こそが、わたしの人生において何より大きな比重を占めているのです」

シンポジウムが終了すると、父ミケランジェロはおずおずと講演者席に近づいていき、自分はロッサルコの丘で財宝を見つけた者の孫だと名乗った。

束の間、ウンベルト・ザノッティ゠ビアンコは、ピアニストのようなすらりとした指で細面の顔をさすりながら考え込んでいたが、すぐに笑みを浮かべた。「いやあ、それは驚きですね。もうずっと以前から、一度あなた方の丘を訪ねてみたいと思っていたのですよ。発掘調査を引き継ぐとパオロに約束しましたし、個人的にも興味がありましてね。実は謎の多い古代都市クリミサにわたしも魅了されているのです。ところが、無念にもファシズムによって文字通り阻止され、シバリでの発掘も、これからというところで中断を余儀なくされました。そして戦争……。終戦後も何かと忙しくて」

「わたしも、終戦後、あなたにぜひ一度現地調査をお願いしたいと思っていましたが、どのようにご連絡すればいいのかわからずにいました」

「お二人はお互いに引き合っていたのね」脇から、マリーザが悟ったような運命論を差し挿んだ。「出会う運命にある者たちの人生は、いつか必ず交わると言いますから」

「ここでお会いしたからには、できるだけ早くロッサルコを訪れ、クリミサの調査を再開させていただきたいと思います」ザノッティ゠ビアンコはそう申し出た。「目下のところサンタ・カテリーナ・デッロ・イオーニオでの社会的なプロジェクトに取り組んでおりますので、それが一段落したら、マリーザと一緒にあなた方の村に参ります。おそらく、何かしらお役に立てることもあるでしょう。運転手を連れて車でうかがいますので、案内をお願いできますか」
「もちろんですとも」ミケランジェロは頬を上気させて答えた。「喜んで!」そして、まずザノッティ=ビアンコと熱い握手を交わし、ついでマリーザにも手を差し出した。彼女は、あのさわやかな笑顔で手を握り返してくれた。

列車に乗って家に帰る途中、ミケランジェロは胸の内で、それまでに一度も感じたことのないような疑念と、その後一生つきまとうことになる無力感が複雑に絡み合い、焦燥となってふくらんでいくのを感じた。古代に栄えたマグナ・グラエキアの歴史や、その遺産を守ろうとする人たちの話を聴きながら覚えた感動は、命さえ危険に晒しながら大土地所有者の土地を占拠せざるを得ない農民たちの悲惨な現実を目の当たりにしたとき、非難されるべきもののような気がしたのだ。

車窓から、男や女やロバやラバや赤旗が点在する、地肌をさらしたクロトーネの野山を眺めていた。すると、ウンベルト・ザノッティ=ビアンコが最後に口にした見解が頭のなかで何度もこだまし、焦燥感ばかりが募るのだった。

チロの駅で列車を降り、スピッラーチェ村へと歩く途中ですれちがう農夫たちは誰もが、昔の父親と同様、疲れ果て、心の内に憤りを溜め込んでいた。父親だって、行方不明にさえなっていなければ、彼らに寄り添っていたにちがいない。多くの者にとっての現在が地獄のような責め苦であるならば、あの笑顔がさわやかで弁の立つ若い女性が語っていた、偉大な過去を地面の下に探し求めて土地を掘り返すことに、果たしてどんな意義があるというのだろう。

ほかでもなくミケランジェロの家族の現在もまた、目に見えない炎にあぶられた地獄と化していた。母親も祖母もアルトゥーロの不在に我を見失い、妹のニーナベッラも生きる気力を持てぬまま鬱状態から脱け出せずにいた。木に吊るされたウィリアムの血まみれの最期が瞼の裏に焼きついて離れず、頭のなかでは父親が、魂の安らぎを見出せない亡霊のようにさまよい続けているのだ。

村にも張りつめた空気が漂い、世も末であるかのように陰鬱としていた。風が腹を空かした狼のように唸り、通りの土埃を人の背丈ほどまで巻きあげていた。

ミケランジェロは村の中央通りを歩きながら、傍らに人の気配を感じていた。土埃から目を護るために頭を前に傾げた瞬間、周囲にまとわりつく荒々しい風の影を見たような気がした。それは、冬になると父親がいつも羽織っていた黒いマントに似た影で、声もまた父親のものだった。はじめは悲しげな呻き声だったが、ひと足ごとに、怒りのこもった叫びや、抵抗の歌、キタッラ・バッテンテの余韻へと変化するのだった。

28

祝祭日になるとリーナは欠かさず夫の分の食器も並べた。仔山羊のラグーソースのタリアテッレを皿によそうと、冷めないようにもう一枚の皿を上からかぶせる。そして、その場にいない夫のグラスにもワインを注いだうえで、ようやくみんなと一緒に食べはじめるのだ。食べているあいだも、アルトゥーロはいまにも帰ってくるのだというように、ドアの方向に耳をそばだてていた。

ほかの家族たちは彼女のそんな芝居じみた光景を、同情と諦観が綯《な》いまぜの思いで受けとめていた。「母さん、もう少しよそったら？ タリアテッレは父さんの大好物だもの」ニーナベッラが優秀な主演女優さながらに演じてみせると、祖母は皿の湯気にぼんやりした視線を向けたまま軽く頷く。ミケランジェロもまた、主《ぬし》のいない椅子に向かって早口で「いただきます」と声をかけてから、食べはじめるのだ。誰もリーナに逆らってまで筋の通った態度を貫き、まじないのような芝居に終止符を打とうとはしなかった。

アルトゥーロが消息不明になってから六年の歳月が過ぎていた。村では、彼がナチ・ファシズムの最後の犠牲者であり、骨は悪魔の断崖と畏れられるティンパレアの谷底に投げ捨てられたのだと噂していた。それでもアルクーリ家の人たちは聞こえぬふり見ぬふりを貫き、酷《むご》い現実と向き合うことを避け、憐れみを誘うような嘘を続けていた。そうすれば、せめて一縷《いちる》の望みにすがることができたからだ。

食事が終わると、ミケランジェロが父親の分の料理を食べ、ワインを飲まなければならなかったが、折よく予定外の客人が来ることもめずらしくなかった。聖アントニオや聖ヴェンネラの祭りの主催者が若い衆を遣いに寄越すこともあったし、その日の祭りに興を添えた楽士や、晩に広場で催されることになっている芝居の役者が寄ることもあった。誰よりも率先して祭りを盛りあげていたアルトゥーロが喜ぶと、リーナはそうした訪問客を心から歓待するのだった。復活祭の日、アルクーリ家に一人の外国人が訪れたときにも、リーナは同じように接した。彼は、まるで熱々のじゃがいもでも食べているかのように口をすぼめてイタリア語を話した。

そして、いきなり食卓に招かれても大して驚いた様子を見せなかった。あなた方がもてなし上手だということは知っていますと、席に着きながら言ったのだ。ウィリアムの手紙に書いてありましたから……。座がしんと静まり返り、食器の音だけがときおり響くなか、話を続けた。

アルクーリ家の人々が、癖の強い話し方をするその外国人の言ったことを理解できるまでにはしばらく間があった。次の瞬間、身体を震わせ感激し、女たちは泣きだした。その男は、ミーノことウィリアムのお兄さんだったのだ。そう言われて見てみると、たしかによく似ている。背が高く、少し赤みがかったライトブラウンの髪に、吸い込まれるような碧い瞳。ただ、若い頃の姿のまま心のなかで凍りついているウィリアムに比べると、ずいぶん老けているように思えた。似ていることに気づかなかったのは、彼がエレガントなスーツに、ジレとネクタイという正装をしていたせいかもしれない。

「スピッラーチェの墓へ弟を迎えにいき、ロンドンの家の墓に連れて帰りたいと思います」彼は単語を一つひとつ確認するようにそう告げると、ワインを一口すすった。「弟の言っていたとおり、このワインはベリーグッドです。世界一ですね」それから、手紙に書かれていたことを話しはじめた。ウィリアムがアルクーリ家の人々に対して抱いていた敬慕の念、とくにミスター・アルトゥーロと赤い丘には畏怖ともいえる思いを持っていたこと。丘については、あたかも人間であるかのように綴られていたこと。もてなし上手で、美人で、いい香りのするお母さんのこと。まさに地上の楽園……。

デイヴィッドと名乗ったその男は、なんでも旨そうに食べ、とりわけ度の強いワインを好んで飲んだ。勇気を奮い起こすためでもあった。

それから、数秒間ニーナベッラのことをじっと見つめた。ニーナベッラは耐えきれず、視線を皿に落とした。やがて心の準備が整ったのか、デイヴィッドの瞳の碧がまるで嵐の海のように深みを増したかと思うと、スピッラーチェを訪れることにしたもう一つの理由について語りはじめた。

ウィリアムのどの手紙にも、必ずあなたのことが書かれていたのです。ウェーブのかかった髪に、輝く瞳をし、画家になることを夢見る女性のことが。二通目の手紙で早くも恋をしたことが打ち明けられていて、四通目には彼女と結婚して、世界各地を旅したいと書かれていました。たしかにウィリアムは、自分の気持ちをあなたに打ち明けたことはありませんでしたが、片想いでないという確信を抱いていたし、二人の気持ちにご家族も気づいていることを知っていました。だからこそ、戦争がいつか終わる日を信じて待っていたのです……。手紙にはそう書かれていたそうだ。あのような壮絶な最期が待ち受けているなどとは思いもせずに。

デイヴィッドはワインをゆっくりと一口飲むと、深く息を吸った。「僕は、弟と両親の代わりに、皆さんにサンキューと言いたくてここに来ました。ほんとうにありがとう。それともうひとつ、ミス・ニーナベッラをロンドンに招待したいと思います。しばらくのあいだ、僕たちの家から絵画学校に通ってはどうでしょうか。費用はうちで持ちます。そうすれば夢が実現できる。新しい家族が増えたと思って歓迎します」デイヴィッドは、期待のこもった明瞭な言葉でそう提案した。おそらく何度も繰り返し唱え、暗記してきたにちがいない。

食事をしていたアルクーリ家の人々の手がいっせいに止まった。ニーナベッラはどこに目をやればいいかわからず、どぎまぎして顔を赤らめた。呼吸が乱れ、祝祭日用のブラウスの下で胸が激しく鼓動した。何も答えなかった。なんと言えばいいのかわからなかったのだ。一同は皆、黙りこくっていた。

デイヴィッドは、その凍りついたような静寂に動じる様子もなく、にっこりと笑った。「いますぐ返事をする必要はないです。ニーナベッラが来たいと思ったときに来てくれればいいです。僕たち家族はいつでも歓迎します。最初はお兄さんと一緒にロンドンに来て、僕たちの家に泊まり、その後で決めてもいい。オーケーですか？」

答えたのは老母ソフィアだった。「ミーノはあたしらの息子みたいなものだったよ。あたしは、うちの孫娘と結婚する運命にあると思ってたんだ。二人の眼を見れば気持ちはわかるからね。なのに、結局あんなことになっちまって……。少し待ってやってくれないかい。ニーナベッラは賢い娘《こ》だから、時間をかければきっと、自分にふさわしい答えが出せると思うんだ」

スピッラーチェには宿がないから今晩はどうぞ泊まっていって、とリーナが言った。ミケランジェロは、遺体の搬送というデリケートな手続きの手伝いを申し出た。デイヴィッドが必要書類をすべてそろえているにしても、一筋縄ではいかない問題だ。

ふだんならば母親が食卓の後片付けをするのを手伝うニーナベッラだったが、その日は立ちあがろうともしなかった。デイヴィッドが、アルクーリ家の人々に持ってきた贈り物のひとつを彼女の前に置いたとき、目を伏せたまま短く「ありがとう」と言ったきりだった。それは、レースのヴェールのついた上品な帽子だった。


デイヴィッドはアルクーリ家の客人として歓待され、スピッラーチェに三日間滞在した。社交的な若者で、たちまち祖母ソフィアやリーナ夫人——二人は明らかにデイヴィッドに好感を持ったようだった——ミケランジェロやその友だちと親しくなった。ただし、ニーナベッラだけは謎めいた存在のままだった。食事の時間に、まるで最初の晩に初めて会ったときからずっとそこにいるかのように、食卓に座っている姿を目にするだけだった。微笑みかけることも、言葉を交わすことも、親切な仕草をすることもなかった。冷淡というより心ここにあらずといったふうで、その場に存在していないかのようだった。

ところがデイヴィッドが発つという日、ニーナベッラはみんなの意表を衝く行動に出た。自分で描いたウィリアムの肖像画を差し出したのだ。彼女は、肖像画のウィリアムの魅入るような瞳から、デイヴィッドの驚いた瞳へと視線を移すと、「これをお母さんに渡してください」と言った。そして、ロンドンへの長旅の支度が整った柩にキスを投げた。

29

一九四九年十月二十九日、スピッラーチェからそう遠くないメリッサのフラガラ地区で、武器を持たない農民に向けて機動警察が発砲し、男二人と女一人が殺されるという事件が起こった。〝罪状〟は、ベルリンジェーリ男爵家が所有する未開墾の土地を占拠したというものだった。銃声の残響が恐怖を煽る周期的な波となってミケランジェロの教える四年生の教室にまで忍び込んできた。生徒たちは書いていた手をとめ、先生と一緒に窓際へ集まり、外の様子をうかがった。一時間もしないうちにニュースは丘から丘へ、口から口へと駆けめぐり、凄まじい破壊力を持つハリケーンのごとくスピッラーチェ村の広場を襲った。

ミケランジェロは、各地に点在するドン・リコの所有地を占拠している親を持つ子どもたちをとにかく安心させなければと思った。「メリッサで発砲があったらしいが、このスピッラーチェ村は安全だそうだ。怖がらなくて大丈夫だよ。お父さんたちは今夜も、いつもどおり元気に帰ってくるからね」そう説明しながらも、そのニュースを誰よりも呑み込めずにいたのはミケランジェロ自身だった。殺された農民たちを直接知っていたわけではないが、父親のアルトゥーロと同様、誇りに満ちた眼差しをしていただろうことは容易に想像がつく。要するに、自分と同じ血の流れる家族のように感じていたのだ。

父は、警察力によるその残虐な仕打ちをその後も決して忘れることはなく、不当な横暴によっていかに人民が流血の惨事に遭わされ、苦しめられてきたかということを僕に語るときには、決まってこのメリッサの虐殺から始め、滔々と語り続けるのだった。


ある日、ウンベルト・ザノッティ＝ビアンコが、マリーザ・マレンゴと運転手を伴い車でスピッラーチェの村までやってきた。彼はすぐに、ミケランジェロの瞳に湛えられたやりきれない怒りと、敵を前にして戦う術《すべ》すら持たない無力感を見てとった。彼の父親もずっとドン・リコと戦い続けたが、同様のクソ地主どもは、ハルピュイアの化け物のごとく、たとえ打ち負かされ歴史に埋もれることがあったとしても、名を変え、声色を変え、暴力の形を変えてふたたびのさばるのだ。

あの忌まわしい虐殺からおよそ三年の歳月が過ぎており、国会では農地改革法が成立していた。ドン・リコが所有していた未開墾の土地は収用され、合計で千八百ヘクタールの土地を五つの村で分けることになった。ただし、条件のよい土地はすべて、カタンザーロに移り住む前にドン・リコが子どもや孫たちに分け与えていた。

スピッラーチェの農民たちは懐疑的になり、希望を抱かなくなった。すべての政治家から裏切られたと感じていたのだ。メリッサで死者が出てからというもの、あらゆる約束を口にしておきながら、蓋を開けてみれば、岩だらけの小さな土地が各世帯にあてがわれただけだった。それでもザノッティ＝ビアンコが訪れると、村は活気をとり戻し、期待感が湧き起こった。

「残念だが、どうやら発掘どころではなさそうですね」村人たちの抱える問題を聞いたザノッティ＝ビアンコは、そう言った。ミケランジェロは彼に同意の眼差しを向けると同時に、二人のあいだにいたマリーザのさわやかな笑顔にも目をやることを忘れなかった。

着いたその日のうちに、ザノッティ＝ビアンコは農業協同組合を組織し、保育園をつくり、読み書きができない大方の村人のために夜間学校をひらくことを提案した。「資金は《イタリア南部の公益のための国民協会》から出してもらえますし、場所は新しい村の行政組織が提供してくれるでしょう。ですが、何より欠かせないのはやろうとする意志であり、それはスピッラーチェの村民自身から湧き出すものでなければなりません」彼を歓迎するために妻や子どもを連れて広場に集まった大勢の農民たちや村長、アルクーリ家の人々を前に、ザノッティ＝ビアンコは熱弁をふるった。青い瞳でその場に居合わせたすべての人たちを包み込み、安心感を与えるのだった。「嘆き悲しんでいても始まりません」と、揺るぎない口調で言い切った。「現存する権力が何もしてくれないなら、ましてや我々に敵対するのなら、我々が正面から人生に立ち向かっていかなければならない。現に、この地に住む農民たちはずっとそうしてきました。誰かが上から問題を解決してくれるのを待つのではなく、自分たちの力で一歩また一歩と挑まねばならないのです。この村に必要なのは、パンと仕事、教育と文化です。新しい世の中の礎を築くには、具体的な行動から着手する必要がある。わたしが話していることはどれも、困窮した日常からかけ離れた遠い夢であり、手の届かない夜空の星のように感じられるかもしれません。それでも我々はそれを信じ、何より心からその実現を望むべきなのです」

優れた弁士らしく、そこでいったん長いポーズを挿んでから、記憶に残る名台詞で演説を締めくくった。マリーザは、彼の文書で同じような言葉を読んだことがあったが、ミケランジェロは慌ててメモに書き留めた。「新しい世の中はいずれも、こうした星や夢が砕けた破片からつくられているのです」

はじめに拍手をしたのはマリーザ・マレンゴだった。最初は一人だったが、じわじわとひろがり、やがて感情を解き放つかのような喝采となった。

それまで考古学のプロジェクトに限ってザノッティ＝ビアンコの手伝いをしてきたマリーザだったが、翌日、夜間学校でボランティアとして教えても構わないと名乗り出た。

ミケランジェロはそのイニシアチブを熱烈に支持し、さっそく村をまわって、大人たちは夜間学校へ、子どもたちは保育園に参加するよう呼びかけてこようと提案した。そしてノートと鉛筆を手に、マリーザとともに一軒いっけんまわって歩いた。そのあいだに、ザノッティ＝ビアンコと農家の出の村長は、農業協同組合を設立するための素案づくりに励んでいた。

こうして保育園には六十三名、夜間学校は七十一名──そのうちの大半が夫婦──が参加することになった。夜間学校の参加者名簿の第一号はリーナだった。「あたしは小学校三年まで、四日に一遍ぐらいしか学校に通ってないから、自分の名前がかろうじてサインできる程度なんですよ。頭が悪かったわけじゃないけど、そんな暇もなかったし、教科書やノートを買う余裕もなかった。米国《ラ・メリカ》に出稼ぎに行ったはずの父は、一ドルだって送金してくれた例《ためし》がなかったんでね」と、夕食の席でリーナは、ザノッティ＝ビアンコに向かって言った。

「あなたは、わたしの知っている多くの学のある者たちよりもはるかに優秀です。マリーザに少し教われば、すぐに失われた時間がとり戻せますよ」ザノッティ＝ビアンコは、そう言ってリーナを激励した。

一同は食事に舌鼓を打ちながら、新しい活動計画の詳細を詰めていった。夜間学校は二クラスに分け、一クラスは生徒を女性三十六名、もう一方のクラスは男性三十五名とする。そして、スピッラーチェ村にしばらく滞在することになったマリーザ・マレンゴが前者の担任を務めると同時に、《イタリア南部の公益のための国民協会》との連絡役も兼ねることになった。後者のクラスは、ミケランジェロ・アルクーリが受け持つ。保育園に関しては、クロトーネから修道女二人と先生を二人呼ぶことになった。

マリーザの宿泊先もたちどころに決まった。「もし嫌でなければ、あたしの部屋に泊まってくださいな」と、ニーナベッラが提案したのだ。「小さめのベッドが二つあるわ。少し窮屈かもしれないけれど、なんとかなると思うの」マリーザはその申し出をありがたく受けることにした。その後、ザノッティ＝ビアンコを車まで送っていくとき、「トリノっ娘《こ》」は昔からの幼馴染みといった面持ちでニーナベッラと腕を組み、並んで歩いていた。

ザノッティ＝ビアンコは、充実した疲労感でいっぱいだった。発つ前に、ミケランジェロともうひとつ約束した。「村の喫緊の課題がある程度解決したら、丘の発掘をさせてください。古代都市クリミサが終始わたしの頭から離れません。それまでに、本格的な発掘調査隊を送り込めるだけの資金を確保しておきましょう。それがパオロ・オルシとの約束でもあります。容易ではありませんが、必ずやり遂げてみせます」

村に一人残ったマリーザは、驚くほどの適応力を発揮した。北部の大都会の裕福な中産階級の家庭で育ったにもかかわらず、アルクーリ家という、電気も水道も暖房設備も整っていない田舎の旧式の家での暮らしにも不平ひとつこぼさないどころか、寒い冬の日に台所でぱちぱちと燃える暖炉の火をたいそう気に入っていた。そこから親密な暖かさが放出されるからだ。暖炉の前で半円を描くように家族や近所の人たちが集まり、古代の神話を語り合い、現代の噂話に花を咲かせていた。

「大丈夫。わたしは、これまで三回ギリシアに発掘調査に行ったことがあります。長期にわたってテントに寝泊りしなければならない、ハードな調査でした。それに比べたら、ここでの生活はまるで夢のようです」そう言ってマリーザは、アルクーリ家の人々の懸念を払拭するのだった。

リーナはマリーザがいつも料理をおいしいと褒めてくれ、温かいもてなしに対する感謝の気持ちを口にすることに感心していた。そこでリーナも、彼女がいかに賢く、先生としても優秀であるかをしきりに褒め、夜間学校に通い出してからまだ数か月にしかならないというのに、小学校に三年間通って学んだことよりも多くを身につけられたのは、彼女のお蔭だと言うのだった。

マリーザは昼も夜も働いた。頭脳も肉体も惜しみなく駆使し、疲れというものを知らなかった。昼間は《イタリア南部の公益のための国民協会》と連絡をとったり、手紙を書いたり電報を打ったり、あるいは退役軍人や傷痍軍人のための恩給の申請書を記入したりした。夜にはプロとしての確かな見識と献身的な態度で教えることに専念した。それだけでなく、わずかでも時間ができればアルクーリ家の家事を手伝い、ぶどうやオリーブの収穫の時期には畑仕事まで手伝った。

ロッサルコの丘を初めて訪れたとき、マリーザは一目で恋に落ちてしまった。長いあいだ丘を撫でまわすように見たあと、うっとりとした声でつぶやいた。「信じられない。まるで昔からこの場所を知っているみたい。以前に来たことがあるような気がするけれど、それがいつだったかも、誰とだったかもわからない……」

日曜になると、アリーチェ岬にあるアポッロ・アレオ神殿の遺構や、カーポ・コロンナにあるヘラ・ラキニア神殿の遺構など、クロトーネ県の遺跡を一人で調べてまわっては、手帖に気づいたことを書き留めた。

春が訪れると、クロトーネで中古のベスパを購入し、「わたしのロバ」と呼んだ。お蔭で、当時はまだでこぼこだった道を短時間で移動できるようになった。ベスパに乗るときには、足の長さがよけいに際立つパンタロンをはき、埃をよけるために大きなサングラスをかけた。

女たち、とくに同世代の娘たちは、スクーターに乗ったり、あるいは単にパンタロンをはいたりするのが村の娘だったら後ろ指を差しただろうが、マリーザのこととなると誰もが心から称讃した。「トリノっ娘《こ》」に対しては、村じゅうが好感と敬意を抱いていたのだ。陰口がささやかれるとしたら、彼女はミケランジェロの愛人か、さもなければ秘密の恋人だというものだったが、それはいわば当然であり、悪気のないものだった。

実のところミケランジェロは、マリーザを経験豊かな同業者として尊敬していた。彼女は、ウンベルト・ザノッティ＝ビアンコの秘蔵っ子であり、前向きなものの捉え方や、常に行動的で、思索を即実行に移し、決して手を抜かず、疲れ知らずのところまでそっくりだと思っていた。しかも、初めて会ったときのさわやかな笑顔を絶やすことがない。たしかに、愛という深い感情のもとにあるのが相手に対する敬意だとしたら、ミケランジェロは自分でも気づかぬうちにマリーザに恋をしていたと言えるだろう。ただし、互いにそれを自覚し、驚嘆の眼差しで見つめ合い、口づけを交わし、生涯の愛へとふくらませていくのは、六月の初めまで待たなければならなかった。

この頃、マリーザの愛情を独り占めしていたのは、部屋を共有し、秘密まで打ち明けていたニーナベッラだった。明かりを消した部屋で並んだベッドに横になり、二人の娘たちはしょっちゅう深夜まで語り合った。

マリーザの長所のひとつは、相手の話にじっくりと耳を傾けることにあった。そのためニーナベッラは、大好きだった父親のこと、その父親がある日忽然と姿を消し、真相は闇に葬られたままであること、そしていつか生きている父親に会えるという希望を捨てきれないことを初めて他人に明かすことができた。それだけでなく、亡くなってからもう十年近くになるのに忘れられないウィリアムへの想いも打ち明け、深い傷を負った記憶や、窮屈で息の詰まるスピッラーチェから逃れるために、イギリスに行ってみたいと思っていることも話した。デイヴィッドの誘いはあまりにありがたすぎて実感が湧かなかったが、頭から完全に消し去ることもできなかった。

「あなたがあたしの立場だったらどうする？」ニーナベッラは何度も尋ねた。するとマリーザからはいつも同じ答えが返ってくるのだった。「ロンドンに行くわ。迷わずにね。ここでのあなたは、ほんとうの意味で生きているとは言えない。まるで木のように立ちすくんでいるだけ。いまは花盛りかもしれないけれど、花はいつか散るものよ」

「だけど、外国の大都会で、知らない人に囲まれて生活するなんてあたしには無理よ。英語だってわからないのに、どうやって暮らせというの？」

「あなたさえその気なら、わたしが英語を教えてあげる。それに、ロンドンだからって身構えることはないの。いろいろな刺激にあふれた街だから、そのまま干からびてしまわないためにも、うってつけよ。実際に行ってみれば、これまで会ったこともないような人たちとすぐに知り合えるわ。新しい恋だって見つかるかもしれない」

合間に遊び半分の簡単な英会話のレッスンを挿みながら、そんな議論を毎晩のように重ねるうちに、ニーナベッラの考えは少しずつ深まり、迷いがなくなっていった。そしてある朝、ニーナベッラは家族に向かってイギリスに行くと宣言したのだった。

おそらく家族は、何度か涙を流し、思いとどまらせようとしたうえで、最終的には同意したろうが、ニーナベッラはそれを待つことすらしなかった。母親と祖母は、信じられないといった面持ちで、まるで言葉が理解できなかったかのように「なんて言ったの？」と訊き返すのが精一杯だった。一方のニーナベッラは、赤い丘での流血事件の日以来、初めて自分の心が晴れやかだと感じていた。心はすでに決まっていた。実際、彼女の瞳には迷いなど微塵もなく、きっぱりと繰り返したのだ。「一人で発つわ。あたしがこの世界でいちばん好きなことに、真剣に取り組むためにね。〝絵描き屋さん〟になるの」

30

「ほら、怖がらないで、後ろに乗ってちょうだい」マリーザは、朗らかだが断固とした口調で促した。「安全運転をするって誓うから」

「どこへ行くんだい？」ミケランジェロは戸惑った様子で尋ねながら、スクーターの後ろにまたがり、指の腹でそっと彼女の腰につかまった。

「ロッサルコの丘よ。十五分もあれば着くわ」

ベスパは土埃を巻きあげながら広場を出発した。六月半ばの早朝のことであり、スピッラーチェの村は生暖かい風に気怠《けだる》く包まれ、通りにいるのは犬と数人の老婦だけ。「トリノっ娘《こ》」の運転するスクーターに驚きおののいた彼女たちの影が映っていた。

マリーザが大きく頭を前に傾け、わざとがましいお辞儀をしたため、上半身が前のめりになった。その瞬間、ミケランジェロの遠慮がちの手から彼女の胴体が危うくすり抜けそうになった。後ろに転げ落ちたくなければ、しっかりしがみつくしかない。とはいえミケランジェロは、しがみつくというより、その無骨な手でおずおずと撫でているようだった。そうこうしているうちに、今度は彼の胸がマリーザの背中に吸盤のようにぴったりとくっついた。下り坂に入ったのだ。

しばらくのあいだ二人はほかにどうすることもできず、身体を密着させていた。ミケランジェロは自分の胸の鼓動が際限なく速くなっていくのを感じ、彼女に気づかれてしまうのではないかと気掛かりだった。

平地に出るとマリーザがスピードをあげたため、彼女の髪があらゆる方向になびいた。とりわけカーブに差し掛かると、香りを放つ鳥の巣のように、ミケランジェロの顔にからみついた。

丘の頂上へと続く岩だらけの急坂まで来ると、さすがにタイヤがスリップしはじめたので、マリーザはエンジンを切って言った。「この先は歩いて登りましょう」

ロッサルコの丘は、このうえなく鮮やかな色彩で二人を迎えてくれた。なかでも金雀枝《えにしだ》の黄色が際立ち、その濃厚な香りに二人は思わず目をつむり、胸いっぱいに空気を吸い込んだ。

「きっと天国の香りもこんなふうなんじゃないかしら」とマリーザが言うと、ミケランジェロはまるで自分が褒められたかのように顔をくしゃくしゃにして笑った。

二人は同時に目を開け、お互いの瞳に同じ願望が見え隠れしていることに驚いた。はじめは抱き合うことなくキスをし、唇をつけたままゆっくりと腰をおろし、覆いかぶさるようにしてそのまま横になった。それは、とても長いキスだった。永遠に続くのかと思われたとき、彼女のほうが服を脱ぎはじめた。ミケランジェロは、スッラの赤い絨毯の上に横たわる彼女の白く輝く肉体を見、情熱に躍動する彼女の密な胸に触れたとき、マリーザこそが自分の生涯の女《ひと》であるという、もう何か月も前から心の奥底では気づいていたにもかかわらず、験《げん》を担ぐために認めまいとしてきた事実を不意に自覚した。そしてようやく彼も服を脱ぎ、世界一美しい芸術作品であるかのように眺めているのをやめ、指の腹で、それから掌全体で、さらには身体全体で撫ではじめ、彼女も情欲にうち震えているのを感じとったとき、全身の力とできるかぎりの優しさで彼女を抱いたのだった。そのとき彼は、地上でもっとも幸せな男だった。

すべてがすむと、マリーザはミケランジェロの胸に顔をもたせ、満たされた表情で海を眺めた。しばらくのあいだ二人は心ここにあらずといった様子で、何も喋らなかった。やがて彼女のほうが、二人のあいだに起こったことには触れずに、丘への想いを口にした。「ここはなんてきれいなのかしら。はるか昔からここにいるような気がするの。地球上のどこよりも魅力的で謎めいた場所よね」

「愛している」ミケランジェロはそう言うと、彼女の髪に口づけをした。丘の匂いがした。「君を愛している」もう一度言った。

マリーザは、ピロルの斜面全体を覆いつくすスッラの緋色をじっと見つめていた。まるで彼の言葉が耳に入らず、心はそこにないかのように。そして、ぼんやりとした笑みを口もとに軽く浮かべただけで、返事はしなかった。


最初に手紙が二通届いたのは、ニーナベッラがロンドンに経ってからひと月あまり経ってからだった。一通は家族に宛てたもので、もう一通はマリーザ宛て。自分は元気でやっている、ここに来たことを少しも後悔してはいないと認《したた》め、家族みんなを安堵させた。それだけでなく、ウィリアムの家族は温かく迎えてくれ、家はとても広くて豪華だし、お湯も出るし、バスルームはなんと三か所もあり、電気や電話まであること、これ以上の待遇は望めないことなどを書いてよこした。

約束どおり、ニーナベッラはロンドンでいちばん評判のいい絵画学校に入学させてもらったらしい。当然ながらまったくのゼロから勉強を始めなければならなかったものの、それだけの価値はあると彼女は書いていた。マリーザ宛ての手紙では、デイヴィッドについても語られていた。ウィリアムと同様、親切で気さくで、彼女のことを熱心に口説こうとするものの、だからといってしつこくもない。彼女も少しずつ好きになりかけているけれど、愛しているわけではないと断言できた。まだデイヴィッドを愛する気持ちにはなれない……。この二通の手紙だけでなく、その後に届いたすべての手紙に、亡き父親への想いが書き添えられていた。「ときどき、愛する父さんが人混みのなかであたしの後をつけてくるような気がするのだけれど、ぱっと振り向くとそこに父さんの姿はなく、ただ鋭い視線の残像が消えるのを感じるの」

ソフィアとリーナは、マリーザとミケランジェロが付き合っていることを、ニーナベッラからの三通目の手紙で知った。冗談めかして、新たに誕生したカップルがたくさんの男の子に恵まれますようにと書かれていたのだ。母親も祖母も、その知らせは事実に相違ないと受けとめ、とやかく意見を言うことなく、素直に祝福した。

声に出して手紙を読みあげていたミケランジェロは、少年のように頬を赤く染めた。一方、マリーザはまるで自分とはかかわりのない知らせだとでもいうように、平然としていた。

それは決して表面的な態度ではなかったのだよと、父は僕に繰り返しそう言い、母のことをかばっていた。マリーザは、人生のあらゆる出来事をあるがままに受けとめ、言い逃れすることもごまかすこともなく、どこまでも純真に生きていた。良心の呵責などなかった。他人にどう見られようと構わず、自分の正しいと思うことを貫いた。自らの心の声に耳を傾けることができず、母親や祖母の思いの言いなりのミケランジェロとは正反対だった。彼は、夜中、あるいはロッサルコの丘にいるときなどに、あちらの世界から威圧的なメッセージを送ってくる父親の幻影にさえ逆らえなかったのだ。

「あなたの道を見つけないと駄目よ。自分を変える必要があるわ。そうじゃないとくだらないことのために苦しむ破目になる。こっちの言葉で言うなら、あほくさいこと《チョティア》のためにね。あなたのことを理解しようとしない、あるいはしようにもできない人たちのために、あなた自身が苦しむことになるのよ」マリーザはそう彼に助言した。

ミケランジェロも思いは同じだった。「君の言うとおりだ。いつまでもこのままでいるわけにはいかない」そのくせ、肝心なところで同じ過ちを繰り返した。決断すべきときが来ると、村人の陰口を無視できず、相変わらずそれに左右されて思い悩み、自分の行動がもたらす結果の良し悪しについて煩悶してしまうのだった。

「僕のことを愛してる？」彼は、マリーザに何度も尋ねた。

「もちろんよ。わたしの気持ちがまだわからないなんて、ほんとうに鈍いのね」そのたびにマリーザはそう答えるのだった。そうして夜間学校が終わりになる日まで、彼女は毎晩、自分のベッドで彼を待った。恋い焦がれ、一糸まとわぬ姿で。彼を愛撫するその指や、彼の身体のそここに口づけをする唇、悦びに悶えながら彼を受け入れるその肉体にまがいのない愛を感じとれないのだとしたら、たしかに石のように固い頭の持ち主にちがいなかった。自信のなさから頑なになっていたミケランジェロも、そんなマリーザに感化され、全身のエネルギーで彼女を愛し、肌や豊満な乳房、太腿の内側、そして足の隅々にまで口づけし、至福にひたり、「幸せだ」と彼女にささやくのだった。「君と一緒にいるときだけね」

そのとたん、心の声が父親の声にとって代わられた。「自分は幸せだなんて絶対に声に出して言ってはいけない。幸せが逃げていく」そして、口にしてしまったことを後悔するのだった。

彼女は、目をつむってミケランジェロの声を聞いていた。そんなときには黙っていたかったので何も言わなかったが、その顔は闇まで照らすほどの至福に輝いていた。まばゆいほどの幸せというのだろうか。

トリノに帰る日が来ると、マリーザはまるで抵当のようにスクーターをミケランジェロに託し、確信に満ちた口調で約束した。「すぐに帰ってくるから」

ミケランジェロは出発をなんとか思いとどまらせたくて、懇願した。「頼む。あと二、三週間でいいから一緒にいてくれないか。せっかく学校が夏休みに入ったんだ。アリーチェ岬あたりの海岸でゆっくりとバカンスを過ごそう。カラブリアをぐるりと旅してもいい。お願いだ、帰らないでくれ」

「帰らないといけないの。トリノでしばらく一緒に過ごすって、両親と約束したんだもの。父と母がそう望むのは当然だし、わたし自身もそうしたい。それに、ウンベルトや仲間の研究者に会って、相談したいこともあるの。クリミサの遺跡を発掘するための資金を出してもらうことはできないか、掛け合ってみるわ。最高の発掘調査隊を組織したいの。すぐにまた戻ってくるから。待ってて」

発掘

　土を掘りながら僕は、僕たち父子に向けられたシモーナの呆れたような視線を感じずにはいられなかった。手伝ってくれという父の求めを聞き入れるべきではなかったのだ。最初から納得のいかないまま、僕は掘っていた。とても正気とは思えない。シモーナならば、「気狂い沙汰」だと言っただろう。何日も何日も、灼熱の太陽の下で汗だくになってひたすら掘り続けるのだ。

　どうせ何も見つからないだろう。見つかるものなどあるはずがない。僕はそう確信していた。父は数メートル離れたところで独り言をつぶやいていた。風に向かって話していたのだ。ときおりぶっきらぼうな口調で、不満そうに母の名前を口にしながら。父自身、古代都市クリミサの痕跡が見つかるなどとは期待していないようだった。おそらく祖母の言うとおり、クリミサの遺跡は、スピッラーチェ村の向かいに位置する「クリスマ」と呼ばれる細長い丘にあるのだろう。父は、掘るという行為そのもののために掘っていた。あるいは、唯一の目的は祖父アルトゥーロの墓を探し当てることにあったのかもしれない。といっても、そこにこめられていたのは厄祓《やくばら》い的な意味合いだった。親父は殺されてなどいない。ロッサルコの丘だろうがどこだろうが、とにかく殺されてないんだ。そう、心の奥で父はまだ信じていたのだから。

ある日、僕は父に言ってみた。「父さん、僕らのしていることは気狂い沙汰なんじゃないのか？　ここには何も埋まってやしないさ」

すると父は憤慨し、僕がそんなふうに愚痴をこぼすのを待ってでもいたかのように、言下に答えた。「手伝うのが嫌なら帰れ。とっとと帰ってくれ！　俺は一人で掘る。これまでもずっとそうしてきた」

僕は言い返さなかった。父に黙って背を向け、ふたたび掘り出した。父が声に出して文句を言うのが聞こえたが、風に乗って漂う母の名以外は、何と言っているのかわからなかった。

そうして過ごした日々の唯一の慰めは、考える時間をたっぷり持てたことだ。僕は地面を掘りながら、この物語の最後に残ったピースを組み立てていた。地面を掘りながら、僕の思春期を大きく揺るがした出来事が脳裏に映し出されるのだった。地面を掘りながら、赤ちゃんができたのとシモーナから聞かされたときの込みあげる幸せをもう一度噛みしめていた。地面を掘りながら、またしても丘の薄暗い小径に迷い込み、地面を掘りながら、早くシモーナのところに帰りたくてたまらなかった。

ある日の午後、父の傍らで地面を掘っていると、長い骨が二本出てきた。先端が欠けている。ブラシできれいに土をこそぎ落としてみたものの、僕も父も、それが人骨なのか動物の骨なのか、クリミサの時代まで遡るものなのか現代のものなのか、皆目見当がつかなかった。いずれにしても、その骨を見て僕はパオロ・オルシが見つけたという人骨のことを思い出し、真実を話してくれるよう、迷わず父に頼んだ。

父は、新たに見つかった骨は化石化しているから古い時代のものにちがいないなどと言って、はぐらかそうとした。だが、僕が視線をそむけずに答えを待っているのを見ると、「俺が知っているのは真実の一面だけだ」と曖昧に言い、また地面を掘りはじめた。

「つまりどういうことだよ。話してくれ」僕は執拗に食らいついた。

すると、父は、「まあ、そう焦るな。その前に、もっと大切なことを伝えておかねばならん。わしはまだこの話の……」と切り出したものの、いきなり言葉を中断した。「見ろ！　こっちに骨がまだたくさん埋まってるぞ。数十はありそうだ……」さらに掘り続けながら、声を張りあげた。「おい、ここもだ。ちょっと来い。この辺を慎重に掘る必要がありそうだ……」

それから二日かけて、僕たちは歯の揃った頭蓋骨と、そのほか無数の骨を掘り出した。つるはしを振りおろすたびに、骨か、あるいはその破片が一つ見つかるといった具合だった。ざっと土をはらい落とすと、オリーブの巨木の根もとに積みあげた。あとで専門家に見てもらうつもりだった。「お前の母親がいなくて残念だよ。あいつがいれば……」父はまるで祈禱の文句のようにそう繰り返していた。見つかった骨のなかには、ほとんど化石のように見えるものがあるかと思えば、驚くほどつやつやしていて、陽射しを受けてまるで新しい骨のように輝いているものもあった。父はそれらに魅了され、掌のなかで愛おしそうに転がしていた。「もしかすると、本当にクリミサの共同墓地《ネクロポリス》かもしれないぞ。あるいは、ハンニバルの時代、ここが戦場になったとも考えられる。この丘が『ロッサルコ』と呼ばれているのは、悠久の昔に起こった戦いで流された血の赤《ロッソ》にまつわるのかもしれないな……」

「じゃなければ、ンドランゲタ（カラブリア地方で暗躍する犯罪組織）の墓場とかな」際限なく続く父の推測にうんざりした僕は、わざとそう意地悪を言った。すると父は恐ろしい形相で僕を睨みつけ、また黙々と地面を掘り出した。

そんなある日、予定を一週間切りあげて明日出発することにしたよと父に告げた。

「ほう！」父はそう声をあげただけで、何もコメントしなかった。だが、その声のトーンや氷のように冷ややかな視線には、一方的にそう決めた僕へのありったけの非難がこめられていた。

「昨夜《ゆうべ》シモーナから電話があって、お腹の子どもの具合がどうやらあまりよくないらしいんだ。心配だから……」

「そうか、そういうことなら、すぐに行ってやれ」父は理解を示してくれた。そして、僕が発掘作業を続けようとすると、そばに寄ってきて僕の肩を叩き、スピッラーチェの家に戻るよう促したのだった。「家に戻って、ゆっくり荷物の支度でもしてろ。ここは俺が一人で続ける」

その晩、僕はなかなか寝つけなかった。出発を控えた前の晩は決まってそうだが、頭が、僕の求めていることの正反対の働きをするのだ。寝るんだ。明日は何時間も車を運転しなければならないんだぞ。いまのうちに身体を休めておけ。おい、眠れ。もう夜中の二時か三時だぞ。寝るんだ……。眠ろうとすればするほど神経が高ぶるのだった。そのうちに、いらいらした様子で寝室を歩きまわる父の足音が聞こえてくるような気がした。まるで檻に閉じ込められた動物のように、怒りのこもった足音だった。腹立ちまぎれに煙草を吸い、一本が終わると間髪を容れずに次の煙草に火をつける父の姿が見えるようだった。なあに、マッチの節約だよ、などと軽口を叩きながら。それから父はエスプレッソマシンに水とコーヒーの粉を入れ、コンロにかけ、玄関の扉を開け、我が物顔でデッキチェアを占領している猫たちをののしるのだ。目覚まし時計の針を見た。四時だ。頭のなかの父がまた、煙草を吸いながら歩き出す。これで残されたわずかな時間の睡眠ともおさらばだ。寝室に忍び込んできた父の煩悶に、僕は完全に浸かってしまっていた。こうなった以上、ベッドで横になっていても時間の無駄だ。シャワーを浴び、コーヒーを飲むと、家を出た。

車を数キロ走らせ、何度目とも知れぬカーブを曲がったところで、海から昇ったばかりの陽を浴びて輝く丘があらわれた。その距離からだと、丘の上にいる父は白と青の点に見え、輪郭が揺れているようだった。父のそばで、ほかに三つ四つの褐色の点が動きまわっているのがわかる。モロッコ人の仕事仲間だ。こんな朝早くからもう、発掘作業をしているのだ。

　小屋の前で車を停めると、車を降りないうちに父が迎えに出て、小屋の入口に準備してある物を遠くから指差した。オリーブオイルとワインの容器に、パンとタラッリの入った袋、ジャガイモの袋、赤たまねぎ、ピーマン、トマトのケース、編んだニンニク、フィーキ・ディンディアの山、赤ぶどうと雄鶏の金玉《コリオーニ・ディ・ガッロ》の入った籠、オイル漬けの茸や塩漬けオリーブの小瓶などだ。

　父はそれらを車に積み込むのを手伝ってくれ、こみあげる感情に身を震わせながら、僕の頬にキスをした。父の剛い鬚が頬にちくちくと刺さった。僕は過剰な痛みを感じていた。父の目が涙で濡れていたのだ。笑みを浮かべてみせようとするが、父の顔はひきつっていた。「わしの分もシモーナを抱きしめてやってくれ。それと、生まれてくる赤ん坊もだ。道中気をつけるんだぞ」

　それはあたかも、死にゆく者の最期の挨拶のようだった。

31

マリーザは、すぐにスピッラーチェに戻るという約束を守らなかった。守れなかったのだ。トリノに帰った二日後に妊娠していることに気づいたからだ。自分の行動を即断できなかったのは、彼女の人生においてそのときが最初で最後だった。マリーザの父親は娘に失望し、現実を見据えて中絶するよう説得した。敬虔なカトリックの信者である母親は、そのような罪だけは犯してくれるなと娘に哀願した。たとえそのカラブリアの若い教師が認知しなかったとしても、自分たちが協力するから、なんとしてでもお腹の子を育てるように言った。

マリーザは念のため、短い手紙をミケランジェロに書き送った。「愛するミケランジェロ。すぐに戻ると約束しましたが、戻れなくなりました。妊娠していることがわかり、頭も心ものすごく混乱しています。あなたに何かを要求するつもりはありません。これはあなた一人の責任ではないからです。わたしたちは二人ともあまりに無鉄砲だった。おそらくあなたよりも、わたしのほうが。あなたには事実を知らせるべきだと考え、手紙を書きます。心から愛しています。マリーザ」

ミケランジェロは、手紙を受け取った翌々日にはもうトリノにいた。長旅でくたくただったが、マリーザに再会できたこと、そして子どもができたことに心から幸せを感じていた。中絶などという考えはほんの一瞬たりとも頭をよぎることはなく、これからのことに迷いはなかった。むしろお腹の赤ん坊は男の子だと信じて疑わず、誇りに満ちた依怙地さで「僕らの息子」と呼んだ。

マリーザは目に涙を浮かべ、両親の見ている前でミケランジェロにキスをした。彼は、みんなが感極まっているチャンスを逃すことなく、マリーザの父親に「お嬢さんの手をいただけますか」と願い出た。カラブリアではいまだに、求婚の際にはそうした古めかしい言い回しが用いられていたのだ。

こうして二人は、お腹が迫り出して目立つようになる前に急いで結婚式を挙げることにした。マリーザは市役所でと提案したが、結局双方の母親の希望を叶える形で、街の中心にある小ぢんまりとした教会で挙げることになった。

参列者が全部で二十名ほどの簡素な式で、立会人のウンベルト・ザノッティ＝ビアンコが際立った存在感を放っていた。スピッラーチェ村からは、リーナ一人が列車に乗ってやってきただけだった。

一方、ロンドンからニーナベッラが婚約者のデイヴィッドを伴って駆けつけた。二人はその秋に結婚することになっていた。結局、誰もが密かに願っていたとおりになったわけだ。そのハッピーエンドに誰よりも喜んでいたのは、ほかでもないウィリアムの兄で、早くも妻にベタ惚れの夫といった優しさでニーナベッラに接していた。

リーナは嬉しくてたまらなかった。年内には息子と娘が二人とも片付くのだ。花嫁は「トリノっ娘《こ》」だし、未来の婿はなんとイギリス人だが、そんなことは大した問題ではなかった。大切なのは子どもたちが幸せだということだ。夫のアルトゥーロだって、この場にいたらきっと同じことを言うにちがいない。

式が終わると、聖ヴェンネラ教会が人であふれるような盛大な結婚式に慣れていたリーナは、皮肉を言うのも忘れなかった。「ずいぶん大勢の人が来たもんだねえ。まるでどこかのお姫さまの結婚式のようだよ」

「でも、こんなにきれいで頭のいい花嫁さんはスピッラーチェの村にはいないわよ」ニーナベッラはそう反論し、ウインクを送って兄の味方をした。たしかにその日、マリーザはいつにも増して魅力的だった。身籠っているために胸ははちきれそうだったし、ロングドレスにハイヒールという衣裳が、すらりとしたシルエットを強調していた。

「君たちは理想のカップルだね」ウンベルト・ザノッティ＝ビアンコがそう言って、二人に祝福のキスをした。「実は、クロトーネの高校でのシンポジウムのときから、二人はお似合いだと思っていたんだ。どうか、世界一幸せなカップルになってくれ。君たちなら間違いなくなれる」それだけ言うと、披露宴が始まるのを待たずにローマへと発っていった。終身上院議員に指名されたばかりで、明日は国会に出席しなければならないのでねと言い訳しながら。

ミケランジェロは夏休みが終わるまでずっとトリノに滞在し、クリスマス休暇にはまた舞い戻ってきた。

義理の両親の家は異様に広く、ミケランジェロは借りてきた猫のような気分が抜けることはなかった。マリーザがいつもそばにいたものの、食卓では会話に加わらなければならなかったし、街を長々と散歩するときにも付き合わされた。精神的にも落ち着きをとり戻し、迫り出してくるお腹を抱えた彼女と、祭日用のスーツに息がつまりそうなネクタイを締め、いかにも田舎者といったぎこちない風情の彼が連れ立って歩くのだった。

トリノの聖アンナ病院の分娩室で僕が生まれた日、父はスピッラーチェにいた。学校か、さもなければ祖母が父を産み落とした香りたつ丘で仕事をしていたのだ。僕の母方の祖父チェーザレから電報で知らせを受けると、父はいちばん早くクロトーネを発つ電車に飛び乗り、トリノに駆けつけた。

僕を見るなり、父は嬉しくて泣いたと語っていた。泣いたのは人生で二度目だった。母のマリーザは、そんな父に抱きついて口づけした。子どもじゃあるまいし、泣くのはやめて。さもないと赤ちゃんが驚くわ。パパは泣き虫というイメージが赤ちゃんの記憶に焼きついてしまったらどうするの。お願いだから泣かないで……。そうささやきながら、父の口や、涙がこぼれ出る目もとに口づけし、母乳でふくらんだ乳房に父の顔を押しつけた。僕は、そんな母のおっぱいに夢中で吸いついていた。

二人は、僕に二つの名前をつけることで仲良く合意した。父方の祖父の名前をもらってアルトゥーロ、それと母方の祖父の名前をもらってチェーザレ。そして、その両方の名の愛称である「リーノ」と呼ぶことにした。そうすれば不平をこぼす者は誰もいまい。

二人が喧嘩するようになったのは、息子が自慢でたまらない父が、マリーザには生まれたばかりの僕を連れてスピッラーチェ村に移り住む気などまったくないことを理解したときだった。

「冗談じゃない」と父は怒鳴った。「家を改築したんだぞ。風呂と水道が整備されているのは、村ではドン・リコの屋敷と診療所の先生の家とうちぐらいだ。全部の部屋に電灯をつけたし、スペースもたっぷりある。赤ん坊にふさわしくない環境だなどとは言わせない。僕だって妹だって、そんな便利なものなど一切なかったあの家で、病気一つせず元気に育ってきたんだ!」

するとマリーザは夫よりも大きな声で怒鳴り返した。「そんなふうに怒鳴るのはやめて。自分が何様だと思ってるわけ？　わたしに対して大声を張りあげたって、逆効果なだけよ」そのうえで、すぐにはスピッラーチェに移り住む気になれない理由をあげ連ねた。道のりがあまりに長いこと。何かあったときにすぐに行かれる病院がないこと、マラリアがまだ完全には撲滅されていないこと、夏はアフリカ並みに暑く、冬は極地のように寒い極端な気候が生まれたばかりの子どもの健康に害を与える恐れがあること……。「だから、最初の二、三年は、ここトリノで平穏な子育てがしたいの。そのあとで、あなたの小さな王子さまを連れていって、村じゅうにお披露目すればいいでしょ？」

　最後のひと言は夫に歩み寄るためにつけ加えたつもりだったが、ミケランジェロは嫌味をたっぷり塗ったナイフを身体に突き刺されたように感じた。「なんてひどい女なんだ」怒りをこめてそう言うと、目玉が眼窩から飛び出しそうな勢いで彼女を睨みつけた。

「そう言うあなたは、女性に対する接し方を心得た紳士ってわけ？」マリーザは冷たく言い放つと、煩悶するミケランジェロを一人客間に残し、父親に負けじと声を張りあげて泣いていた「小さな王子さま」におっぱいを与えるために寝室にこもってしまった。

　折り紙つきの頑固者どうしの対立で勝利を収めたのは、マリーザだった。言うまでもなく、その時期は彼女のほうに圧倒的に分があった。

　学校が長期休暇に入るたびに、ミケランジェロはすぐさまトリノに行った。妻のために母親が用意した山の幸や海の幸を段ボール箱いっぱいに詰め込んで。腸詰め《サルシッチャ》、ソップレッサータ、生ハムのいちばんおいしい部位、いちじくのオーブン焼き、シラスの唐辛子漬け《サルデッラ》の瓶詰め、ロッサルコの丘で採れた蜂蜜。姑から嫁へ思いやりのこもったメッセージが添えられていた。「母乳がたくさん出るんだそうだ。そう伝えてくれと、母に念を押されたよ。それと、リーノへのキスも託された」

マリーザは真心のこもったキスで礼を言い、僕のゆりかごの隣のダブルベッドに夫を招き入れるのだった。「あなたに会えなくてとても寂しかったわ」そうささやきながら夫を抱きしめ、またキスをすると、その頃にはもう、ミケランジェロの顔にへばりついていた恨みがましいプライドだらけの仮面が剝がれ落ち、笑みがこぼれているのだった。

両親が僕を初めてスピッラーチェに連れていったとき、僕はすでに二歳半になっていたが、父方の親族にはまだ誰にも会ったことがなかった。のちになって父が話してくれたことによると、その頃には村の広場まで郵便バスで行けるようになっていた。僕はバスを降りると家のある路地まで下り坂を一気に駆けおり、興味津々で僕を迎えに出ていた十人あまりの村の女衆のなかから、迷うことなく祖母リーナの胸に飛び込み、次に曾祖母ソフィアの胸に飛び込んだそうだ。

「きっとリーノは血族の声を感じとったんだろう」父が大げさに褒めると、すぐさま母が相応の評価に修正した。「ただの偶然よ。あんまり調子に乗らないで」

その日から、僕は三人の「マンマ」に囲まれて成長した。祖母リーナは「マンマリー」と呼び、曾祖母ソフィアは「マンマソフィー」、そして本当の母のことは単に「マリーザ」と呼んでいた。母の名前の最初の「マ」の音は「マンマ」を意味するものだと信じて疑わなかったのだ。

そんな、六本の手で食べ物を交互に口まで運んでもらい、何かというとキスや抱擁や愛撫まみれにされ、綿にくるまれた境遇におかれたら、ぼっちゃりと肥りもせず、甘やかされもせず育つことなど不可能だった。それはトリノでも同じことで、僕にとってはときに息が詰まるほどの楽園だった。

ただ、スピッラーチェならば、ひとたび家の外に出てしまえば、素足でどこへでも行く腕白な子どもたちと思いっきり遊ぶことができた。ぴかぴかに磨かれた靴を履いてるのは僕一人で、ほかの子たちからしてみれば、火星人の子みたいな存在だった。それでも彼らのお蔭で僕は、石の敷き詰められた路地で雌鶏や猫や犬を追いかけまわす限りない自由の喜びを日ごとに会得していった。さんざん遊びまわった挙句、お腹をすかせ、汗びっしょりになって家に帰ってくると、マンマリーがまるで誘惑するおまじないのようなフレーズで、僕を褒めてくれるのだった。そのフレーズは、いまだに僕の耳に残っている。「近頃の母親はあんたみたいなかわいい子は産まないねえ。たとえ産んだとしても、あんたみたいにはかわいくないさ」

32

子ども時代の思い出のなかでもっとも鮮明に焼きついているのは、ロッサルコの丘での復活祭だ。僕が四歳か五歳ぐらいのときで、父がラバ用の頑丈な綱をオリーブの巨木の枝に結わえ、ブランコを造ってくれた。マリーザが背中を押してくれ、それがしだいに強くなるので僕は怖がっているふりをしていたが、ほんとうは最高に幸せだった。どんどん高くなるにつれ幸福に手が届き、ついにはオリーブの木のてっぺんを越え、空にのぼり、果てしなくひろがる紺碧の海原を見下ろし、そこから雲に飛び込んで、さらに上へとのぼっていけそうな気分だった。

その年からというもの、僕にとって赤い丘は、スピッラーチェの言葉で「パスコーニ」と呼ばれる復活祭を祝うために、父と齢をとった二人のマンマと、親戚や大勢の子どもたちと過ごす楽しい場となった。マンマリーがトリペーピの森で集めてきた西洋茜《せいようあかね》の根を使って赤く染めた卵を真ん中に入れたクッズーパ（復活祭のときにカラブリアで食べるパン菓子）をかじりながら、思いっきり遊び、ブランコを漕ぎまくるのだ。

ただ、そんな楽しい復活祭《パスコーニ》のあいだ、マリーザだけがいなかった。最初、僕はどうしてもあきらめがつかず、ブランコを漕ぎながら捜していたが、マリーザの姿はどこにも見当たらなかった。

しだいに、それが自然の理であるかのように不在にも慣れていった。木々や草がいっせいに花ひらく季節になると、彼女の姿が消えることに僕は気づいたのだ。

そう、マリーザは燕とは逆に移動していた。春の初めになると村を出ていき、秋の終わりに家に戻ってくる。母は僕が小学校にあがるのを待って、ふたたび考古学者としてフルタイムで働き出したのだ。「わたしが留守でも、あなたには二人の素晴らしいマンマがいるし、夏にはイギリスから叔母ちゃんも会いにきてくれるし、パパもいつだってそばにいてくれるのだから、寂しくなんてないでしょう」出発のたびに、少しばかりの皮肉をこめて母はいつもそう言っていたが、それは自己弁護のためというより、僕の悲愴感を和らげるためだった。

父はマリーザの不在を、あるときは怒りのこもった、またあるときは諦観の入り混じった被害者意識とともに受けとめていた。鬱々と物思いに沈み、苛立っていることも多く、「自分勝手で家族のことを顧みない、最低の女だ」と、矢継ぎ早の文句が思わず口をついて出ることもあった。

日曜になると父は憂さを晴らすために独りでトリペーピの森や沢沿いの斜面に出掛けていき、狩りをするのだった。そして、鳥の羽根を輪飾りのように腰に結びつけて帰ってくるのだが、まるで何羽もの鳥を殺《あや》めたことを悔いているかのように、狩りに出る前よりもさらに沈痛な面持ちだった。それでいて、マンマリーやマンマソフィーが嫁の批判をしようものなら、たちまちマリーザの肩を持ち、断固として弁護するのだった。「いったいどうしろって言うんだい？　こんな穴蔵のような場所でマリーザが朽ち果てるのを見てろっていうのか？　彼女は大学まで卒業し、夢中になれる職業を持ってるんだ。なにも遊びまわってるわけじゃない。仕事をしてるんだぞ」

姑たちもそれで引き下がるようなことはなかった。「女房ならば、どんなときだって夫と子どものそばにいるもんだよ。うちのリーノはこんなに小さいんだ。まだまだあの女がそばにいてやる必要があるっていうのにねえ、リーノ」

「リーノが母親のスカートにしがみついてばかりいるよりいいだろう。あんまりママっ子になるのもよくないさ」父はそう言うと、ひろげた掌を掲げて二人の女たちの反論を遮った。

しばらくの沈黙のあと、父は僕に向かって言った。「リーノ、手を洗ってこい。飯にするぞ」

空腹を抱えた僕は、父に言われたとおり台所へ走っていく。すると、ご馳走の並んだ食卓の中央に、山積みの野鳥のローストが鎮座していることがめずらしくなかった。大人たちはそれを頬張って食べていた。まず腿にかぶりつき、まるで犬か猫のように三口ぐらいで肉も骨もやすやすと嚙み砕きながら平らげてしまうのだった。「ものすごく柔らかいよ。お前も食べてごらん」と、大人たちは交互に言った。僕は肉の部分だけを丁寧に骨からはがし、小さな骨や、ときおり歯に当たって、がぎっと不快な音を立てる鉛の玉を皿に吐き出した。

「いちばん栄養のある部分を残しちゃ駄目だぞ」と父は注意した。「頭からかぶりつき、脳みそを啜るんだ。そんなに嫌がるもんじゃない。ほら、食ってみろ。旨いぞ」

僕は自分が弱虫ではないことを父に示すためだったら、鼠にだってかじりついただろう。父に向かって笑ってみせ、目をつむって平らげると、父を喜ばせたい一心で、「柔らかいね。父さんの言ったとおりだ」と感想までつけ加えた。

夕飯がすむと、僕は近所の友達たちともうひと遊びするために路地に出るのだった。父は、平常心と無関心とで上辺《うわべ》をとりつくろい、村の中心の広場に出掛けていった。父にとってはそれが、村人の噂話を阻止するために唯一とれる手立てだったのだ。「トリノっ娘《こ》」が家を留守にしていることを、村人たちは二人の決定的な別れの第一歩であり、夫婦関係があらゆる面においてうまくいっていないことの明らかな証拠だと捉えていた。それに対して父は、「くだらん話だ」と言った。まったく根拠のない陰口で、見当外れもいいところだ。

当時、マリーザのような現代的で自立した女性の生き方を理解できる者は、村には一人もいなかった。だからといって、面と向かって批判する勇気のある者もいなかった。それどころか、マリーザが村に戻ってくると、誰もが敬意のこもった親しげな挨拶をするのだった。それはいくぶん仰々しく、誠実味に欠けるものでもあった。「お帰り、マリーザの奥さん。あんたが来るといつだって村じゅうが華やぎ、浮かれだすよ」

僕の二人のマンマたちも、マリーザが帰ってくると、非難がましく「あの女」と言うのをぴたりとやめ、「うちのかわいいマリーザや」と言っておだてた。温かい巣に帰ってきてくれてよかったよ。みんな首を長くして待ってたんだ。とくに幼いリーノがね、などと言いながら。そして、近所の女衆と同じように気さくなところを見せようと、今回はどこまで発掘をしに行ったのか、何が見つかったのか、などと質問するのだった。父とは異なり、自分に向けられた心にもないおべっかやひねくれた妬みを気にとめないマリーザは、訪れた場所や発掘によってわかったことなどを事細かに辛抱強く説明するのだが、まわりの女たちはまったく興味がなく、何より理解できなかった。

マリーザの帰りを心から喜んでいたのは父と僕だけであり、十五時の郵便バスから降りてくる彼女のさわやかな笑顔が見えたとたん、長いあいだの不在に対する非難や不満や寂しさといったものを封印した。

「おかえり、マリーザ」父はそう言って、丘から摘んできた十月のバラの花束を差し出す。僕は何も言わずに、家までの長旅で疲れはて、身体が火照っている僕の「燕」にそっと抱きつくのだった。

僕はひと晩もすると、マリーザがもうずっと前から家にいるような気になった。なんといっても、やはりこの「マンマ」がいちばん優しく、三倍増しで僕を慈しみ、ほかの二人のマンマたちの息苦しくなるような愛情や恐ろしい量の食べ物から僕を護り、一緒に過ごせなかった日々の埋め合わせをしてくれるのだった。

「野鳥のローストなんて野蛮な料理はやめてちょうだい」と、父にも小言を言ってくれた。すると父はせせら笑い、「どこが野蛮だっていうんだ。最高に旨いんだぞ。嘘だと思うなら食ってみろ」と切り返すのだった。

祖父アルトゥーロや曾祖父アルベルトと同様に、父は骨の髄から猟師だった。村の男たちは誰もがそうだったのだ。ところが僕は、父に何度も促されたにもかかわらず、いちじくの木の枝にとまったカケスを狙って銃を一発撃ったことがあるだけだった。おまけに銃の反動に耐えきれず肩を脱臼してしまった。幸い狙いは外れ、カケスは無事に遠くへ飛んでいった。

「どうやらお前は狩りに向いてないようだ」父はようやく見切りをつけた。「銃を撃たせたことは母さんには内緒だぞ。いいな?」

マリーザの小言などどこ吹く風で、父は猟の季節のあいだじゅう狩りをしていた。ただし、撃ち落とした雉も小鳥も、狐も野兎もうちに持って帰ることはせず、猟師仲間か親戚に全部あげてしまった。

そして母の怒りをかわすため、たまに日曜に猟をあきらめ、「この地方にはせっかく魅惑的な場所があちこちにあるんだもの。行かないなんてもったいないわ」という彼女の計画にしたがって、パオロ・オルシの足取りをたどるハイキングに加わるのだった。

当時のハイキングのお蔭で、僕はいまだに、洗礼堂や大聖堂、荘厳な城が這いつくばるように建っているサンタ・セヴェリーナ村の凝灰岩の岩壁や、サン・デメトリオ・コローネ村の聖アドリアーノ教会の床でのたうちまわる、頭が黒く凄まじい形相の三匹の蛇と、体に斑点のある豹のモザイク画などを感動とともにまざまざと思い出すことができる。スティーロにあるビザンティン様式の荘厳な教会ラ・カットリカを訪れたときには、口をぽかんと開けて長いあいだ見惚れ、まるで自分が空に浮いているような、どこまでも空間が無限にひろがっているかのような奇妙な感覚を覚えたものだ。そのあいだ両親は、柱に刻まれた記号を夢中になって解読していた。

「ああ、たしかに魅惑的な場所だ。実に素晴らしい」父までが、母の言うことを認めるのだった。依怙地なまでのプライドを持つ父にとって、母の言うことを素直に認めるのは容易ではなかった。それでも父なりに努力をしていた。そしてクリスマスには、母への愛のために、あるいは平穏な家庭への愛のために最大限の譲歩をし、トリノの祖父母の家まで電車で一緒に来るのだった。

僕にとって、普段と違う場所で二週間を過ごすのは楽しいことだった。街の隅々までがクリスマスの華やいだ雰囲気に包まれていたし、通りが広く、昔ながらの建物やまばゆい商店が立ち並び、祖父母がほっぺたの落ちそうなほどおいしいお菓子を食べに連れていってくれる洒落たカフェのあるトリノが大好きだった。それにトリノはいわば僕の生まれ故郷であり、家に帰ってきたと感じることができた。

父は、場に合わせて礼儀正しく振る舞ってはいたものの、余所者としての居心地の悪さを感じていることは顔ににじみ出ていた。そしてそれを、義理の両親に向けた型どおりの気配りや微笑みでなんとかとりつくろおうとしていた。

マリーザはその場では何も言わずにいたが、スピッラーチェに戻る列車のなかで、父に言った。

「トリノにいるあいだじゅう不機嫌な顔をするくらいなら、なぜ一緒に来ることにこだわるのよ。

来年のクリスマスはお義母《かあ》さんとお祖母《ばあ》ちゃまと、なんならお義父《とう》さんの亡霊と、家で仲良く過ごしたらいいわ。そのほうがみんなのためよ」

「ああ、そうするよ」と父は答えた。「約束する」それでいて次のクリスマスが来ると、約束したことはわざと忘れたふりをして、また僕たちと一緒にトリノに来るのだった。


その頃、マリーザはギリシアやトルコ、スペインやフランス、そしてイタリア南部のほぼすべての地方でおこなわれた重要な発掘調査に加わっていた。ちょうど夏休みにカラブリアの遺跡調査があるようなときには、僕も一緒に連れていってくれた。

遺跡はたいてい海からすぐ近いところにあった。昼間、僕は同じくらいの齢の子どもがいる地元の家庭に預けられ、その子たちと砂浜で遊び、海水浴をした。そして夜は仲間の「穴掘りおじさん」――僕は彼らをそう呼んでいた――たちと一緒に陽気に食事をし、母のテントで寝るのだった。

眠りに就く前、母はめまぐるしく冒険の起こる神話を語ってくれた。いつだって真っ暗にしてから話しはじめる。「そうすれば、いろいろな出来事が想像しやすくなるでしょ」と言って。話をするとき、母の声音はいつもと異なり、言葉が熱を持ち、のびやかになり、色彩まで帯びてきて、物語が完全なる静寂と闇を引き裂き、ひと言も聞き洩らすまいとする僕の耳に突き刺さる。そして僕は、主人オデュッセウスの姿を認めるとそのまま永遠の眠りについた老犬アルゴスのエピソードや、アイネイアースが、敵に燃やされた故郷の町で父親を一人死なせてたまるかと、おぶって何キロも何キロも走り続ける件《くだり》に感動するのだった。

大きくなったら僕も、アイネイアースのようになるんだ。燃えあがる炎をものともせず、敵の手から父さんを救い出し、世界の果てまでだっておぶっていくぞ。マリーザの話を聴きながら、僕はそんなことを考えていた。自分がアイネイアースのように強くて心優しく、オデュッセウスのように賢くて機転が利く人になったような気がしていた。僕も、若いうちは世界各地を旅してまわり、それから町を築いて、両親と二人のマンマ、トリノの祖父母、デイヴィッド叔父ちゃんとニーナベッラ叔母ちゃんとみんなで暮らすんだ。僕はそう決めて、マリーザに誓うのだった。

するとマリーザは、僕の頬におやすみなさいのキスをしながら尋ねた。「それで、あなたの町はなんという名前にするの？」僕は瞼を閉じ、最初に思いついた名前を口にした。「クリミサ・トリネーゼ」

テントの入口が風で揺れ、そこからおぼろげな光が一すじ射していた。僕を胸に抱いた母は、働きずくめだった一日の疲れから、僕よりも先に眠ってしまった。

ある日の午前中、僕は照りつける陽射しの下で発掘作業を続けていたマリーザの傍らに行った。普段は仕事中の母のそばに行くことはほとんどなかった。べつに禁じられていたわけではない。ひたすら掘っている母の姿を見ていても退屈するだけだったからだ。財宝がざくざくと出てくるわけでもなく、ときおり四角い石を掘り当てるくらいで、僕にはその価値もまったくわからなかった。日光から身を護るためにかぶっていた麦藁帽子の下で、マリーザは汗だくだった。僕は尋ねた。「どうして穴を掘ってばかりいるの？　いったい何を探しているの？　ねえ、マンマ」

彼女のことを「マンマ」と呼んだのは、それが初めてだった。マリーザは肘で額の汗を拭うと、こう答えた。「新しい物語を探しているのよ。あなたに話して聞かせるためにね」

その答えに僕は嬉しくなった。妙に説得力のある理由のような気がしたのだ。僕は、きちんと予習してきた生徒を褒める先生のような口調で、「いいね。その調子で頑張って」と言った。

ひざまずいた姿勢で掘っていた彼女は、「来年の春には、待ちに待ったロッサルコの丘の発掘調査を始める予定よ。よかったらあなたも手伝ってちょうだい」と、作業を続けながら言った。

僕は、感謝の気持ちをこめて母の額にキスをした。すると母は、父の心を射止めたというあのさわやかな美しい笑顔をお返しにくれたのだ。

33

都市というのは人間と同じでね、生まれて大きくなって滅びていく。時にはかすかな痕跡だけを残して消えてしまうこともある。そんな痕跡を発見できるのは、鋭い観察眼を持つ人だけなの。都市は魂を持っていて、それは決して滅びることがない。土くれのあいだや、草の陰、空中に紛れているの。風という声で語りかけ、独特の匂いを放っている……そう話したのは母だった。クリミサが果たしてどこにあるのか、正確なところはわからない。でも、その魂はたしかにこの丘の周囲に漂っている。パオロ・オルシ教授はそれに早くから気づいていたが、証明することはできなかった。もしかするとクリミサは第二次ポエニ戦争のときにハンニバルによって破壊されてしまったのかもしれない。ローマとの同盟を守ろうとして、ここから数キロのところにあった古代都市ペテリアと同じ運命をたどったのだろう。あるいは、地震によって壊滅したとも考えられる――この一帯は、地震が頻発する地域だということを忘れてはならない――。アポッロ・アレオ神殿とその周辺にあった住宅は、巨大な地震によって崩壊したとオルシ教授は考えていたが、そのときの地震によってクリミサも崩壊したのかもしれない。いずれにしても、住民は地獄のような苦しみを味わったにちがいない。それは確実だ。おそらくこの地には、彼らの苦悩や彼らの流した血が永遠に染みついているのだろう。生き残った者たちは、クリミサの記憶を絶やさぬよう懸命になったが、命取りとなるマラリアの蔓延で高地に逃げることを余儀なくされ、そのあいだに大規模な土砂崩れが起こり、すべて埋没してしまった……。

　ニーナベッラを除いたアルクーリ家の人々全員が、クリミサの説明をする初老のウンベルト・ザノッティ＝ビアンコと母のまわりを囲んでいた。ロッサルコの丘全体を包み込むようにみんなの視線が連なるなかで、誰もがほかの人の目に確証を求めていた。

　ザノッティ＝ビアンコは、新たな発掘調査のための予算がおりることになったとみんなに報告した。「これまでにずいぶんと長い時間を要してしまいました。ですが、困難な時代だということもご理解いただきたい。上っ面なものにばかり投資し、本当の意味での文化というものがないがしろにされている。これまでもずっと戦いの連続でした。嘘ではありません。いずれにしても、これでようやく本腰を入れた調査が徹底的にできます。当然ながら、発掘の総指揮はマリーザに務めてもらいます。これは決してわたしの依怙《えこ》贔屓《ひいき》でも、ご主人が土地の所有者だからでもなく、彼女自身がこれまで各地の発掘現場で抜きんでた成果を収めてきたからなのです」

　それを聞いて母は感激し、父はそんな母を誇りに思った。そして僕は両方に連帯感を示すために、感激すると同時に誇りに思った。マンマリーは、コーコ学者のパオロ・オルシがひたすら丘を掘り続けた結果、こともあろうに忌まわしい二つの白骨遺体を掘り当てたことがいまだに頭から離れなかった。そのため、その話をどう受けとめたらいいものか判断がつきかね、無関心を装っていた。ふたたび資金を投じて発掘を再開することに対しあからさまな反対意見を述べたのは、マンマソフィーだけだった。「あの丘はそっとしておくべきなんだ。掘れば掘るほど丘を苦しませるだけだ」怒りを湛えた、よく響く声でそう言った。

それを聞いて僕は思わず笑い出した。人間でもないのに、土地が苦しむという発想が突拍子もないもののように思えたのだ。マンマソフィーはとうとう頭がおかしくなっちゃったんだと僕は確信した。すると、ほかのみんなもつられて笑い出した。それは、抗議の声をまともにとりあげようとはせず、なるべく角の立たない形で握りつぶしてしまおうという態度だった。

「いつから始めるんだい？」と父が尋ねた。

「予定どおりいけば、十日ほどで始められるはずよ。一緒に調査にあたってくれる研究者たちがシチリアから来るのを待ってね。調査チームの残りのメンバーは、コゼンツァやレッジョから来ることになっているの」母はそう答えると、ウンベルトを気遣って声を掛けた。「そろそろ昼食にしましょう。夕方にはローマ行きの電車に乗れるように、チロの駅まで送っていきますから。何か月か前に、スピッラーチェからマリーナに通じる舗装道路が開通したんです。このあたりも少しずつ発展してきています」

父は、話が村の発展に及んだことを嬉しく思った。余所から来る者に対しては、いつだってスピッラーチェの村や村人たちのことを褒める父は、車で移動する道すがら、かつての大地主ドン・リコが所有していた土地が、いまや農民たちの手によって大きく変化した様子を、ザノッティ＝ビアンコに示してみせた。各種の果樹やオリーブの木、選り抜かれた品種の小麦が新たに植えられ、まるでサロンのように手入れが行き届いている。いずれも農地改革で農民が手にした土地だ。ただし、それでも家族全員を養うには狭すぎたため、土地の分配から数年もしないうちに、若者たちはフランスやドイツ、北イタリアへの移住を余儀なくされた。「このあたりの若者は、たいそうな働き者でしてね」と父は言った。「自分を犠牲にすることも、苦労をすることも厭わない。だからこそ、移住先で成功を収めているのです。社会が健全でさえあれば、労働は評価され、相応の形で報いられますからね」

スピッラーチェの村に入ると、村全体が巨大な工事現場のようだった。複数の班に分かれて、洪水で壊滅的な被害を受けた村道を修繕している作業員や、親方一人に三、四人の職人が組になり、移住先で一旗揚げた者たちの家を建てたり、あるいはリフォームしたりしている建設業者たちの姿がそこかしこに見られる。そこには、無秩序だが生き生きとした活気があった。折しも、僕たちが車から降りようとすると、黒雲のような燕の一群が空を舞い、周囲の活気がさらに強調された。喜びに我を忘れたのか、低空を飛びながら甲高い鳴き声をあげる燕たちは、広場で大声をあげて駆けずりまわる子どもたちとけたたましさを競い合っているかのようだった。

父は、ザノッティ＝ビアンコに新しい村役場を見せた。ドン・リコがスピッラーチェ村に納めなければならなくなった屋敷の一部を改装したものだ。ドン・リコは何十年ものあいだ村に一リラたりとも税金を納めてこなかったため、いまになって四千二百万リラを払わなければならなくなった。その一部は、土地の接収の補償金一億リラとの相殺が認められ、残りは不動産で物納したのだ。「村役場だけじゃなく、映画館もできたし、テレビのある家庭も少なくありません。見てくださいよ、アンテナがいくつも立っているでしょう？　各家庭には電気や水道が敷かれ、バスルームもできました。小学校なんて、満杯のクラスが十もあるんですよ。広場で遊んでいる子どもたちはみんな、うちの学校の生徒たちです。小学校を卒業したら、ストロンゴリの中学に進学し、クロトーネの高校へ行くのです」父は誇らしげに語っていた。

ウンベルト・ザノッティ＝ビアンコは、笑みを浮かべた。「見ているだけで充分に伝わってきます。ここ数年で村の様子は一変しましたね」その瞳は、見る者を虜にするほど美しいブルーだった。僕がじっと見つめると、彼も僕を見つめ返してきたが、その視線が次の瞬間どこか物憂げになった。あるいはそれは、何年ものちにこのときのことを思い出しながら母が語ったように、先を予見してのことだったのかもしれない。——ウンベルトの目には、あの新築の家々の未来の光景が映っていたのよ。住む者もいなくなってかび臭くなり、錆びた支柱の鉄骨だけが、燕も飛ばなくなった空をつかもうとするかのように虚しく伸びている。そして、あなたも含め、広場を駆けまわっていた子どもたちも、あのほとばしり出るような活力も、どこへともなく散ってしまった光景がね。

発掘調査が始まる前のある午後のこと、うちに二人の男がやってきた。マンマリーは誰なのかも訊かずに二人を家のなかに入れた。「ミケランジェロ・アルクーリ先生のお宅でしょうか」と礼儀正しく尋ねてきたうえに、きちんとした身なりをし、ネクタイまで締めていて、悪い人には見えなかったのだ。

マンマリーは彼らを客間に通した。そこで父は生徒たちの作文の宿題を直し、母はロッサルコの丘の発掘調査に関してパオロ・オルシがまとめたノートのコピーを整理していた。僕は、遊びにいくのなら先に宿題を終わらせなさいと言われ、テーブルの隅で勉強をしていた。

見知らぬ男たちは全員と握手をしたうえで、名を名乗った。僕にまで握手を求めた。その後、年嵩のほうが口を切った。「よい知らせをお伝えするために参りました。お宅が所有されている丘の麓に、テニスコートもプールもディスコも完備した観光村が建設されることになったのです」

「なんだって？」と父が、話がさっぱり理解できないというように、怪訝な口調で尋ね返した。

「そう警戒しないでくださいな、アルクーリさん。れっきとしたプロジェクトなのですから。いま計画書をお見せします」もう一人の男が間に入り、巻いてあった長い紙をテーブルにひろげ、文鎮代わりに僕のノートを両端に置いた。「ご覧のとおり、大規模な施設となる予定です。このあたりは風光明媚ですし、海もすぐ目と鼻の先にある。鉄道と国道一〇六号の下に新しく道路が通る計画でして、村を訪れる観光客は、その道を通って海岸に行くことができます」

母は、自分の耳が信じられないといった様子で、青ざめた顔をして二人を凝視した。

「お宅の所有地に隣接する土地は、すでに私どものほうで購入済みで、問題は一切ありません。しかもいいですか、農業用地としてではなく、建設用の土地として購入したのです。要するに、あなたもよくご存じだと思いますが、所有者であるドン・リコの御子息にとっても、有利な取引だったわけです。お宅にも同じ条件を提示させていただきたい」

計画書には、数十軒並んだ二階建てのコテージや、植え込み、駐車場、生垣で仕切られたテニスコートが三面、細長い8の字形をした青いプールなどが描き込まれていた。僕の目には、きれいに整備されたミニチュアの村のように映った。悪くないと思った。ところが父は計画書には一瞥もくれず、慇懃に断った。「お申し出には礼を言いますが、ロッサルコを売るつもりはありません。父ともそう約束したのです。父は丘を手放さなかったために流刑にされました」

二人組は心外だと言うように顔をしかめた。「存じてますとも。誤解のないように言っておきますが、私どもはドン・リコとは違います。あなた方の手から無理やり土地を奪おうというわけではありません。ご説明しそびれたかもしれませんが、お宅にとっては数百万の儲け話となるはずです。しかも、お譲りいただきたいとお願いしている区画には、二十本ほどの樹木と、半ば枯れかけているぶどう畑が一部あるだけじゃないですか。あそこが耕作に適した土地でないことは、あなたもご存じのはずだ」

「おっしゃることは正しいかもしれませんが、わたしたちには関係のないことです。夫もはっきりと申したとおり、土地を売るつもりは一切ありませんので」それまで黙っていた母が、父よりも烈しい口調で言った。

「よく考えてくださいよ、先生。もし発掘調査をして古い時代のものが何か見つかりでもすれば、丘ははした金で国に譲りわたさなければならなくなるんですよ」

父は顔色を変え、「どうして発掘のことを知っているんだ？」と、探るように尋ねた。

「まあ、こっちはほかにもいろいろとわかっていますがね。とにかく、ロッサルコの丘でいちばん肥沃でない区画を売ってほしいとお願いしてるだけだ。ピロルの斜面の半分でいいんです。しかも、お宅にとって好条件の価格でね。それだけでなく、私どもの観光村が完成すれば、お宅が所有するほかの土地の価値も総じて上がるのですよ」年嵩《としかさ》のほうの男がしびれを切らして言った。

「あの一帯には建築規制があるから、何も建てられないはずだ」父の口調にも苛立ちが感じられた。

「たとえいまは建築できないとしても、すぐにできるようになりますよ。我々はそんなことでは引き下がらない！」若いほうの男が断固として言い放った。

それまで脇で黙って聞いていたマンマリーが、二人組の男に飲み物でもどうかと尋ねた。話を中断されて機嫌を損ねた二人が、「結構です、奥さん」とにべもなく答えると、彼女は愛想笑いを浮かべ、二人を家から押し出さんばかりの勢いで玄関まで見送り、丁寧な口調ながらも威嚇した。「ミケランジェロは父親に輪をかけて頑固な子でしてね。沢の岩よりも頭が固い。いったん嫌だといったら絶対に考えを変えません。あなた方が紳士だということは、お顔を見ればわかります。でしたら、どうぞ執拗にはなさらずに。時間の無駄です。土地を手放さないために、あの子の父親は五年近くの流刑に耐えました。息子のあの子は監獄に十年入れられても平気でしょう。一面に花の咲くロッサルコの丘であの子を産んだこのあたしが言うのですから間違いありません。おわかりいただけましたか……」

説明は完璧だった。僕にだってわかったのだから。

その晩、ふさぎ込みがちのみんなの気分を和らげるために、父がキタッラ・バッテンテを弾いてくれた。僕は父の真正面に陣取り、素早く振動する五本の弦や、サウンドホールの周囲に貼られたピンクがかった装飾用の紙、共鳴板を撫でたり叩いたりする父の指にうっとりと見惚れていた。そんな僕を見て、父は微笑んだ。「お前が高校にあがったら弾き方を教えてやろう。なあに、難しくはないさ。情熱と頭さえあれば上達する。すべてに共通することだがね」

それから三日後、学校が夏休みに入るのと同時に発掘調査が始まった。

34

最初のうち二人は、何かにつけて喧嘩ばかりしていた。どこをどのように掘るべきかといったことまで意見が対立したのだ。母は言い張った。「言っておくけれど、これはわたしの専門の仕事で、今回の発掘調査の総指揮はわたしなの。調査費用を獲得したのもわたしだし、パオロ・オルシ教授の仮説を踏まえた発掘プロジェクトにしたがっているのよ」

父が負けじと怒鳴り返す。「いいか、ここは俺の土地だ。自分の懐のように知りつくしてるんだ。この丘については隅から隅まで、石の一つひとつ、すべての歴史まで、俺の知らないものはない。それに君とは違い、俺はパオロ・オルシにも直接会ってるんだぞ。こんなんだったら発掘なんて認めるんじゃなかった……」

最終的に母は、腹立ちを通り越してけらけら笑い出し、父はくたばりやがれと母を罵倒し、気を鎮めるために僕のところへ来るのだった。二人ともまるで、鼻っ柱の強い我儘な子どものようで、聞くに堪えない醜い争いだった。僕は、古代都市クリミサ発掘プロジェクトに情熱を注ぎ、協力してくれている十六人の人たちに対し、恥ずかしくてたまらなかった。母の昔からの同僚や研究仲間、そして学生たち。みんな、僕らのいる場所から半径五十メートルほどのところで、地面を見つめて黙々と作業していたから、両親の喧嘩や互いに罵り合う言葉が耳に入らないわけがなかった。

僕は怒りで爆発しそうだった。ほんとうならば、沢の湯だまり《ヴッロ》か、さもなければ海で、その年初めての水浴びを楽しんでいるはずだったのに……。六月だというのに早くも真夏の暑さが到来していた。丘からは、アリーチェ岬の砂浜で遊ぶ子どもたちの集団が見えた。僕の意思などお構いなしに、父が今回の発掘調査には僕も参加するよう固執したのだ。「いいか、やってみれば間違いなくおもしろいし、勉強にもなる。母さんだって内心ではそれを望んでるはずだぞ。気位が高すぎて、自分から手伝ってくれとは言えないだけだ」

僕は息子としての義務感から父に言われたとおりにした。五年生への進級も決まり、大人の仲間入りをしたつもりになっていた僕は、誰の言うことにも逆らってばかりだったが、父に対してだけは嫌とは言えなかった。

父は、母から割り当てられた僕のすぐ近くの区画で黙って地面を掘りはじめた。「たしかに俺も、祖母《ばあ》さんの言うとおりアルクーリ家の血を引いて石頭だが、あいつは俺よりずっと石頭だ」とつぶやいたきり、昼食の時間までひと言も喋らなかった。いつまでも腹の虫がおさまらない様子で、汗だくになっていた。

最初の四日間に出土したものといえば、アンフォラの破片がいくつかと、とくに何かの形をしているわけでもない大理石の塊が二つ、縁のある瓦が三枚、そして青銅製の三角形の矢尻が一つだけだった。僕にも父にも、あまりに少なすぎる収穫としか思えず、意気消沈し、退屈しはじめていたが、母はとくに感想を述べるでもなく、相変わらず作業に専念していた。僕たち素人の目からすれば、数も少ないし、とりたてて意味のあるものとも思えない出土品だったが、母は世間をあっと言わせるような古代都市クリミサの発見につながるものと信じて疑わなかったのだ。

五日目、父が二本の骨を掘り当てた。時を経たせいでところどころぼろぼろになっている。父は青ざめ、不安げに母を呼んだ。「来てくれ、マリーザ。こんなものが出てきたぞ」

母は、父がなぜそれほど青ざめているのか即座に理解し、安心させた。「人間の骨ではないわね。それに、少なくとも千年は経過してるはずよ」

父は敢えて何も言わず、代わりに安堵の溜め息をついた。たとえ愚かな望みだとわかっていても、いつか祖父アルトゥーロが、風の花のようにふっと元気な姿をあらわす日が来るかもしれないという思いは父の心から片時も離れたことがなかった。


日曜は発掘を休んだ。翌月曜日、車から降りた僕たちに、騒々しい重機の音が襲いかかってきた。慌てて発掘現場まで言ってみると、丘の麓と国道一〇六号のあいだを動きまわっているものが見えた。四台のショベルカーだ。雲のように土埃を巻きあげながら、斜面から削りとった土を平地に撒いたり、大型トラックに積んだりとせわしなく働いている。土を積みおえたトラックは、国道の方角へ走り去る。

「頭がどうかしてる。なんてことをするの。あくどい連中ね。これは犯罪行為よ。やめさせないと。警察に行って、あの人でなしどもを訴えてくる」と、母が声を荒らげた。そんなふうに激怒した母を見るのは初めてだった。

調査団の人たちは皆、母の意見に賛成だった。誰もが我が目を疑い、愕然としていた。父は押し黙っていた。石のように硬直し、ホラー映画でも観ているかのように眼をひん剝いていた。

母がショベルカーのほうへ走り出した。「やめなさい。この一帯は考古学遺産エリアよ。勝手に掘り起こすことは許されない。訴えてやるわ。このならず者！　非常識よ」完全に理性を失い、繰り返しわめいている。

みんな母の後を追いかけた。もちろん父もだ。僕らの土地の境界を示す針金雀枝《はりえにしだ》の生垣のところで母に追いついた。母はまた声を限りに先ほどの糾弾と脅しの言葉を叫んだが、ショベルカーの轟音に掻き消されてしまった。おまけに、運転席にいる男たちは、棘だらけの枝が絡み合う生垣の後ろにいる僕たちが視界に入っているはずなのに、見えないふりをしていた。

父が傍らに歩み寄り、母の手を両手で包み込むと穏やかに言った。「君の怒りはよくわかる。だが、残念ながら俺たちには口出しできないよ。掘り起こしているのは連中の土地だ。うちの土地に手を出したら、すぐに警察に行こう。いまのところは、俺たちは発掘作業を続けるしかない」

母は父にくるりと背中を向けると、来た道を引き返し、丘を登りはじめた。僕たちは退却する兵士のようにその後をついていった。

その日は誰もが無言で作業を続けた。丘の下のほうで休むことなく動き続けるショベルカーを、ときおり横目で睨みつけながら。

日が暮れて家に帰った僕たちは、すっかり気が滅入っていた。マンマリーとマンマソフィーが料理に腕をふるい、帰りを待っていてくれた。猪の肉とペコリーノチーズのソースであえたタリオリーニ（細めの平打ちパスタ）と、揚げピーマンにジャガイモと玉葱とナスを加えて炒めた野菜料理。それが、その最悪の一日のせめてもの慰めだった。

夕食を食べおわったところへ、このあいだの二人組の男がふたたびあらわれた。前回と同様きちんとした身なりをして、まるで昔馴染みのように親しげだった。

「もう一度、例の取引の話をさせてもらいたくて来たんです。充分お考えいただけたのではないでしょうか。お二人とも学のある、賢いお方だ。こちらも本気だということがおわかりでしょう」

「あんた方の土地には、好きなものを建ててくださって結構です」父はできるだけ穏やかに応じたが、母が荒々しい口調でつけ加えた。「わたしたちの土地をどうするかは、わたしたちで決めます。余計な口を挿まれる筋合いはないわ」

「アルクーリさんよ、値段を吊りあげようったって無駄ですよ。こっちもこのプロジェクトには莫大な資金をつぎ込んでるんだ。建設予定のコテージの大半は、ドイツで一旗揚げた地元の人たちに売約済みです。彼らがドイツから帰ってきたら、何を引き渡せというのです？　古い屋根瓦の欠片ですか？　多くの失業者が労働の機会を手にでき、おまけに地域一帯が観光地として発展するまたとないチャンスだというのに、お宅の無意味な発掘ごときのために、すべてをふいにするなんてできませんね。どうせ、あんなところを掘っても何も出てきやしません。時間と金の無駄遣いだ」

「そっちこそ、何度も他人《ひと》の家に押しかけて、説教じみた口調で無理難題を押しつけるなんて、どういうつもりだ。何度来ようが、絶対に意見は変えない」

「絶対なんていう言葉は使わないほうが身のためですよ、アルクーリ先生。どうぞ考えなおしてください。近いうちにまたお邪魔します」そう言うと、二人は慇懃な挨拶をして立ち去った。

　翌日、僕たちは平静をとり戻し、発掘作業に集中していたため、木が何本か根こそぎ切られていることに気づくまでしばらく時間がかかった。父が数えたところによると、いちじくの若木や、柘榴、オリーブなど、発掘作業を進めているピロルの斜面に生えていたものばかり合わせて十八本が切り倒されていた。なかには樹齢百年を超えるオリーブの巨木も五本含まれていた。父は苛立った足取りで丘全体をくまなく調べて歩いた。

戻ってきた父は、幸いほかには切られた木はないようだ、ぶどう畑も無事だったと報告した。母は、まるでこの出来事の間接的な犯人を見るかのように、幻滅した、苦々しい面持ちで父を一瞥した。

その視線を自己流に解釈した父は、車に乗り込むとマリーナの警察署に行き、被害届を出した。首謀者が誰かは容易に想像がついたが、容疑者は不明とした。

それから数日はショベルカーの音を耳にすることはなかった。ある晩、僕らは家に帰る前に、ひっそりと静まり返った工事現場に行ってみた。国道からは土埃にまみれただだっ広い更地が一望できた。うちの針金雀枝の生垣のすぐ下の斜面を切り崩してできた垂直の絶壁は少なくとも三メートルの高さはあり、丘の斜面に沿ってずっと続いていた。そして、下の平らな更地と直角に接していた。錆色のその岩肌が傷痕のように痛々しかった。

更地のほぼ中央に車を停めると、母は車から降りて周囲の状況を調べはじめた。掘り返された土に手を入れながら、一メートル四方ごとに慎重に調べている。「ここには考古学的な遺物は何もなさそうね。連中がどこかに埋めたか、トラックで運び出してその辺の谷に捨ててしまった可能性も否定できないけれど」

翌日から母は、僕に言わせれば過剰とも思えるほど意気軒昂として発掘作業の指揮にあたった。掘り出されたテラコッタの破片や、そっと触れただけで崩れそうなほど薄くて朽ちかけた銀板、頭や手足の欠けた青銅製の像……。そうしたものの土を丹念に落として小屋に並べると、大きな青いノートに何ページ分も記録をつけていくのだ。

僕は退屈だったし、容赦なく照りつける陽射しに汗だくだった。その頃にはもう、朝から日が暮れるまで村の近くの湯だまり《ヴァッロ》で気ままに水遊びをしているクラスメートよりも、僕のほうがはるかに日に焼けていた。僕は、友達が羨ましくてたまらなかった。たまに、退屈きわまりない発掘作業をさぼってみんなと一緒に遊びたくて、ものすごくお腹が痛いとか、頭が痛いとかいった嘘をつくこともあった。

すると翌朝、日の出とともに父に叩き起こされ、本来果たすべき役割に連れ戻されるのだった。「いいか、お前も来ないと駄目だぞ。母さんがそう望んでるんだ」その実、僕にそばにいてほしいのは父のほうだった。現場で父は母に相手をしてもらえず、せいぜい教授の機嫌をとるためにしぶしぶ発掘に参加している無能な学生並みにしか扱われなかったのだ。

ところが運命とは皮肉なもので、このときの考古学調査でもっとも重要な遺物を掘り当てたのは、ほかでもなくそんな父だった。両端に穴の開いた鎧——父はそれを最初に見たとき、軽油タンクの錆びた蓋だと思ったらしい——と、三十センチほどの長さがある四角い金属だ。二つはそれほど離れていない場所の、五十センチぐらいの深さのところから掘り出された。

すぐに母が駆けつけた。「これは武具の一部よ。ほかの部分もこのあたりに埋まっている可能性が高いわね」そう言いおえないうちに、母も一緒になって憑かれたように掘りはじめた。

僕はわくわくした。そして地面を掘りながら、僕が武具の重要な部分を掘り当てられるよう、聖アントニオにお祈りした。

一時間ほど掘ったとき、父が地面の下から銀製の矢尻三つと小ぶりの弓を掘り出した。聖アントニオは僕の願いを聞き入れてはくれなかったが、それでも母が大喜びで同じ言葉を繰り返すのを聞くと、それ以上のことをしてくれたのだという気がした。「素晴らしいわ。やっと見つかったのね」さらに父の額にキスをして言った。「今日は幸運の女神があなたの味方をしてるみたい」それから、出土品を持って小屋にこもり、きれいに土を落とし、まるで自分の子どものように撫でまわしていた。

残念なことに、そのときの調査期間内には武具の残りの部分を発見できず、それ以外には特筆すべき出土品もなかった。「もしかすると、すでに過去の時代に掘りつくされてしまったのかもしれないわね」母はそう嘆きつつも、発掘の成果には満足しているようだった。「精巧な細工がほどこされた青銅製の胴鎧と、銀製の小型の弓と矢尻が見つかっただけでも、調査の甲斐があったというものよ。古代都市クリミサの重要人物の副葬品の一部にちがいないわ」

「それって、ピロクテテスということもあり得る?」僕は、無邪気な期待をこめて尋ねた。

「その可能性はないと思うわ。仮説としては夢があってステキだけれどね。はっきり言えるのは、この丘にはクリミサの人々の神秘的な魂が宿っているってことね」

35

翌年の春まで、僕はロッサルコの丘に行く機会がなかった。復活祭のとき久しぶりに丘を訪れてみると、発掘がおこなわれた斜面には、父の手によって胡桃、洋梨、いちじく、ネクタリン、桜、桑などの若木や、何本もの柘榴、そして「雄鶏の金玉《コリオーニ・ディ・ガッロ》」が数列植えられていた。祖父アルベルトや昔ながらの祖父の仲間の願いが実現されたわけだ。

満開の花で黄色く染まった針金雀枝《はりえにしだ》の向こうには、未完成ではあるものの観光村の最初のコテージ群が立ちあらわれていた。だが、それ以外には工事中らしき現場があるわけではなく、人の気配もなかった。風にあおられて、ときおり赤茶けた土埃が舞いあがるだけだった。

僕はみんなで発掘をした夏のことを思い出していた。退屈した記憶や腹を立てた記憶は薄れ、出土品が出てきたときの昂揚感をなぞっていた。さわやかな笑顔を浮かべた母の姿が脳裏に浮かび、たまらなく母に会いたくなった。その数日前、キプロス島に出張中の母から、復活祭おめでとうという絵葉書を受けとったばかりだった。僕は、海と赤い丘を背景にスピッラーチェ村が描かれている絵葉書の裏に、「大好きだよ」と母への思いの丈を綴って、返事として投函した。いつだってそうだった。僕の怒りは、母へではなく、母の不在へ向けられるのだ。おそらく自己防衛のメカニズムが働くのだろう。いちばん楽しい情景だけを切り取り、忘れないように記憶の額縁に入れて飾っていた。

　聖アントニオの祝日には、ニーナベッラがイギリスから帰ってきた。彼女がデイヴィッドと一緒にいるところを見たのは、それが最後となった。スピッラーチェ村に滞在していた二週間、互いのあいだにもう愛情が欠片も残っていないことを、二人は隠そうともしなかった。かつて愛情が存在したとしての話だが……。父とマンマリーだけが、二人はまだ結ばれていると思いたがった。どこの家庭でも見られる、夫婦間のありふれた問題にすぎない。子どもができれば完璧な夫婦になるだろうと二人は考えていた。たしかに弾けるほどの若さとはいえないけれど、女は四十までなら健康で生き抜く力を持った赤ん坊を産めるんだよ、聖アントニオさえお望みなら……とマンマリーは言った。

　ニーナベッラはそれを聞いて噴き出しそうになったが、黙っていた。彼女は村を散歩したり、幼馴染みの女友だちに会いに行ったりして休暇を過ごした。そのあいだ、デイヴィッドは父と一緒に家の台所か村のバールに何時間も居座り、呆れるほどの量の食べ物を平らげ、ワインやビールを飲み干すことで気を紛らわせ、陽気に振る舞っていた。

　翌年から、八月の聖母被昇天《フェッラゴスト》の祝日にはニーナベッラが一人で村に帰省するようになった。旦那はどうしたのと尋ねられれば、悪びれる様子もなく答えた。「あたしたち別れることにしたの。あの人に対しても家族に対しても申し訳ないんだけれど、お互い何も話すことがなくなってしまったんだもの」

　ピロルの斜面に植えた果樹の若木は、復活祭が訪れるたびにぐんぐん伸びていき、やがて実った果実を父が家に持って帰るまでになった。僕は、ニーナベッラがロンドンから持ってきた高級ブランドのミキサーを使い、その果物でマンマソフィーにネクターを作ってあげた。そんな便利な道具がある家は、村ではうちだけだった。村に二軒あったバールにさえなかったのだから。

その年の最初の暑さが訪れる頃、マンマソフィーはとうとう力が尽き、ベッドに臥せってしまった。足の先から膝までぱんぱんにむくみ、食事も口まで運んでもらわないと食べられなくなった。考えてみれば、僕は病気で寝ているマンマソフィーを見たことがなかった。いつだってマンマソフィーはトリペーピの森で摘んできた薬草で煎じ薬や練り薬を作り、家族みんなの病気を癒してくれていたのだ。たしかに九十五歳という高齢ではあったが、その年の春までは誰の手助けも必要とせずに歩いていた彼女がとつぜん寝込んだものだから、村じゅうの人が驚いた。僕はいつも言っていた。「マンマソフィー、百本の蠟燭を立てたケーキをみんなで食べるまで頑張ってよ」すると曾祖母は、痛くて呻いているように聞こえる荒い息づかいで答えるのだった。「ありがとうよ、でも苦しくてね。もう存分長生きしたよ。神様がせっかく呼んでくださってるんだ。いまさら逆らっても仕方あるまい。それに足の先から頭まで、身体じゅうがあちこち痛んでねえ」

彼女がそれ以上生きたいと思っていないことは、僕にもわかった。マンマソフィーは、聖アントニオのお祭りの前夜、ニーナベッラがロンドンから帰ってくるのを待っていたかのように、眠りながら息を引きとった。夫のアルベルトと同じように。

その前の晩、司祭から終油の秘蹟を授かる前に、孫二人とだけで話がしたいと彼女は言った。父と叔母が曾祖母の寝室から出てきたのは、一時間か、あるいはそれ以上経ってからのことだった。青ざめて困惑した面持ちの父と、押し黙り沈痛な様子のニーナベッラを見て、マンマリーは身悶えするほどの好奇心に駆られた。「なんの話だったんだい？　何か恐ろしいことでも言われたの？」
「祖母ちゃんの真実だよ」と父が答え、目に涙を溜めたニーナベッラが言い添えた。「それと、お母さんにとっても、大切なことを言ってたわ。アルトゥーロを探すのはもうやめにしておくれ、って。あの子のために心を痛める必要はないんだ。アルトゥーロはいま、うちの丘よりもずっと素晴らしいところにいるんだから。これからあたしが行くところに先に行って待ってるんだ。これからは、あの子と二人であんた方のそばにずっといるからね。あたしらのことを憶えていてくれるかぎりずっと見守ってるよ。そう言ってたわ」

葬儀が終わって二週間が過ぎた日、僕は父とマンマリーと三人で村の中心街を歩いていた。マンマリーは赤いカーネーションの花束を手に持ち、道行く人にどこへ行くのかと訊かれると、決まって「お義父さんとお義母さん、それと母に会いにお墓に行くの」と答えていた。ニーナベッラはもうイギリスに帰っていた。僕は早くも叔母さんがいないことを寂しく思っていたし、母さんにも会いたかった。何よりマンマソフィーに会いたくてたまらなかった。聖母被昇天《フェッラゴスト》の祝日になろうが秋になろうが、マンマソフィーは二度と帰ってこないのだ。

六月の終わりの朝のことだった。湿気を含んだ空気が生温かい抱擁のように僕らを包み、歩いていく道の先にゆらゆらと影を落としていた。そのとき僕は、白い綿毛のようなものがアスファルトの上でもがいているのに気がついた。急いで駆け寄ろうとするのだが、まるで夢のなかを歩いているかのようにスローモーションでしか動けなかった。それは、うまく飛べずにいる小さな白い鳥だった。先が二股に分かれた尾に、小さく尖った嘴、それに、膜のかかった雨粒のような二つの眼。僕は父に向かって言った。「こんな鳥、初めて見るよ。なんていう鳥？」

僕よりもはるかに驚いた様子の父は、そっと両手で包むようにしてその鳥を拾いあげてから答えた。「アルビノの燕だよ。極めてめずらしい。滅多にいないものだ。実物を見るのは父さんも初めてだ。あそこを飛んでいる群れに突き落とされたんだろう」そして、僕らの頭上をせわしなく飛びまわっている燕の黒い群れを指差した。

「どうして？」

「仲間の燕と違うからさ。真っ白だろ？」

「美しすぎるからだろうねえ。まるで天国の鳥のようだよ。それで、ほかの燕に妬まれちまったのさ。妬みほど醜い病はないと、いつもアルトゥーロが言ってたよ」マンマリーが横から口を挿み、白い羽毛のあいだに優しく指を入れた。そして、舅のアルベルトが昔、ロッサルコの丘でパオロ・オルシと話していたときに、そういう鳥を見たのだと教えてくれた。

僕たちは三人並んで、その蒸し暑い空気のなかをふたたび歩き出した。白い燕は膜のかかった雨粒のような眼で僕をじっと見つめている。僕に何を求めているのだろうか。怖がっているふうには見えず、ずっと前から懐いているようだった。猛禽類のように誇り高い眼差しで僕を見ている。僕は燕に微笑みかけ、母のことを思った。この思いがけない出会いのことを、母さんに話すんだ。世界の各地を旅している母さんだって、こんなめずらしい鳥は見たことがないに決まってる。

「何を考えてるんだい？」僕がぼんやりしているのを見て、父が尋ねた。

「母さんのことだよ」と、正直に僕は答えた。

「母親が恋しいのはわかるけど、うちだって白燕の巣みたいなもんだってことを忘れちゃいけないよ。そうだろ？」マンマリーが言った。僕はその喩えに意表を衝かれた。正直なところそんなふうに考えたことはなかったが、反論はしなかった。

一方、父はその言葉に同意し、まるで家族を慈しむかのように白い燕をもう一度撫でた。燕の姿に祖父アルトゥーロを重ねているようだった。

墓地の塀が見えてくると、マンマリーは泣き出した。まず、愛情に満ちた褒め言葉で舅のアルベルトの思い出を、それからこの世でいちばん素晴らしい姑のことを語り出した。姑とはいつだって気が合い、行き違いや諍《いさか》いなんて一度もなかったし、険悪な間柄になることもなかった。たとえ喧嘩をしたとしても、たちまち仲直りしたものさ。夫のアルトゥーロだっておんなじ。意地の悪いことを言われた記憶もなければ、傷つけるようなことも一度も言われなかったよ。トリノっ娘《こ》と一緒だね。あれほど出来のいい美人の嫁は、地上の楽園にだっていやしない……。

父が愉快そうに笑い出し、僕も父に倣った。このところマンマリーはなんだってすぐに忘れてしまうのだった。お昼に食べたものまで忘れてしまう。その証拠に、墓地の前で安らかに眠りたまえと祈りながら、マンマソフィーが息を引きとる直前、何を話したのかと、またしても父に尋ねたのだった。もう数え切れないほど同じ質問を繰り返していた。

父は、なんの断りもなしにいきなり白燕をできるだけ高く放り投げた。ぼくたち三人は、流れ星のように急降下する飛跡を目で追っていた。それから父は、墓地の門を開けながら、「祖母《ばあ》ちゃんの真実を話してくれたんだ」と、謎かけのように同じ言葉を繰り返した。それ以上はひと言も説明せずに。

ようやく翼をひらいた白燕が、ロッサルコの丘とスピッラーチェ村のあいだの空を、すーっと横切った。健気にもまだ仲間の群れを探しているのだ。一瞬、あたかも感謝をこめて別れを告げるかのように墓地の上空に舞い戻ったが、まもなく水平線のほうへと方向転換し、黒い雲のような燕の群れのあいだに姿を消してしまった。

性根の腐った卑怯者どもめ、最初のひと月の完全服喪まで無視しやがって……父は憤っていた。その頃、父は仕事で学校へ行くときと、たまに墓参りに行く以外には家から出ず、居間にこもって本を読んでいた。ロッサルコの丘には行っていなかったのだ。

炎があがったのは日曜の夕方だった。僕は広場で大勢の人が高く燃えあがる炎を見て大騒ぎしているのに気づき、慌てて父に知らせに走った。「丘が燃えてるよ」と息せき切らせて言った。

マンマリーが狂ったように叫んだ。「なんて酷いことをするんだ。あのならず者どもめ。あんな連中はクリスマスまで生き延びられないだろうよ。雷にでも打たれて、黒こげになっちまうがいい」あまりに大きな声で喚いたため、近所の人や親族がたちまち家に詰めかけた。

父はすぐに車で丘に向かったが、僕が一緒に行くことは断固拒否し、それでも無理やりついていこうとする僕の鼻先で、車のドアをばたんと閉めてしまった。

僕はむしゃくしゃした気持ちを抱えたまま、広場に戻った。村人たちが消火活動を手伝うために、数台の車やバイクや軽トラックに分乗して丘に向かうところだった。「柊の森が燃えてるぞ」「さいわい静かな海風だ。それほど強くない。強風になったら、あの美しいロッサルコの丘が全焼だ」などと口々に言いながら。

夜中の十二時近くになって、森を横断するような形でつくられた防火帯により、燃えひろがる炎をようやくくい止めることができた。防火帯の幅は少なくとも二メートルはあっただろう。大勢の村人たちが斧や鍬や鋤を手に駆けつけ、木を切り倒してくれたのだ。数ヘクタールが燃えたが、トリペーピの森の大半は燃えずにすんだ、果樹も、ぶどう畑も、小屋もかろうじて無事だ……家に戻った父が、そうつぶやいた。

翌朝早く、電話が鳴り響いた。匿名の卑怯者からだったよ、と父が言った。嫌味たっぷりに、火事の一件で懲りたかいと尋ねたそうだ。

父は、くたばりやがれと言って電話を切った。ところがその晩も、そしてその翌日もそのまた翌日も、以前に家までやってきた二人組の余所者が、何食わぬ口調で、交替で電話を掛けて寄越すのだった。いかなる手段を用いてでも丘の一部を手に入れ、観光村を建設するつもりらしい。父は警察に行き、匿名の電話のことを話したうえで、丘での火事もその余所者の仕業にちがいないと初めて二人の名前を出した。

その二日後、僕はなんの説明もなしに、父にトリノの祖父母の家へ連れていかれ、残りの夏休みはそこで過ごすようにと言われた。父は、新学期が始まっても迎えに来なかった。電話を一本掛けてきて、新学年からはトリノの中学校に通うようにと言っただけだった。

「冗談でしょ?」と僕は言った。「そんなの嫌だよ。ここにはいたくない」

父はとりつく島もなく言った。「母さんもそうしろと言ってる」そして、がしゃりと受話器を置いた。その音は、まるで平手打ちのように僕の耳に残った。


その日からというもの、僕と、母や父、スピッラーチェの村、ロッサルコの丘との関係はがらりと変わってしまった。僕らのあいだに暗い亀裂が生じ、夏休みに僕がスピッラーチェの家に帰るときと、クリスマスに母さんがトリノに来るときだけ、そこにかすかな明かりが灯るのだった。

ただしマンマリーに対してだけは、僕はどうしても素っ気ない態度も冷淡な態度もとれなかった。それどころか、電話を掛けてくるたびに同じことを繰り返す祖母に、思わず笑ってしまうのだった。「しっかりご飯を食べたの？　トリノのお祖母ちゃんには、あたしみたいにおいしい料理は作れないだろう？　いいかい、しっかり食べて飲んで、あたしたちのことを忘れるんじゃないよ。お前さんのことが大好きなこのマンマリーに、忘れないって誓っておくれ。かわいくて頭のいい彼女はできたかい？　よくお聞き。お前の母さんと同じトリノっ娘《こ》でもかまわないけれど、あたしら家族と同じ心を持った娘を選んでおくれよ、いいね？」

　そんな祖母に対して、恨みを抱くことなどどうしてできただろうか。僕は笑いながら、「わかってるってば」と答えるのだった。

　時とともに僕は都会での新しい暮らしに慣れていった。以来、スピッラーチェの村やロッサルコの丘に行きたいとか、両親と離れていて寂しいとか、そういった感情を抱いた記憶はない。両親に対してはむしろ、憎しみにも近い疎ましささえ感じていた。彼らのせいで、僕は正当な理由もなく家を追い出されたのだと思い込んでいた。もし僕があのときスピッラーチェ村に残っていたら、祖父アルトゥーロと同じように行方知れずになる危険があったということを教えてもらえていたら、村を離れることに対してこれほどのわだかまりを感じずにすんだだろう。

　あの「性根の腐った卑怯者」――父はその後もずっと連中のことをそう呼んでいた――の脅しから僕を護るためにトリノに行かせたのだと聞かされたときには、すでに遅かった。時間と距離があまりに空きすぎて、以前の世界と僕を結んでいた臍の緒はすでにぷっつりと切れてしまっていたのだ。

　僕の流刑は三年あまり続いた。その後、「性根の腐った卑怯者」たちは逮捕されたのか、ぱったりと姿を見せなくなり、プロジェクトは頓挫した。設計図だけを見てコテージを購入した者たちの金は戻らず、観光村はピロルの斜面の下に刻まれた傷痕と化した。ドアも窓もないままのコテージは、夏になると行きずりのロマの家族が住みつき、やがて不法滞在の外国人労働者が寝泊りするようになった。

ある日、スピッラーチェに帰っていいぞと父から唐突に告げられた。「そうすれば、キタッラ・バッテンテの弾き方を教えてやろう」僕のなかで村に戻りたいという気持ちが増すように、父はそうつけ加えた。だが、そのときにはもう、僕はトリノの理数系高校に進学し、学校にもすっかり馴染んでいたので、卒業までその高校に通うことにした。母方の祖父母と母は、僕の選択に大喜びだった。僕のルーツを形成していた世界に対する恨みは表面上の無関心にとって代われ、僕は相変わらず、村にも、ロッサルコの丘にも、両親にも、マンマリーにも懐かしさなど一切感じなかった。父と一緒にこの物語の最初の真実をたどる作業を始めるまで、僕はその理由さえわかっていなかった。何に対しても懐かしさを感じずにいたのは、知らず知らずのうちにすべてを心の奥に封じ込めていたからだったのだ。

真実

土地は嫉妬深い愛人さながらに絶対的な忠誠を求めてくる。見捨てようものなら、いつの日か必ず、その人を土地に縛りつける秘めた物語を持ち出して脅すのだ。土地を裏切ろうものなら、秘めごとを風に託して解き放つ。どこにいようとも、たとえ地球の果てにいようとも、必ず届くという確信のもとで。それが真実というものだ……。父特有のぶっきらぼうな物言いで、ロッサルコの丘が僕の存在を求めているのだと告げられたとき、僕はそのことを思い知らずにはいられなかった。

何年か前の誕生日に僕がプレゼントした携帯から、父は電話を掛けて寄越した。それ以前に父が携帯から掛けてきたのは一度きり、「すぐに帰ってこい。母さんが死にそうだ!」というものだった。苦しみを押し隠そうともせず、単刀直入にそう言っただけだった。あのとき僕はすぐに車を走らせ、長い道のりのあいだじゅう、父が大げさに騒いでいるだけであることを祈っていた。その数年前から母は病気がちだったが、快復の兆しを見せはじめていた。家に着くと大勢の人が泣いていて、到着した僕をいたわるようにすっと道がひらいた。父は土気色の沈痛な面持ちで、開け放たれた窓のそばで身を震わせながら煙草を吸っており、母はまだベッドにいた。数時間前に息を引きとったばかりだったのだ。

今回の電話での父の言葉はこうだった。「すぐに帰ってこい。丘が崩れそうだ」父の顔に容赦なく打ちつける雨と風の音がはっきりと聞こえ、怒り、傷ついた父の眼と、空に向かって石を投げつけでもするかのように、拳にぎゅっと握りしめられた携帯が頭に浮かんだ。父は土砂降りの雨のなか、独りでロッサルコの丘にいる。ふたたび父の声がした。「すぐに来るんだ」あたかも僕が、千百九十五キロ離れた場所ではなく、スピッラーチェの村にいるかのように。それが命令なのか、あるいは助けを求めているのか、僕にはわからなかった。果たしてどうするべきか決めかねたまま、僕は確信のない声で仕方なく答えていた。「今晩にもこっちを出るよ。支度をして何時間か仮眠をとってからな」

ぶつりと通話が途切れる直前に、雷の落ちるすさまじい音と唸り声にも似た言葉が聞こえた。僕はそれを「待ってるぞ。じゃあ、あとでな」と解釈した。

僕は、その想定外の長距離移動に向き合う気持ちには少しもなれなかった。おそらく無駄足だろうし、ずぶ濡れの泥まみれになるに決まっている。おまけにここ北イタリアでは雪が降り積もり、お伽噺の世界に紛れ込んだかのように一面が神秘的な銀世界。天気予報では車での外出を極力控えるようにと言っていた。父からの電話を受けたのは、ちょうど学校を出たときだった。歩いて家まで帰る道々、僕は行かずにすむ口実をいくつも考えてみた。父が認めてくれそうなのもひとつ見つかった。「予定日まであとひと月もないんだ。こんな大事なときに、シモーナを一人にするわけにはいかないよ」それに対し、僕の心の奥から反論が聞こえてきた。「もしお前が行かなかったら、父さんはどうするんだ？　村の人にはなんと言われる？」

僕の顔を見るなり、動揺し憔悴しているのを見てとったシモーナは、「あなた、どうしたの？

何かあったの？　ちゃんと話して。具合でも悪いの？」と、心配そうに尋ねた。

父から電話があったことを話すと、彼女はたちまち不機嫌になり、行くべきではないと強い口調で言った。「こんな天気で出発なんかしたら、あなたもお義父《とう》さんと同じく頭がどうかしてるということになるわね」

彼女はそう言って笑った。僕を怒らせるつもりなどなかったのだ。生命力の漲る大きなお腹に、突き出しふくらんだ乳房と、妊婦特有のつややかな肌をした彼女は、掛け値なしに美しかった。お義父さんは何をしでかすかわからないから縛っておくべきよ。彼女は普段からよく冗談でそう言っていた。それでも、心の底では彼女が父を尊敬していることを僕は知っていた。だから、もしそれ以上なにも言わずにいてくれたら、僕は彼女の気持ちを受けとめ、優しくキスをしていただろう。ところが、彼女はこう言い添えたのだ。「あんな遠くまでわざわざ行ったって、あなたに何ができるっていうの？　念力で山崩れを止める？　それとも、ヘラクレスのように腕力で阻止するつもり？」そんな棘のある場違いの皮肉を、彼女の口から聞こうとは思ってもいなかった。

僕はもう迷わず、荷物の支度をしに部屋に行った。そして、そのときの僕にでき得るかぎりの冷ややかさで挨拶した。「おそらく数日で戻ると思う。予定日より早く産むなんていう意地悪だけはしないでくれ」

雨と風に押しつぶされた父の叫びが、彼女に理解できるとでも言うのだろうか。僕はこれから夜のあいだじゅう車を運転しながら、猛烈に渦巻く記憶を鎮めなければいけないというのに、赤ん坊を身籠り美しい君は、そんなわかったふうな口を叩いて僕を怒らせるのか。

居眠り運転をしないよう、僕はこの物語の結末を考えていた。ちょうど映画のエンディングを想像するように。ＢＧＭは、スピーカーから流れてくるキタッラ・バッテンテと、走っている車に叩き《バッテンテ》つける雨音。どんなに楽観的に考えようとしても、ワンシーンごとに、シモーナの大きなお腹と、不吉な予感しかもたらさない陰湿な風で途切れてしまうため、家に引き返そうと思ったことも二度や三度ではなかった。そのたびに、「もし僕が行かなかったら、父さんはどうなるんだ？　村の人にはなんと言われる？」という声が聞こえ、そのまま走り続けたのだった。

　ようやくロッサルコの麓に着いたとき、猛烈な土砂降りのため僕は車から降りることすらできなかった。風が、バケツをひっくり返したような雨をフロントガラスに吐きつけながら、猛々しく吠えていた。丘の頂上は、昼だというのに真っ黒な空に突き刺さり、下からでは見えなかった。そのほかの景色もすべて輪郭が滲み、色あせた液体の切れ端となってどろりと混じり合っているかのようだった。小屋まで続いているはずの道は、凄まじい勢いで泥水が流れ落ちる川と化し、車だろうと徒歩だろうと通ることは不可能だった。

　僕は、丘の麓に着いたこと、猛烈な雨が少し収まったらすぐに上まで行くつもりだということを知らせるために、父に電話を掛けてみた。だが、予想したとおり父の携帯には電源が入っていなかった。仕方なく、目をつぶって少し休むことにした。そして、轟音を立てる雨風にもかかわらず、そのままハンドルに突っ伏して眠ってしまった。

　車の窓を執拗に叩く音と父の声で僕は目を覚ました。「眠ってるのか？　具合でも悪いのか？」僕はすぐには自分がどこにいるのかわからず、眼を閉じたままでいた。「おい、目を覚ませ。午後の三時だぞ」父が車のドアを開け、僕の肩を慎重に揺さぶった。ほんとうに具合が悪いものと思ったらしい。

　目を開けたとき最初に飛び込んできたのは、心配そうにのぞき込む父の顔だった。それから、ティンパレア渓谷から立ちのぼる霧が風に乗って運ばれ、いくつもの白い雲状にちぎれて木々の枝にからまるか、あるいは空中へと蒸発していくのが見えた。

雨はやんでいた。

「昼の十二時に着いたんだけど、雨がひどすぎて先に進めなかったんだ」僕は父のざらついた頬に挨拶のキスをしてから、そう説明した。

「無理をしないで正解だった。あの豪雨のなかを車で登っていたら、泥流に呑み込まれて海まで押し流されていたことだろうよ」父は暗然とした表情でそう言った。「この先はわしの車で登ることにしよう。あれなら悪路でも平気だ。お前のはここへ置いていけ」それからシモーナのことを尋ね、きちんと連絡を入れたか確認した。僕は電話をしたと嘘をつき、彼女なら元気だと答えた。

僕は父のフィアットパンダ4×4に乗り込み、ローギアで坂道を登りはじめ、何度か身の危険を感じるほどスリップしながら、ロッサルコの丘の上にたどりついた。

「腹は空いてないか？　寒いんじゃないのか？」父はそう気遣いながら、僕を小屋に招き入れた。薪ストーブには火が熾してあり、その前のテーブルに二人分の皿が用意してあった。僕と昼食を食べようと待っていたことがうかがえた。僕らはテーブルに着いた。「ひよこ豆のパスタを作ったんだ。いまでもまだ好きだといいが」

僕はにっこり笑った。むちゃくちゃ腹が減り、硬くなったパンだろうがなんだろうがかじりつきたい気分だった。柘榴色の新酒のワインは光が当たると橙色に反射し、味も格別だった。僕はこれまでに飲んだどんなチロよりおいしいワインだと褒めるだけでなく、態度でも示した。そんな僕の感激を、父がソムリエ顔負けの蘊蓄で裏づけた。「そうだな。何より香りが高い。アルコール漬けの熟れたプルーンの香りに、革の香り、それにリコリスと煙草と胡椒が混じった香りもするだろう」そして、僕と一緒に飲んだ。「適度な主張があり口当たりも温かく、女の肌のようになめらかだ」父はワインを飲んでは話すのだった。帰ってきてくれて嬉しいよと言いながらも、その顔には不安と焦燥の色が滲んでいた。前の晩、風雨に掻き消された父の声から感じとられたのと同じ緊迫感が、ストーブの火とワインで温もった父の口からほとばしり出る言葉にも感じられた。

ほんとうは僕と話がしたくて呼んだんだ、と僕は思った。丘は崩れかけてなんかいない。そうでなければ、ここで悠長に食べたり飲んだりなんかしていられないはずだ。

ところが父は、ロッサルコが崩れかかっていると言い張った。数時間、あるいは長く見積もっても数日の問題だろうと信じているようだった。だから、僕たち家族の物語の最後の破片が永久に泥に埋もれてしまう前に、これまで父が話す勇気のなかった真実を僕に知ってもらいたいのだと言い添えた。

「ひとつ目は、ソフィア祖母《ばあ》さんにまつわる真実だ」と父は話し出した。「祖母さんの眼差しにいくつもの棘が刺さっているところを想像してごらん。そうすれば、なぜあれほど依怙地になって死の直前まで沈黙を守り続けたのか理解できるだろう」

僕の記憶のなかのマンマソフィーは、エネルギッシュで優しくて、ちょっと皮肉っぽくて、相手に挑発されたときにだけ辛辣な物言いをするお婆ちゃんだった。若い頃の曾祖母の姿を思い浮かべるにはかなりの努力が必要だった。幼い三人の息子が湯だまり《ヴァッロ》で遊んでいるあいだ、赤い丘で独り畑仕事をする曾祖母。そこへ、背後から二人の男が近づいてくる。二人とも夫より若く、片方はスピッラーチェ村の若者だ。その男が下心の透ける笑いを口もとに浮かべて、挨拶を寄越す。「ソフィアさん、こんにちは」

　不意にこみあげてくる不吉な予感をふりはらい、挨拶を返す曾祖母。この二人はいったいあたしになんの用があるのだろうか。

「この幸運の丘で金貨を掘り当てたって聞いたもんでね。」

「そんなもの見つけてなんかないわ。誰がそんなバカなことを？」

「お宅からたいそう価値のある十六枚の金貨を預かり、ローマで売ってきたという、チロの学校の先生から聞いたのさ。なんでもその金で、ここの素晴らしい土地をそっくり買ったそうじゃないか」

「その先生とやらは頭がイカレてるんじゃないの。そんなでっちあげを言いふらすなんて……。うちは汗水たらして働いたお金で丘を買い足しただけだよ」

　二人組の男は愉快そうに笑う。「あんたは嘘がつけない性質《たち》のようだな。そこに咲いてるスッラのように顔が赤くなってやがる」村の男が言う。

「嘘なんかついてない。あんたたちみたいな怠け者とは話すこともないわ」

「だったら黙ってりゃあいいさ。ソフィアさんよ、金貨の隠し場所を教えてくれるだけでいいんだ。俺らの取り分をいただいたら邪魔立てはしない。なあに少しで構わない。そしたら、俺らは合衆国《ラ・メリカ》へ渡って、二度と帰ってきやしないさ」村の男がにんまり笑いながら言うと、もう一方の男が加勢する。「あんたが教えないなら、鉱山の出口で旦那を待ち伏せして訊くことにしようかね。旦那も黙ってるようなら、無傷では家に帰れないだろうよ」

「もういいかげんに帰って。こんなところまで嫌がらせをしに来たと知られたら、うちの人に咽を掻っ切られるよ」

　すると男たちはまたせせら笑う。念のためあたりを見まわすが、ものを言わない丘と草原の上で、彼らの影がゆらめいているだけだ。

「それにしても、お前の村の女がこんなぴちぴちの娘だなんて聞いてなかったぞ。見ろよ、このメロンみたいに真ん丸の乳。舐めてやったら少しはおとなしくなるんじゃないのか？」余所者のほうがそう言い、彼女の胸をつかもうと手を伸ばす。

　マンマソフィーが咄嗟にさくらんぼのいっぱい入った籠を男の腕に投げつけると、男は一瞬ひるむ。頭にさくらんぼを二房ぶらさげた滑稽ななりで、黙ったまま彼女を睨みつけていたが、すぐに怒鳴り出す。「何をしやがる、このあばずれめ。思い知らせてやる！」彼女に襲いかかり、地面に押し倒す。ありったけの力をふりしぼってもがき、引っ掻き、咬みつくマンマソフィー。

「薄ぎたねえ売女め、じっとしてやがれ。すぐに気持ちいい思いをさせてやるからよ」

　だが、ズボンのボタンを外しかけたところで、背後から恐ろしい唸り声が響いたため、男はこぞというところで中断せざるを得ない。

「このケダモノどもめ、女房に手を出すな」

　振り向くと、小屋の入口で男が仁王立ちになり、猟銃を構えている。アルベルト・アルクーリだ。男らは慌ててふためき、すぐには状況を呑み込めない。家で寝てたんじゃなかったのか？朝まで鉱山で働いてたはずだぞ。

　二人の隙をついて夫のもとに駆け寄るマンマソフィー。男らは地べたに這いつくばったまま、蛇のように数メートル後ずさりする。どうしたらいいかわからず、言葉も出ない。死に対する恐怖の色が眼に浮かんでいる。やみくもに立ちあがり、桜林とトリペーピの森に逃げ込もうと駆け出す。だが、怒り心頭に発したアルベルトは理性が利かず、引き金を引く。男らが逃げようという卑劣な真似さえしなかったら、殺されることはなかったろう。続けてもう一発。一発撃つごとにアルベルトの怒りは増し、「このケダモノどもめ」と怒鳴りちらす。村の男が草に顔をつけるような姿勢で倒れ込む。アルベルトは二連銃に素早く弾をこめなおし、もう二発撃つ。こんどは余所者の男が、手負いの猛獣のような叫び声をあげてひざまずき、烈しい痛みと失血死の恐怖に呻く。男を黙らせるため、アルベルトがとどめを二発撃つと、男は断末魔の叫びをあげ、口から怒りと血を吐きながら草原に突っ伏す。血で赤く染まった草の上でいつまでもひん剝かれた男の眼は、驚愕と無常を見ていた……。

すべてを話し終えると、マンマソフィーは笑いながら泣いていた。いや、泣きながら笑っていたのかもしれない。夫と二人、生涯ずっと胸に封じ込めてきた秘密からようやく解放されたのだ。これで心安らかに死んでいける。

父はグラスに半分ほど残っていたワインを一気に飲みほし、湿った唇をしばらく噛んでいたが、やがて言った。「二人を糾弾しないでやってほしい。丘で流された血のために生涯苦しみ、後悔の念に責め苛まれていたんだ。とくにアルベルト祖父《じい》さんは、殺されても仕方のないような卑劣な真似をしたのは連中だと自分に言い聞かせながらも、苦しんでいた。マンマソフィーは、三人の息子より長生きするという恐ろしい苦悩を背負っていた。歴史の闇に葬り去られ、花を手向けるべき墓も造ってやれなかったんだからな」

父と僕は初めて、恐怖からも偽善からも解き放たれた眼でお互いを見ることができた。これまで逃げ続けてきた約束を果たすときがようやく来たんだねと、僕は父に言いたかった。すると父が先回りした。「真実を語るのは痛みを伴う行為だが、永遠に黙っていることはできない。語らずにいれば痛みがますます鋭くなり、耐えがたいものになってしまうからな。いつか家族の物語を語る日のために、お前もしっかり憶えておくんだ」そして、一緒に外に出ようと僕を促した。

「急いでここに来てもらった理由を見せてやろう」

雨の滴がときおり垂れてくるオリーブの巨木から十メートルほど歩いたところで、父が声を荒らげた。

「見ろ、この亀裂。恐ろしいほどだ」

幅一メートル以上、場所によっては二メートル近くありそうな裂け目が、ロッサルコの丘の、かつて発掘調査をした斜面の上方に生じていた。裂け目の縁まで行くと、僕は思わずつぶやいた。

「信じられない。長さは二百メートルぐらいあるんじゃないのか？　大地震が起こって丘の一部が剝がれたみたいだ」

父が少年のように身軽にジャンプし、裂け目の向こう側に渡った。僕は一瞬、父が裂け目のあいだに落ちてしまうのではないか、あるいは子どもの頃、ニーナベッラとふざけて遊んでいたときのように、海のほうへころころと転がり出すのではないかと不安になった。

「ああ。だがこれは地震のせいじゃない。麓の斜面が削りとられたうえに、深く根を張る木々が植わっていなかったこと、それに何度も発掘が繰り返されたことが重なり合って、もともと弱かった地盤がさらに脆くなり、崩れやすくなったんだ。そこへ有史以来といわれる今回の豪雨が襲った」

父に倣って僕も反対側まで跳んだが、途端に、高層ビルの軒蛇腹でかろうじてバランスを保っているかのような眩暈を覚えた。そんな僕の様子を見てとった父が言った。「相変わらず臆病だな。ニーナベッラの言うとおりだ。戻ろう。足でも踏み外して落ちたらかなわん」

もといた側にジャンプするとき、父は僕の手をぎゅっと握ってくれた。子どもだった頃、どうしていいかわからずに困っている僕の手を、父はよくそうやって握ってくれたっけ。「ちょっと来い」その手を緩めずに父は言った。「死ぬ前にもうひとつ、お前に伝えておかなければならない真実があるんだ」そしてオリーブの巨木の木陰に植えられたバラの木の前に僕を導いた。かつて曾祖父アルベルトが古代の硬貨を埋めていた場所だ。そこには、平たい面にKの文字が刻まれた丸い石が当時のまま置かれていた。雨に洗われ、つやつやと輝いている。

父はコッポラ帽を脱いだ。豊かな髪が風に吹かれて乱れる。僕は何も言わずに父を見ていた。すると父はバラの木に視線を落とし、僕の手をしっかり握って言った。「この下に、お前の母親が眠っている」こみあげてくる感情を抑えきれずに多少震えてはいたものの、父の声は、まるで喜ばしい秘めごとを打ち明けるかのように揺るぎなかった。「そうしてくれと母さんが言い出したんだ。何度も強情に頼んで、引き下がろうとしなかった」

僕は父の眼を凝視した。シモーナ、君の言うとおりだ。父さんは頭がどうかしてる。そして僕は、そんな父の狂気に付き従う愚か者だ……。

「いいや、俺は狂ってなんかいないぞ。自分の生涯をかけて愛した女の最期の望みを叶えてやっただけだ。母さんに頼まれたら、お前だってきっと同じことをしただろう」

僕はそれが嘘であってくれることを祈った。僕の反応を試すために、あるいは性質《たち》の悪い冗談で僕をからかうために父がそんなことを言っているだけだろうと思いたかった。だが、そうではなかった。

「マリーザは死を恐れてはいなかったよ。毅然と立ち向かい、最期ににっこりと微笑んだ。俺が望みをかなえてやることを信じて疑わずにね」父は言った。「喧嘩ばかりだったが、それでも俺のことを手放しで信頼してくれていた」

たしかに母は、僕に対してもそんな願いをほのめかしていた。狭苦しいセメントの墓地に閉じ込められ、つくり笑いをした遺影や生没年の刻まれた大理石の墓碑で封印されることを忌み嫌っていた。一方、ロッサルコの丘は初めて見た瞬間から好きになったと言っていた。オリーブの巨木の生きた根に抱かれ、謎めいた古代都市の石の上で、永久《とわ》の香りに包まれて眠る……。母にとってそれ以上の場所があるだろうか。

思っていたほど大変なことではなかったんだよ、と父が話を続けた。葬儀が終わると、マリーザの柩はひと晩、墓地の教会の、蠟燭の形をした電灯で照らされた台の上に安置された。翌日になったら、壁内墓の二十八番に埋葬される予定だった。

真夜中、父は墓地の門を乗り越え、教会に忍び込んだ。柩のまわりには明かりに吸い寄せられて集まった無数の蛾が飽くことなく飛んでいた。まるでダンスを踊っているかのように。教会に入り、柩に近づいていっても、蛾は逃げようともしない。父は柩の蓋を開け、マリーザの安らかな表情を見ると、意思とは裏腹にこぼれた二すじの涙をぬぐった。彼女が亡くなってから初めて流す涙だった。憐れむかのように蛾が舞い続けていた。マリーザの冷たい唇に口づけし、「永遠に君を愛している」とささやいた。そして彼女を抱きあげると、四十キロあるかないかのその亡骸を、結婚するときにマンマソフィーから贈られた麻のシーツにそっと横たえた。柔らかくて涼しいからと、マリーザはそのシーツが大のお気に入りだった。希望を叶えてやっていることを彼女に見せるかのように、顔の部分だけ出してシーツで丁寧に包み、フィアットパンダ4×4にそっと乗せた。柩のほうは大きなセメントの塊を二つ入れたうえで、しっかりと蓋を戻しておいた。

そして車を出した。

万が一誰かとすれ違っても注目されずにすむように、静かに、慎重に運転した。自分がどれほどのリスクを犯しているかは承知していた。あのとき誰かに見つかっていたら、いま頃こうしてお前にこの話をしてはいなかっただろうな。牢屋か病院にぶちこまれていたにちがいないと父は言った。だが、夜もかなり更けており、村人たちはみんな眠っているらしく、野路で狐とすれ違っただけだった。奇妙なことに、蛾の群れが見送るかのように墓地までついてきた。

満月で照らされた丘は、懐中電灯の必要もなかった。海から吹きつける湿った潮風が、塩から い涙の線を無数に描くかのように顔にへばりついた。墓穴は三日前から準備ができていて、オリーブの実を収穫するときに使う網で覆ってあった。

最後にもう一度マリーザを見ると、安らかな顔をしていた。そればかりか、ほのかな月明かりを受けて神々しくさえ見えた。その顔を麻のシーツで覆うと、ロッサルコの丘のいちばんいい黒土で穴を埋め戻した。さらにその上に網を戻すと、父は家に帰り、誰もいないベッドで独り、心穏やかに眠ったのだった。

僕は父を抱きしめた。最初は戸惑い、拳を握りしめたまま身体の両脇で腕を硬直させていた父だったが、やがて抗うのをやめ、ありったけの力で僕を抱きしめかえした。そして、「お前もきっと同じことをしただろう?」と泣きじゃくり、しゃがれた声で訊いた。

「ああ、父さん。僕も同じことをしたよ。母さんはここで幸せに眠っている。ここなら海は目の前だし、丘の香りもするからね」

父はますます烈しく泣きじゃくった。まるで子どもに返ったかのように。僕を抱きしめながらも、ほんとうは祖父にすがりついていたのだ。祖父もきっと、父の気持ちを理解したにちがいない。僕が理解したのと同じように。

雨粒がオリーブの葉に当たるぽつぽつという音で、僕たちは現実に引き戻された。父は僕から離れると言った。「雨がまた烈しくなる前に、お前は俺の車でスピッラーチェの村に戻ったほうがいい。うちで少しゆっくり眠れ。顔色が悪いぞ。疲れてるんだろう。休まないと身体がもたない。明日の朝また来い」

僕は素直に父の言葉にしたがった。ものすごく疲れていたので、あと少しそこにいたら、幼い頃のように父の腕に抱かれて眠り込んでいたことだろう。

村までの短い距離を運転するあいだ、僕は居眠りしないように、翌日にはどんなことが起こるのだろうと思いをめぐらせてみた。ところが、いくら想像力をふくらませてみても何も思いつかなかった。その灰色の一日の先は、ひたすら霧で覆われていたのだ。またもや雨が降り出すだろうことを告げる、どんよりと湿った灰色……。

エピローグ

真冬にスピッラーチェを訪れるのはそれが初めてだった。意外にも村では雨が降っていなかった。道路は乾いていて人影はなく、窓という窓は鎧戸で閉ざされ、バールも閉まっていた。まるで幽霊村のようだ。

家に一歩足を踏み入れたとたん、閉めきってあった場所に特有のじめじめしたかびの臭いが鼻をついた。夏からずっと空気の入れ替えをしていなかったのだろう。自分の寝室の電気をつけると、数匹の蛾が喜んで舞ったように見えた。父の話を聞いていなかったら、そんなことはきっと気にも留めなかっただろう。

親近感のあるいくつもの眼にいきなり見つめられ、僕は面食らった。若き歩兵として第一次世界大戦に出征したアルクーリ家の三兄弟。キタッラ・バッテンテを搔き鳴らしながら夢の世界をたゆたっている祖父アルトゥーロ。風に揺れるスッラの草原で海からの照り返しを受けながら、乱れ髪で微笑むマンマリーとマンマソフィー。ニーナベッラが描いた曾祖父アルベルトの肖像画の、物憂げで現実離れした面差し。復活祭の日に、僕の乗ったブランコを押しながら笑っている両親は、二人の愛に包まれて宙を飛んでいる僕が誇らしくてたまらないという表情を浮かべている。アリーチェ岬の砂浜でノヴァーリスを読みながら、目の端で僕をうっとりと見つめているシモーナのアップ。いつもの冷めた表情でデイヴィッドと結婚式を挙げたときの、魅力あふれるニーナベッラ。その隣では弟のウィリアムにそっくりのデイヴィッドが、花嫁に逃げられないよう、腕を腰にまわしてしっかりと捕まえている。生きている者たちもいまは亡き者たちも、みんなして壁から僕の一挙手一投足を興味深そうに見守っているのだ。マンマリーが死ぬ間際の夏、僕が家族のことを忘れないようにとここに並べて掛けたのだった。パオロ・オルシとウンベルト・ザノッティ＝ビアンコ、そして白燕の写真があれば、この物語の登場人物が勢ぞろいすることになる。

僕は天井から垂れさがる蜘蛛の巣を避けるように蛇行しながら、子どもの頃に使っていたベッドの脇まで行くと、服を着たまま身を投げ出した。眠りに落ちる前、シモーナに電話をし、お腹の赤ん坊と一緒にゆっくりお寝《やす》みと伝えた。はっきりと言葉にして謝りこそしなかったものの、僕の気持ちは伝わっていた。僕らはふたたび愛情のこもった言葉を交わし、電話を切ることができた。

携帯が鳴ったとき、僕は咄嗟には自分がどこにいるのかわからず、自宅のベッドでシモーナの隣に寝ているような錯覚に陥った。明るくなったディスプレイに、「父さん」という文字があらわれた。僕は苦味のある唾液でねとついた声で電話に出た。「はい、もしもし」すると、父は前置きも挨拶もなしに、いきなり荒い息遣いで言った。「バラックにいる出稼ぎ連中に、急いで逃げるよう知らせてくれ。さもないと土砂で生き埋めにされちまう」僕はまだ寝ぼけていて、どういうことか理解できずにいた。「歩いてでは、下まで行かれないんだよ。車があってもおそらく無理だろうが。道は完全に土石流でふさがれている。丘が崩れはじめたんだ。聞こえるだろう?」僕の耳には焦燥した父の息遣いと、小屋に叩きつける雨の音、それに窓ガラスを震わせる風の音しか聞こえなかった。

「わかった、すぐ行く。父さんも安全なところに避難してくれ。お願いだ」

父は、僕を安心させるような返事を返すこともなく電話を切ってしまった。

僕は躊躇せずに家を飛び出した。外はまだ暗く、猛烈な雨が降っていた。車に乗り込むまでのわずかな距離で、頭のてっぺんから足の先までずぶ濡れになった。

猛スピードで村を走り抜けた。だが、野路に入ってからはスピードを緩めなければならなかった。道が浸水していて、うっかりすると崖に落ちる危険があったのだ。

ロッサルコの丘の前を通りすぎながら、僕はクラクションを長く鳴らし、これから父の仲間のところに駆けつけるのだと知らせようとした。だがそんなのは甘い幻想でしかなく、雷鳴と地響きとにあっけなく掻き消されてしまった。

発掘調査をした斜面の下の平らに均された区画に着くと、僕はまたクラクションを鳴らした。掘り起こされた土が水を含んでぬかるんでいるなか、とにかく進めるところまで行き、建設途中で放置された観光村の、見るも無残なコテージの前で車を降りた。

ドアや窓は厚手のビニールシートで覆われているだけだ。僕は一軒一軒それを開けながら、真っ暗な家のなかに向かって叫んだ。「逃げろ。すぐにここから出るんだ。土砂が崩れてくるぞ」
四、五人の男たちが、外国語で呪詛の文句をつぶやきながら慌てて飛び出してきた。
「急いで車に乗ってくれ」そう叫ぶと、僕も一緒に乗り込んだ。「全員乗ったか?」

「そう、みんないる」と、助手席に乗った男が答えた。残りの者たちは、互いに折り重なるようにして後部座席に乗っていた。僕はパンダ4×4のエンジンをかけ、その泥の海から脱け出せるだけの馬力があることを祈った。初めての子どもが生まれようとしているのに、こんなところで死ぬ気は毛頭ない。そのとき、ごぉーっというくぐもった地鳴りが、地獄から湧きあがる嗚咽のように響きわたった。だが丘が動く気配はない。僕はギアをバックに入れ、来たときについた轍《わだち》を辿りながら車を戻した。それから右に曲がり、短い急坂を登ると、国道一〇六号に出た。

助かったのだ。

丘の方角にヘッドライトを向けた。どこも崩れた様子はない。

「何も落ちない」と、労働者の一人が言った。「オレ、うち帰る、寝る」

「待ってくれ。危険だ！」僕は、その場にとどまるように説得した。

「雨終わった。オレたち降りる」狭い車内が息苦しかったらしく、別の一人が言った。

僕らはみんなして車から降りた。さっきまで土砂降りだった雨はあがり、彼らの濡れた背中越しに見える海の上では、雲に切れ目が出はじめていた。

そのとき、丘の上に立つオリーブの巨木のシルエットが、まるで風にあおられたパラソルのように傾ぐのが見えた。その脇に小さく見える父が、亀裂のあたりでせわしなく動きまわっているのがわかる。次の瞬間、発掘調査をした斜面全体が丘の裾のほうに向かってゆっくりと滑りはじめた。

衝撃的な光景ではなかった。大きな岩が周囲のものを破壊しながら斜面を転げ落ちることも、土埃が雲のように巻きあがることも、樹木がなぎ倒されて根が天を向くこともなかった。地鳴りでさえ白昼夢とも思えるくらいの規模にとどまり、遠くの雷鳴の残響ぐらいにしか聞こえなかった。さっきまで見えていた父の姿が消え、土砂崩れに巻き込まれたのではあるまいかという懸念さえなければ、それほど怖がることもなく丘の崩れる瞬間に立ち会うことができただろう。

ところが、ピロルの斜面の中腹あたりに達したところで、滑り落ちた土砂が勢いとスピードを増し、雪だるま式にふくらみながら麓のコテージを直撃し、わずか数秒で埋めつくしたかと思うと、マグマの波となって観光村の建設予定地だった一帯を襲い、国道一〇六号の一部にまであふれた。

出稼ぎ労働者たちは恐怖におののきながら僕の顔を見て、「ありがとう、仲間。ありがとう、兄弟」と口々に礼を言った。自分たちが奇跡的に難を逃れたことがようやく実感できたらしかった。

僕は父に電話をした。父の携帯は、死んでしまったかのようになんの反応もない。不吉な予感がし、急いで車に飛び乗った。父さんはあの亀裂に呑み込まれてしまったんだと思うと、身体の震えがとまらなかった。いや、自分から進んで飛び込んだのかもしれない。母の隣で、永遠にあの丘に埋もれる。それこそ父が望んだ結末なのかもしれない。語り継ぐことができるよう、僕が自分の目で見届けなければならないという結末……。

僕が土砂崩れの現場から遠ざかるように車を走らせていると、警察のジープ数台と、消防車三台、それに民放テレビ局のロゴマークの入った車にまですれ違った。

国道一〇六号を背にして丘を登り出したとき、携帯が鳴った。一瞬、シモーナからかと思った。「もしもし。俺だ」父だった。僕は父のぶっきらぼうな声を聞くのが嬉しくて、無意識のうちにスピードをあげていた。「連中は救い出せたのか？」

「ああ、間一髪のところで助かったよ」

「そいつはよかった。連中がうちの丘の下敷きになって死んだら、悔いても悔やみきれんからな」それから、口調も話もがらりと変えて言った。「おい、見たか。オルシ教授やザノッティ＝ビアンコ、マリーザの言ってたとおりだったな。実は俺もずっとそう信じてたんだ」僕は父の言葉の意味が理解できずにいた。「石だよ。四角いブロックのような石が見えないか？　城壁の址や道の敷石だ」

僕は、何も気づかなかったと答えた。車の窓からは、鮮やかな錆色をした泥の海が一面にひろがり、ところどころ波立っているようにしか見えなかった。

「ここからならよく見下ろせる。早く来い。息を呑むような光景だ」父は人が変わったように興奮していた。「ついにクリミサが姿をあらわしたんだ。もしかすると別の古代都市かもしれん。いいや、クリミサにちがいない……」

僕は何も答えなかった。路上に流された木の枝や、タイヤをとられそうな水たまりを避けるので精一杯だったのだ。その合間に、父に伝えたいシンプルな言葉を探したが、見つからなかった。僕たちがこうして生きてきた歩みに対する感謝の気持ちを父に伝えたかった。僕も、いつか自分の子どもに語って聞かせるよ。約束する、父さん。

「なぜ黙ってる？　嬉しくないのか？」

「もうすぐそっちに着く」

バックミラーにふと目をやると、そこには少年時代の僕の眼差しが映っていた。夏休みを過ごしにスピッラーチェの村に帰る僕を、父はいつも両腕をいっぱいにひらいて迎えに出てくれてたっけ……。

僕は嬉しかった。ようやく澄みはじめたその朝の光のなか、父はまだ生きている。丘の上で僕を待っているのだ。僕の人生でもっとも大切な、最高の抱擁を交わすために。

注記

第一次世界大戦から第二次世界大戦後にかけての農村世界の再現は、父が晩年に熱っぽく語ってくれた話によるところが大きい。

アリーチェ岬における発掘調査に関しては、一九三三年にローマで発行された、パオロ・オルシ自身が執筆し、ロザリオ・カルタが図版を担当した『クリミサ岬のアポッロ・アレオ神殿』（マグナ・グラエキア協会編）に書かれている事柄を参照した。同書は二〇〇五年にラルッファ社より再版されている。そのほか、トレント県生まれの考古学者であるパオロ・オルシに関しては、同県ロヴェレート市のタルタロッティ市立図書館に所蔵されている、未刊のものも含めた多数の資料を参照することができた。また、同市の市立博物館では、《オルシ、ハルプヘル、ジェローラ。イタリアの地中海沿岸地域における考古学》と題された展示や、マッテオ・ザドラおよびマッシモ・ヴァレンティノッティによるドキュメンタリー映画、《パオロ・オルシの足跡》を観る機会があり、さまざまなヒントを得ることができた。

一方、セルジョ・ゾッピの名著である『愛国者・教育者・イタリア南部問題専門家ウンベルト・ザノッティ＝ビアンコ――そのプロジェクトと我々の時代』（ルッベッティーノ出版、二〇〇九年）は、本書に登場するもう一人の歴史上の人物、ザノッティ＝ビアンコの人物像を描くうえで大いに参考になった。とくに本書二十七章の描写や、二三七〜二三八ページの「記憶に残る名台詞」は、実際の彼の言葉を用いている。

本書における考古学的記述に関しては、草稿の段階で、考古学者のフランチェスコ・アントニオ・クテーリに丹念に読んでいただき、創作の刺激になるような助言や感想をいただいた。たいへん感謝している。

本書にも登場するきわめてめずらしいアルビノの燕に、伯父のカシミーロ・マリーノが、私の故郷の村で実際に遭遇したこともここに記しておきたい。二〇一〇年七月三日付『イル・クロトネーゼ』紙〔カラブリア州クロトーネ県の地方紙〕上で、ミケーレ・アバーテがそのことを報じている。私の友人、チェレステ・バスタが運営するサイト、www.celeste.it で、白い燕の写真とともにこの記事を読むことができる〔右の段の項目のなかから Rondine albina をクリック〕。

そのほか、本書の草稿に目を通し、情報の提供や個々の貴重な意見をくださったジャンナ・ペドラッツォーリ、ニコレッタ・レボア、マリレーナ・ロッシ、アルヴァーロ・トルキオ、ジュゼッペ・コランジェロ。キタッラ・バッテンテの偉大なる奏者カタルド・ペッツリ、マエストロのフランチェスコ・ポンポ。御父上のオラツィオ・ノチェーラ氏がパオロ・オルシに協力したことがあるジリオラ・ノチェーラ教授にはオルシにまつわる当時の貴重なお話をうかがうことができた。皆さんに心より御礼を申し上げる。

最後に、本書の執筆の最初から最後までを、明敏かつ深い目配りで支えてくれた妻のマイケと、私にとってなくてはならない対話相手であり、着想の段階から、この物語を信じてくれたジュリア・イキーノ、アントニオ・フランキーニ、ステファノ・テッタマンティに、特別な感謝の意を表したい。彼らがいなければ、『風の丘』がこうして日の目を見ることはなかっただろう。

C.A.

訳者あとがき

本書、『風の丘』(原題 La collina del vento)は、イタリア南端カラブリア州の、スピッラーチェという架空の村で、土地に根差して生きるアルクーリ一族の、第一次世界大戦前から現代まで百年あまりの営みを四世代にわたって描いた物語だ。二〇一二年に発表されると、広い読者層に支持され、他の候補作を大きく引き離し、第五十回の「カンピエッロ賞」に輝いた。

「力のある者たちの横暴に屈することなく生きていく家族の物語を描きたかった」と著者のカルミネ・アバーテは語っている。傷つきながらも変わらぬ美しさでそこにあり続ける「風の丘」ロッサルコを守り、風に託された丘の声に耳を傾けながら、ひたむきに生きていく家族。丘に秘められた一族の記憶が、父の語りをとおして、単なる郷愁としてではなく、いまを生きる者たちの足もとを照らす一筋の光として息子の代へと受け継がれていく。

無理難題を押しつける地主、息子たちを次々に奪う戦争、ファシズム、リゾート開発業者と裏で結託し、暴力で服従させようとする犯罪組織《ンドランゲタ》、自然エネルギー推進の名のもと、景観のことなど顧みず各地に発電用の風車を建ててまわる業者……。横暴に振る舞う者たちの姿は時代とともに変わっていくが、その本質は変わらない。だが、アバーテは、不条理に対する安易な告発に流れることなく、強さを湛えた静かな筆致で終始家族の営みに寄り添う。

美しすぎるゆえに仲間から妬まれ、群れから追われるアルビノの白燕。自分たちをそんな白燕になぞらえながら、島流しに遭っても、父が行方不明になっても、決して屈することなく生きていくアルクーリ家の人々の誇り高き姿は、読む者の心を強く揺さぶる。彼らがどんなときでも毅然とした態度を保てたのは、家族が深い絆で結ばれていたからだとアバーテは言っている。そして、一家につねに存在していた世代間の対話こそが、そんな絆を育む所以だったとも。たとえ故郷を離れることを余儀なくされようとも、土地の記憶や家族の絆はそれぞれの心に刻まれ生き続ける。

〈土地は嫉妬深い愛人さながらに絶対的な忠誠を求めてくる。見捨てようものなら、いつの日か必ず、その人を土地に縛りつける秘めた物語を持ち出して脅すのだ。土地を裏切ろうものなら、秘めごとを風に託して解き放つ。どこにいようとも、たとえ地球の果てにいようとも、必ず届くという確信のもとで。それが真実というものだ……〉

「父」は、丘に秘められた家族の物語を「僕」に語ることにこだわり続ける。さもなければ、その物語は埋もれてしまうのだから。土地に伝わる伝説の要素を幻想的に交えながら、埋もれていく運命にある一族の営みを言葉にとどめようという試みは、アバーテの作品を語るうえでしばしば引き合いに出されるG・ガルシア＝マルケスに通じるものがある（アバーテ自身は、マルケスの影響を受けているのかと訊かれるようになるまでマルケスを読んだことはなかった、と自嘲気味に語っていたものの、のちのインタビューで、「これまで読んだ本のなかでもっとも夢を見させてくれた作品は？」という問いに、『百年の孤独』を挙げている）。私たちは、このアルクーリ家の物語を通して、その向こうにある、あるいは自分たちのすぐそばにある、いくつもの語られなかった家族の物語にまで思いを馳せることができるのだ。

物語の舞台となっているのは、長靴の形をしたイタリア半島の爪先の部分にあたるカラブリア州。東はイオニア海、西はティレニア海と、二つの紺碧の海に挟まれ、雄大な自然に抱かれた土地だ。この一帯には、紀元前八世紀ごろから古代ギリシアの植民都市がいくつも築かれ、「大ギリシャ《マグナ・グラエキア》」として栄えていた。その後、古代ローマ人、ノルマン人などさまざまな民族によって征服され、異文化が混淆しながら現代に至っている。カラブリアの各地には、かつての文化の繁栄を物語る遺跡がいまなお、広大な大地にひっそりと佇んでいる。悠久の時の営みのなか、大地とともに生きる人々は、自然の恵みと家族のつながりを大切にしながら、自分たちの物語を淡々と紡いできた。

ところが、十九世紀になってイタリアの統一が果たされ、北中部を中心とする近代国家としての体裁が整うにつれ、産業が立ち後れ、交通の便も悪かった南イタリアは、発展から取り残され、国政からも見放され、貧困の支配する土地となっていく。痩せた傾斜地でも栽培の可能なオリーブやぶどう、柑橘類といった作物を栽培する以外は、鉱山ぐらいしか働く場所がなく、男たちは仕事を求めて北イタリアやフランス、ドイツ、そしてアメリカなどに移住していった。行政も警察も当てにならないなか、用心棒役を買って出る犯罪組織が次第にはびこるようになる。むろんカラブリアも例外ではない。

シチリアを拠点とするマフィアや、ナポリを拠点とするカモッラを凌ぎ、近年とみに勢力を伸ばし、北イタリアのみならず中南米にまで進出しているのが、カラブリアを拠点とする「ンドランゲタ」と呼ばれる犯罪組織だ。「ンドランゲタ」の実態や組織構成については、誰も口をつぐんで語りたがらないために、イタリアにおいてさえあまり知られていない。それでいて、「ンドランゲタに支配されている土地で生きる者たちは、守るべき不文律があり、それをすり抜けることはきわめて困難だということを、誰もが知っている」と言われ、暗然と人々の暮らしを覆っている。現に本書でも、「ンドランゲタ」との結びつきがあることをにおわせるリゾート開発業者からの脅迫に悩まされるアルクーリ家の人々の姿は描かれているものの、「ンドランゲタ」という名称はおろか、マフィアや犯罪組織の存在がはっきりと語られる場面はない。一度だけ「僕（リーノ）」の軽口のなかに「ンドランゲタ」という言葉が登場するだけだ。

それは、著者アバーテが故意に言及を避けているのではなく、脅迫を受けている者たちはもちろんのこと、警察や行政も含めた地元の人々の会話でもめったに名指しされることのない組織なのだ。本書の語り手である「僕」は、そうした「性根の腐った卑怯者ども」の報復を恐れる父により、ある日とつぜん北部の母の実家に移り住むことを命じられるが、実際にこうした脅しの犠牲となり、抵抗する術もなく、無言のままカラブリアをあとにする人々は現在もなお少なくない。

アルクーリ家の人々が暮らすスピッラーチェは、著者カルミネ・アバーテによって考え出された架空の土地だが、その位置は具体的に描写されている。カラブリア州クロトーネ県

（ギリシャの植民都市、クロトンのあった場所）、こくのあるワインの産地としてその名を知られるチロにほど近い、アリーチェ岬から内陸にいくらか入った小村。それは、著者アバーテの故郷、カルフィッツィのある場所とほぼ一致する。

住民が千人にも満たないカルフィッツィは、異文化が混じり合うカラブリアのなかでもひときわ特殊な歴史を持つ。十五世紀から十六世紀にかけて、アドリア海を挟んでイタリア半島の対岸にあるアルバニアから、オスマン帝国の侵攻を逃れて移り住んだアルバニア人によって築かれたのだ。村の共通語は、古代アルバニア語に近いとされるアルバレシュ語（アルバレシュ・アルファベットと呼ばれる独自の表記法が用いられている）。話者の数はおよそ八万人と推定され、危機に瀕する言語のひとつに指定されている。

この村で生まれ育ったカルミネ・アバーテは、六歳までアルバレシュ語しか話さず、イタリア語は学校で「外国語」として習ったそうだ。自分の村ではなぜアルバレシュ語しか話されないか、その理由をきちんと理解できるようになるのはのちのことだが、幼いころから耳にしていた村の祭りなどで歌われる歌には、故郷を追われた民族の悲哀が感じられたとアバーテは語っている。彼にとって、「移民」は自らの祖先のルーツであり、運命として受容せざるを得ないものだった。祖父は「アメリカ合衆国《ラ・メリカ》」に二度出稼ぎに行き、父は、毎年「来年はずっと家にいるよ」と約束をしながら、フランスやドイツに働きに出ていた。そんな境遇に育ったアバーテは、おのずと土地と人との関係や家族の結びつきについて、幼いころから嫌というほど考えていたにちがいない。アバーテ自身も、十六歳のときの夏休みを利用して、父のいるドイツのハンブルクに初めてアルバイトに出ている。以来、大学を卒業するまで、毎年夏休みになるとドイツでアルバイトをしていた。それでも父は、息子が自分たちのような思いをしないですむよう、きちんとした教育を受けさせることにこだわった。それは、出稼ぎが生きるうえでの唯一の選択肢だった世代の多くの親たちに共通する思いだろう。

最終的にアバーテは、南イタリアのバーリ大学（プーリア州）文学部を卒業し、イタリア語（国語）の教員免許を取得したものの、故郷カラブリアには教師の職はなく、北イタリアで臨時採用教員としてしばらく暮らしたあと、ドイツに渡り、イタリア語を教えるようになる。ものを書くようになったのは、カラブリアからの移民としてドイツで暮らしているうちに、住み慣れた故郷を後にして移住を余儀なくされる不条理に対する怒りの捌け口が必要だったからだという。

当時アバーテは、足では「北」の地を踏みながらも、心は「南」に置き去りにした乖離状態に苦しんでいた。自分は、ドイツ人から見れば「イタリア移民」だし、イタリア人から見れば南部野郎《テッローネ》だし、イタリア南部の人間からしてみれば「カラブリア人」だし、カラブリア人から見れば「アルバレシュ人」だし、アルバレシュの村に戻れば「根無し草」となる。つまり、行く先々で排除の対象にされると感じていたのだ。そんなある日、発想を百八十度転換し、自分はそれらすべての要素を足し合わせた存在なのだと思うことにした。複数の言語を持ち、いくつもの根を持つ多文化の人間なのだと。そのときから、「移住」を、痛みを伴う別離として捉えるのではなく、自分の生まれ育った環境を外から見つめなおす新たな視点を育み、人生を豊かにしてくれるものとして捉えることができるようになったとアバーテは述べている。複数の世界を生き、複数の文化の中で育ち、複数の言語を理解し、別の土地の人と知り合うことは、人を豊かにする。単一の純粋なアイデンティティーを追い求めることによって自分の中にある魂を窒息させてしまうのではなく、複数のアイデンティティーを紡いでいけばいいのだと。アバーテはこれを、「足し算の生き方（vivere per addizione）」と名付け、自らの短篇集のタイトルにも用いている。

「移住」せざるを得ないことに対して抱いていた怒りを、「豊かさ」と言えるまでに昇華させ、自らの生きてきた足どりを本当の意味で受け容れたアバーテが、亡くしたばかりの父に捧げるかたちで一気に書きあげた小説が、本書『風の丘』であり、故郷カラブリアを舞台に、「移民」をテーマにした作品を書き続けてきたアバーテの集大成と呼べる作品なのだ。そこに至るまでのアバーテの葛藤が、本書の主人公の一人でもある「風の丘」の包容力の大きさに結集されている気がする。

語りの随所にカラブリア方言やアルバレシュ語が織り交ぜられているのも、アバーテの作品に共通する特徴だ。とはいえ、意識的に交ぜているのではなく、物語を書いていると、そうした言葉たちが勝手に文章のなかに入り込んでくるのだそうだ。それは物語に魂を与えてくれるものだから、あえて消したり、あるいは標準のイタリア語に書きなおしたりはしないのだという趣旨のことを、アバーテはインタビューで語っている（翻訳では、そうした言葉たちの魅力を存分にお伝えできないことが残念だ）。

一九五四年生まれのアバーテは、「風の丘」の語り手リーノと同様、若い頃に故郷を後にし、現在はイタリア北部トレンティーノ（トレント自治県）で教師の仕事をしながら、執筆活動を続けている。アルバレシュ語、カラブリア方言、イタリア語、ドイツ語と、特殊な言語環境のなかで言葉に対する独自の感性を磨いてきた。「移住によって多くの伝統が失われてしまうが、言語への帰属意識は強く残る。言語はコミュニケーションの道具であるだけではなく、現実を自分なりに捉えるための手段なのだ」と彼は語っている。
そんな彼の処女作は、一九八四年にドイツ語で発表した短篇集（これは後に「壁のなかの壁（Il muro dei muri）」としてイタリア語に訳された）。その後、一九九一年の「サークルダンス（Il ballo tondo）」によってイタリアで本格的に小説家としてデビュー。二〇〇二年の「二つの海の狭間で（Tra due mari）」で注目され、二〇〇四年には、出稼ぎに行って家を留守にしている父と息子の確執を描いた「帰郷の祭り（La festa del ritorno）」でカンピエッロ賞の最終候補にノミネートされた。次いで、「雄大な時のモザイク（Il mosaico del tempo grande）」（二〇〇六年）などを経て、二〇一二年に発表された本書『風の丘』で、「カンピエッロ賞」を獲得する。同賞は、イタリアにおいて「ストレーガ賞」と双璧を成す文学賞であり、アントニオ・タブッキやプリモ・レーヴィ、ダーチャ・マライーニなど名だたるイタリア人作家が受賞している。『風の丘』ののちに発表された最新作「パンのキス（Il bacio del pane）」（二〇一三年）では、過去を抱える謎の男との出会いを通して成長する高校生の淡い恋心と一夏の体験が語られている。一連の小説はいずれも故郷カラブリアを舞台としたものであり、なんらかの形で「移住する人」たちの姿が描かれている。

カラブリアの小村では、いまだに昔ながらの暮らしが息づいている。その一端は本書の随所に描きこまれている食文化や習慣、迷信といったものからもうかがえる。たとえば、父ミケランジェロが、北イタリアにある母マリーザの実家を訪ね、カラブリア地方に伝わる昔ながらの結婚の申し込みの台詞、「お嬢さんの手をいただけますか」と口にするシーンがあるが、これは、家父長である父親が娘の「支配権（手権《マヌス》という）」を握っていた古代ローマ時代の名残である。同様に、祖父母のアルトゥーロとリーナの婚姻の光景も、古代ローマ時代の風習がそのままに受け継がれたものだ。

なお、注記にもあるとおり、本書に登場する考古学者、パオロ・オルシ（一八五九〜一九三五年）も、活動家であり政治家であり考古学者でもあるウンベルト・ザノッティ＝ビアンコ（一八八九〜一九六三年）も、実在の人物である。パオロ・オルシは、実際にカラブリアの史跡監督官を務め、数々のギリシア時代の古代都市の遺跡の発掘を指揮しただけでなく、レッジョ・カラブリアにある国立マグナ・グラエキア博物館の設立に尽力した。また、ウンベルト・ザノッティ＝ビアンコは、反ファシズム運動を指揮し、南部農村での識字の普及に奔走したほか、「イタリア南部の公益のための国民協会」を創設し、南北格差の是正に努めた。

本書を初めて読んだときから、春になるとスッラの花で赤く染まる「風の丘」ロッサルコと、丘を慈しむようにして生きていくアルクーリ家の人々が私の頭にすみついて離れなくなり、この物語をぜひ日本の人たちと共有したいと思うようになった。その思いがこうして実現するまでに、多くの方々のお力添えをいただいた。

イタリアと日本の出版社の橋渡しをしてくださったタトル・モリ・エイジェンシーの川地麻子さん、「風の丘」の物語に一緒に惚れてくれ、出版までの地ならしをしてくださった新潮社の須貝利恵子さんと、翻訳作業の伴走をしてくださった佐々木一彦さん、多くの言語に精通し、古代ギリシアの地名やカラブリア方言まで細かくチェックしてくださった同社校閲部の井上孝夫さん。そして、イタリア語の解釈や方言の理解などの手助けをしてくれたマルコ・ズバラッリ。また、著者のカルミネ・アバーテさんは、最後まで調べのつかなかった方言などに関する私の質問に丁寧に答えてくださった。皆さんに心より感謝します。

スッラの蜂蜜をたっぷりと入れたレモンティーをすすりながら、丘から吹く風の物語にどっぷりと浸かるのは、私にとってたいへん幸せな時間だった。いつかまた、アバーテの多文化の深い懐から紡ぎ出されるカラブリアの人々の物語をお届けできる機会があることを願っている。

関口英子

二〇一四年　晩秋

La collina del vento

Carmine Abate

風《かぜ》の丘《おか》

著 者

カルミネ・アバーテ

訳 者

関口英子

発 行

2015年1月30日

発行者 佐藤隆信

発行所 株式会社新潮社

〒162-8711 東京都新宿区矢来町71

電話 編集部 03-3266-5411

読者係 03-3266-5111

http://www.shinchosha.co.jp

印刷所

株式会社精興社

製本所

大口製本印刷株式会社

乱丁・落丁本は、ご面倒ですが小社読者係宛お送り下さい。

送料小社負担にてお取替えいたします。

価格はカバーに表示してあります。

ISBN978-4-10-590115-8 C0397

CREST BOOKS

Shinchosha

見知らぬ場所

Unaccustomed Earth
Jhumpa Lahiri

ジュンパ・ラヒリ
小川高義訳

子ども時代から家ぐるみで親交のあった男女の、
遠のいては近づいてゆく三十年を描く連作短篇ほか、
『停電の夜に』以来九年ぶり、待望の最新短篇集。
フランク・オコナー国際短篇賞受賞！

CREST BOOKS

いにしえの光

Ancient Light
John Banville

ジョン・バンヴィル
村松潔訳
若い人気女優と後を追う初老の俳優の、奇妙な逃避行。
男の脳裏によみがえる、少年時代の禁断の恋と、
命を絶った娘への思い。いくつかの曖昧な記憶は、
思いがけず新しい像を結ぶ——。ブッカー賞作家の最新作。

CREST BOOKS

ソーネチカ

Сонечка
Людмила Улицкая

リュドミラ・ウリツカヤ
沼野恭子訳

本の虫で容貌のぱっとしないソーネチカ。
最愛の夫の秘密を知って彼女は……。
神の恩寵に包まれた女性の、静謐な一生の物語。
現代ロシアの人気女流作家による珠玉の中篇。

CREST BOOKS

記憶に残っていること

The Best Short Stories
from Shincho Crest Books

堀江敏幸編

〈新潮クレスト・ブックス短篇小説ベスト・コレクション〉

アリス・マンロー、ジュンパ・ラヒリ、イーユン・リー、

アリステア・マクラウド、ウィリアム・トレヴァー……。

シリーズの全短篇一二〇篇から十篇を厳選した

十周年特別企画の贅沢なアンソロジー。

CREST BOOKS